Ingrid Strobl
Ende der Nacht

ORLANDA *Die Edition*

Herausgegeben von Ingeborg Mues

Ingrid Strobl
Ende der Nacht

Roman

Die Deutsche Bibliothek – CIP-Einheitsaufnahme
Strobl, Ingrid: Ende der Nacht : Roman / Ingrid Strobl,
Berlin : Orlanda, 2005
ISBN 3-936937-33-8

1. Auflage 2005

© 2005 Orlanda Frauenverlag GmbH, Berlin

Lektorat: Ingeborg Mues
Umschlaggestaltung, Layout & Satz: Ulrike Wewerke
Umschlagfoto: Stephan C. Archetti, © Getty Images
Autorinnenfoto: © Irene Franken
Herstellung: Anna Weber
Druck: Druckhaus Köthen

Für Andrea, Bernd, Daniela, Gerti, John,
Keith, Debbie, Maggie, Marianne, Monika,
Markus, Petra, Regine, Sandra, Sheila,
Steve, Tom und Walter.
Und all die anderen.

Some are born to sweet delight
Some are born to the endless night.
End of the night
End of the night
William Blake/Jim Morrison

(Manche sind zu süßer Lust geboren
Manche zu endloser Nacht.
Ende der Nacht
Ende der Nacht)

'Cause when the smack begins to flow
I really don't care anymore …
Lou Reed

(Weil, wenn mir der Stoff durch die Venen strömt,
dann interessiert mich nichts mehr)

In my greed for sugar, I have eaten bitter fruit.
Diane di Prima

(In meiner Gier nach Zucker habe ich bittere Früchte gegessen.)

1

Der Wind fachte die Glut unter dem Staub an, trieb kleine Lava-
brocken vor sich her durch den Distelhain, wirbelte Steinstaub
gegen die Felsen, strich über die Dornenpfade, legte sich plötzlich
und gab den Blick frei auf die silbernen Dämpfe, die aus dem
phosphorblauen Brüten der Sümpfe stiegen. Persephone lehnte
sich gegen den Stamm einer faulenden Eibe, deren Wurzeln vergeblich nach Luft rangen, und betrachtete müde den unaufhaltsa-
men Strom der jungen Menschen, die durch das weit geöffnete
Tor traten, Gier und Sehnsucht im Blick. Eine Aura von stummer
Wut und ungestilltem Schmerz umgab sie, sie tasteten sich mit
den Händen an den moosfeuchten Hängen entlang, rutschten in
den Giftschlämmen umher, aber mit zitternden Knien und aufge-
rissenen Augen wurden sie von ihrem inneren Kompass zielsicher
in den Garten der Granatapfelbäume geführt.

Es regnete. Die Weihnachtssterne vor dem Blumenladen leuchteten rot gegen den feuchten Asphalt. Anna hob einen hoch. Trug
ihn in den Laden. »Sie brauchen ihn nicht einzupacken«, sagte
sie, »ich habe nicht weit.« Die Verkäuferin schlug ihn dennoch in
Papier ein. »So können Sie ihn besser tragen, er ist ja unten ganz
nass.« Anna fror. Im Büro stellte sie die Pflanze auf das Fensterbrett im Arbeitszimmer. Legte den dicken Din-A-4-Umschlag,
den sie aus dem Briefkasten gefischt hatte, auf dem Schreibtisch
ab. Fragte sich, wer ihr ein Manuskript schickte.

Es war kein Manuskript. Der Umschlag kam von Lotta. Ein
Weihnachtsgeschenk, überlegte Anna, wie schön, dass Lotta mir
etwas schenkt. Sie hob sich die Überraschung auf. Hörte den
Anrufbeantworter ab, fuhr den Computer hoch, las ihre E-Mails.

Ging in die Küche, stellte Teewasser auf. Vor dem Fenster schlugen zwei Tauben mit den Flügeln und gurrten. Anna klatschte in die Hände, klopfte gegen die Scheibe, schrie: »Haut ab!« Die Vögel duckten sich, blieben, wo sie waren. Anna füllte Tee in die Kanne, goss auf. Schenkte sich eine Tasse ein. Ging in das Arbeitszimmer. Zog das Plakat aus der Rolle.

Es lag seit drei Tagen auf dem Boden, neben dem Wechselrahmen, den sie auch noch nicht ausgepackt hatte. Sie rollte das Bild auf, strich es glatt, es bog sich immer wieder ein. Sie legte oben und unten ein Buch auf die Kanten und setzte sich im Schneidersitz davor. Sah Dante Gabriel Rossettis Persephone in die großen schilfgrünen Augen. Das schimmernde schwarze Haar lockte sich um das Gesicht der jungen Frau. Rahmte ihren langen sehnigen Hals. In der Hand hielt sie den angebissenen Granatapfel. Anna hatte das Plakat vor Jahren in einem Museumsladen entdeckt, es gekauft, in der Originalverpackung in den Schrank gelegt und nicht mehr angerührt. Vor drei Nächten hatte sie davon geträumt. Es begann in seiner Schublade zu glimmen, Flammen züngelten aus dem sich krümmenden Papier, leckten nach dem Holz des Schrankes, loderten durch das Zimmer, brannten das Büro in Schutt und Asche.

Auf der Reproduktion waren die Farben verfälscht, das Grün des Gewandes zu graustichig, das Rot der Lippen zu grell. Anna stellte sich vor das Bild. Faltete die Hände. »Willkommen in meinem Büro, Persephone. Ich weiß nicht, warum du gerade jetzt zu mir willst. Aber es ist in Ordnung. Wir haben so lange nicht mehr miteinander gesprochen.« Persephone lächelte stumm.

»Ich hatte immer wieder Sehnsucht nach dir. Aber ich hatte keinen Platz mehr für dich in meinem Leben. Weißt du«, sie strich mit der Hand über die glatte Fläche, »du bist für mich noch immer mit London verbunden. Und das habe ich hinter mir. Es ist so lange her. Ich bin jetzt eine andere. Aber das heißt nicht, dass ich deine Hilfe nicht gebrauchen könnte.«

Anna schlug den Nagel in die Wand hinter ihrem Schreibtisch. Spannte das Plakat in den Wechselrahmen. Hängte es auf. Ein Sonnenstrahl streifte über Persephones Hand, ließ das Rot des Granatapfels aufleuchten. Anna wandte sich ab, sah aus dem Fenster. Der Himmel hatte aufgeklart, das Dach der Remise im Innenhof schimmerte silbern, von der Birke tropfte das Regenwasser.

Anna setzte sich an den Schreibtisch und öffnete Lottas dicken Umschlag. Zog einen Packen gefalteter, teilweise angegilbter Briefe heraus und einen von Lotta.

Liebe Anna,
seit gestern bin ich wieder in München. Mama ist in das Altersheim gezogen, und deshalb musste ich das Haus ausräumen. Ich erzähle dir das alles einmal in Ruhe am Telefon. Jedenfalls habe ich beim Aussortieren in einer alten Kiste, die ich anscheinend bei Mama im Keller deponiert habe, die Briefe gefunden, die du mir damals aus London geschrieben hast. Kannst du dich erinnern? Ich habe mir überlegt, dass du sie vielleicht gerne haben möchtest. Falls du die Briefe nicht gebrauchen kannst, wirf sie einfach weg. Aber ich würde dir raten, sie zu lesen. Ich habe es jedenfalls getan. Wenn du magst, könnten wir uns bald einmal sehen und darüber reden. Aber nur, wenn du magst.
Viele liebe Grüße von deiner ziemlich erschöpften Lotta.

Bingo, dachte Anna. Sagte zum Bild hin: »Hast du das eingefädelt? Das ist nicht fair.« Sie breitete die Briefe vor sich auf dem Schreibtisch aus. Trank einen Schluck Tee, verbrannte sich die Zungenspitze, strich den Brief, der zuoberst lag, glatt, las.

Nevern Square, 12. Juli 1968

Liebe Lotta,
London ist noch viel toller, als ich es mir vorgestellt habe! Ich bin gleich am ersten Tag zum Piccadilly Circus gefahren und von dort zum Trafalgar Square gelaufen. Aber am allerschönsten finde ich

den Hyde Park und Kensington Gardens. Und gestern war ich auf dem Flohmarkt auf der Portobello Road, das war das Tollste überhaupt. Ich hab mir einen wunderschönen Schal gekauft, einen richtigen Hippieschal, mit Fransen und glitzernden Pailletten. Pat hat mir gesagt, dass der Flohmarkt immer am Samstag ist, und da bin ich gleich losgerannt. Und nächsten Samstag gehe ich bestimmt wieder hin. Ich bin so froh, dass du mich zu Sheilas und Pats Eltern geschickt hast. Sheila kann ich ja leider nicht kennen lernen, sie ist noch immer in den Staaten. Aber die Jones haben mir Pats Telefonnummer gegeben, und ich habe sie sofort angerufen. Sie war wahnsinnig nett, und sie kann sich genau an dich erinnern. Sie hat gesagt, du sollst unbedingt wieder einmal kommen, einfach so, auch wenn es nicht über das Schüler-Austausch-Programm läuft. Aber weißt du, was das Tollste ist? Pat spielt in Hair mit! Im Shaftesbury Theatre! Hast du das gewusst?

Ich kann mich morgen mit ihr treffen, ich soll sie am Bühnenausgang abholen. Da bist du jetzt sprachlos, oder?

Ich habe ein Zimmer in einem Students' Hostel bekommen. Das ist billig, aber es gefällt mir nicht besonders. Ich werde Pat fragen, ob sie etwas Besseres weiß. Hier wohnen ein paar Typen, die sind mir richtig unheimlich. Und es ist alles schmutzig. Studenten hab ich hier jedenfalls noch nicht gesehen. Aber vielleicht weiß Pat etwas für mich.

Jetzt gehe ich mit einer netten Australierin, die im Zimmer nebenan wohnt, Fish and Chips essen.
Wie geht es dir? Fährst du doch nicht nach Italien? Schreib mir bald!
Lots of love
Deine Anna

Mein Gott, dachte Anna, was war ich jung und aufgeregt. Dämmer brach in den Raum ein. Das Rot des Weihnachtssterns schimmerte gegen das schwache Licht hinter dem Fenster. Planeten zogen über den Monitor. Anna knipste die Schreibtischlampe an. Eine kleine

Fliege schwebte um die Birne. Anna zerklatschte sie zwischen den Händen, wischte sie sich an den Jeans ab. Lauschte auf das Quietschen der Straßenbahn, das Rauschen der Autos im Kreisverkehr, das Scheppern eines Trolleys auf dem Asphalt. Ein Kind weinte.

Nevern Square, 19. Juli 1968

Liebe Lotta,

du wirst es nicht für möglich halten, aber jetzt bin ich schon eine Woche hier und habe immer noch nichts von London gesehen, das heißt von dem London, das Sheila dir gezeigt hat und von dem du mir so vorgeschwärmt hast. Ich war weder im Tower noch im Wachsfigurenkabinett und noch nicht einmal in Westminster Abbey. Ich komme einfach nicht dazu. Pat und Keith (ihr Freund) zeigen mir dafür Swinging London. Ich hab eine Richard Hamilton-Ausstellung gesehen, die hat mich umgehauen. Was der macht, gefällt mir viel besser als Warhol, Hamilton ist viel witziger und richtig hip. Er hat so irre Ideen, eigentlich wie die Surrealisten, aber viel moderner, er macht das als Kunst, was hier in London praktisch in der Luft liegt. Es ist auch die Mischung aus dem Bild und dem dazugehörigen Titel, ich hab manchmal laut gelacht, und niemand hat blöd geguckt, ein paar Leute haben mir sogar zugelächelt. Ich kann es gar nicht beschreiben, aber ich bringe dir den Katalog mit, den habe ich mir gekauft, obwohl er sauteuer war. Pat und Keith zeigen mir die ganzen ausgeflippten Galerien in Chelsea. Und auf der Kings Road waren wir auch und in den Pubs, in denen die echten Hippies sitzen.

Pat ist wahnsinnig nett. Und sie sieht irre toll aus. Sie hat die Haare ganz lang und trägt dazu ein Stirnband mit Goldfäden. Sie ist die schönste Frau, die ich je gesehen habe. Ist Sheila auch so schön? Und war Pat, als du da warst, auch schon ein Hippie? Du hast mir überhaupt nichts erzählt!!!

Sie wohnt direkt am Hampstead Heath in einer Kommune. (Hast du das gewusst?) Morgen Mittag bin ich bei ihnen eingeladen. Ich werde dir alles ganz genau erzählen.

Heute war ich im British Museum. Ich hab gar nicht gewusst, wo ich anfangen soll. Und dann bin ich in der ägyptischen Abteilung gelandet und hab mir die Mumien angeschaut. Ich war völlig fasziniert, manche sehen so aus, als wären sie gar nicht tot. Ich muss unbedingt noch einmal kommen.

Danach bin ich in den Straßen hinter dem Museum herumgelaufen, die sind unheimlich schön, richtig englisch, wie man es sich vorstellt. Und es gibt lauter kleine Buchläden und Antiquariate. Ich hab mir einen gebrauchten Führer durch das British Museum gekauft und »The Prophet« von Khahil Gibran für zwölf Pence!

Liebe Lotta, jetzt werfe ich den Brief gleich ein und hoffe, dass er ganz bald ankommt und dass du mir gleich antwortest! Wenn du nach Italien fährst, schreib mir unbedingt deine Adresse!
Ciao, bellissima!
Deine Anna
PS: Englischunterricht für zurückgebliebene Münchnerinnen: London ist cool, die Londoner sind cool, und Pat und Keith sind irrsinnig cool! Weißt du, was das heißt? Nein, eben nicht kühl, ätsch! Cool heißt so etwas wie wahnsinnig lässig, das kommt aus dem Jazz, auf jeden Fall aus Amerika. Leute, die sich nicht um die Meinung der Spießer kümmern, die sich verrückt anziehen, die Rockmusik hören, die halt so sind wie Pat, die sind cool. Aber auch ein Ort, ein Pub zum Beispiel, kann cool sein oder eine Musik oder sogar eine Situation. Ich kann's dir nicht besser erklären, aber es ist ein wahnsinnig guter Ausdruck. Und ich gebe mir ganz große Mühe, selber auch cool zu sein.

Anna schüttelte lächelnd den Kopf. Sah sich in ihrem knöchellangen nepalischen Hippiekleid, das sie auf der Portobello Road erstanden hatte, die Haare frisch mit Henna gefärbt, die Augen schwarz umrandet, in dem Pub an der Shaftesbury Avenue sitzen und möglichst cool vor sich hin gucken. Ich hab mir tatsächlich alle Mühe gegeben, dachte sie grinsend. Sie stand auf, streckte sich, stellte sich an das Fenster. Es regnete wieder. Sie sah hinaus auf die nasse Straße, die aufgespannten Schirme der Fußgänger. Dachte: Schluss jetzt, diese Sperenzchen kann ich mir nicht leisten. Ich muss endlich die Übersetzung fertig bekommen. Ich muss arbeiten. »Funktionieren!«, flüsterte eine Stimme. Höhnisch. Anna nahm die Briefe aus den Kuverts, sortierte sie nach Datum. Fand eine Karte aus dem British Museum.

London, 22. Juli 1968
Liebe Lotta, ich kann Mutti doch gar keinen Brief schreiben. Und du darfst ihr auf keinen Fall die Adresse von den Jones geben!!! Wenn die drauf kommt, dass ich gar nicht bei denen wohne, alarmiert sie die Polizei. Denk dir eine Ausrede aus!!! Ich schreibe ihr gleich eine Karte.
Deine Anna

Auf der Vorderseite der Karte stützte die Königin des Lewis Carroll-Schachspiels traurig den Kopf auf die Hand. Dich hätte ich gerne zur Mutter gehabt, dachte Anna. Eine wie dich. Würdevoll. Nachdenklich. Weitsichtig. Die schläfrige kurze Straße in Giesing tauchte vor ihr auf, das graugetünchte Haus, die blankgebohnerte Holztreppe, die Kuckucksuhr im Flur, das holzgetäfelte Wohnzimmer, das Schmiedeeisengitter vor dem Elektrokamin, der depressive Philodendron, die silbergerahmten Bergsteigerfotos auf dem Eichenregal, der wuchtige Esstisch, das karierte Sofa, die gehäkelten Zierdeckchen. Die gelbe Rüschenbluse ihrer Mutter, der jägergrüne Lodenrock, der bittere Mund, die verschwommenen blassblauen Augen.

Anna legte die Briefe zusammen, steckte sie in eine Mappe, packte sie in den Rucksack. Rief die Datei mit der Übersetzung auf. Versuchte, sich zu konzentrieren. Gab es wieder auf. Dachte: Einen Brief lese ich noch.

Liebe Lotta,

schreib mir bitte nicht mehr an dieses blöde Hostel, denn ich wohne jetzt in der Kommune am Hampstead Heath! Und ich kann die ganze Zeit bleiben, bis ich wieder heimfahren muss. Ich war schon zweimal bei ihnen auf Besuch, und gestern, als ich wieder da war, haben sie gesagt, ich kann zu ihnen ins Haus ziehen. Das ist der Wahnsinn! Eigentlich waren sie zu viert, Pat und Keith, George und Nevil, aber Nevil ist ausgezogen, und ich kann jetzt sein Zimmer haben. Pat meint, sie suchen erst wieder im Herbst nach einem neuen Mitbewohner, und deshalb habe ich jetzt dieses wahnsinnige Glück. George ist der coolste Typ, den ich je gesehen habe. Er sieht ein bisschen wie Mick Jagger aus, und ich glaube, ich habe mich in ihn verliebt. Aber das würde ich natürlich niemals zugeben, damit würde ich mich nur blamieren. Er hat bisher überhaupt nicht mit mir geredet, und ich habe gedacht, er hat was gegen mich. Aber Pat sagt, der ist immer so, und er hat nichts dagegen, dass ich einziehe. Ach, Lotta, ich kann dir gar nicht sagen, wie glücklich ich bin. Es ist wie ein Traum, ich hätte nie geglaubt, dass so etwas in der Wirklichkeit passiert, und dann auch noch mir!

Ich soll dir übrigens liebe Grüße von Sheila bestellen. Sie hat gestern aus Boston angerufen, sie ist begeistert von Amerika, und ihre Gastfamilie ist anscheinend sehr nett.

Und jetzt, liebe Lotta, halt dich fest. Jetzt rauche ich gleich meinen ersten Joint! Ich bin sehr gespannt, wie es sein wird. Weißt du, ich hab mich schon geniert, dass ich noch nie geraucht hab, hier sind nämlich alle immer high, das ist irgendwie ganz normal. So ungefähr, wie man bei uns Bier trinkt. George hat gesagt, Alkohol ist eine Scheißdroge. Besoffene verprügeln ihre Frauen und Kinder, das tut kein *Pothead*. Und das stimmt ja, oder? Ich erzähl dir jedenfalls morgen, wie es war.

Everybody must get stoned!

Deine Anna

Anna schloss die Augen. Das Wohnzimmer im Haus am Hampstead Heath war gelb gestrichen, fiel ihr ein, sonnengelb. Sie versuchte, sich an ihren ersten Joint zu erinnern. Umsonst. Wusste nur noch, dass sie danach fast ständig stoned war. Dachte: Ich muss mir ein paar Dylan-CDs kaufen. Sah sich vor dem Sofa auf dem Boden sitzen, mit gekreuzten Beinen, und George anschmachten.

***

Auf dem Plattenspieler lief *Blonde on Blonde*. George hockte in seiner gewohnten Ecke auf einem Berg orientalischer Kissen und begleitete Bob Dylan auf der Gitarre. Pat und Keith saßen auf dem Sofa und sahen »Bewitched« im Fernsehen, ohne Ton. Pat kreischte vor Vergnügen. Reichte den Joint an Anna weiter. Es war der dritte oder vierte an diesem Abend. Anna schwebte sanft über dem Teppich, inhalierte, so tief sie konnte, blies den Rauch langsam aus, ging über federnde Mooskissen zu George, gab ihm den fast heruntergebrannten Joint.

George legte die Gitarre beiseite, nahm ihren Arm, zog sie zu sich herunter. Inhalierte ein paar Mal, drückte den Joint aus, schob seine Hand unter Annas T-Shirt, strich über ihre Brüste. Anna ließ sich auf den Boden sinken, hielt die Luft an. George streifte ihr das T-Shirt über den Kopf, leckte an ihren Brustwarzen, zog ihren Rock hoch, schob seine Hand zwischen ihre Beine. Anna presste die Schenkel um Georges Hand zusammen, spürte, wie sein Finger in ihre Vagina glitt, wie ein pulsierender Hitzestrahl in ihren Unterleib schoss, pochte, spiralte. Sie keuchte. »Wenn ihr vögeln wollt, geht ins Bett«, rief Pat. George half Anna hoch, schob sie an den Pobacken aus dem Zimmer.

Das Bett schaukelte leicht, das Mandala an der Wand geriet in Bewegung, Anna schloss die Augen. George strich in slow motion über ihren Körper, jagte sanfte Stromstöße unter ihre Haut, saugte an ihren Brustwarzen, spielte zwischen ihren Schamlippen. Anna schob sich ihm entgegen, krallte die Finger in seinen Rücken, spürte, wie sein Penis in sie eindrang. Sie warf den Kopf zurück, stimmte sich in Georges Rhythmus ein, hob und senkte sich mit ihm, ein Feuerball flammte in ihren Unterleib, explodierte, Lava brandete durch ihren Körper, pulsierte durch ihr Blut, zerstob in Milliarden glühende Atome. Anna flog auf und nieder. Schrie.

George sank auf ihren nass geschwitzten Körper, zwischen ihren Schamlippen pochte immer noch Hitze, sie presste ihr Schambein gegen Georges Schenkel. Er fuhr ihr lachend durch die Haare. »Du bist 'ne Wucht, Miss Unersättlich.«

***

Es ging alles so schnell, dachte Anna. Der erste Joint, der erste Orgasmus, der erste Trip. Sie sah zu Persephone hoch, lächelte. Persephone lächelte schattig zurück.

»Ich bin direkt in das gemachte Nest gefallen«, sagte Anna zu ihr. »Ich musste gar nichts dafür tun. Ich war zur rechten Zeit am rechten Ort. Und begierig wie ein verhungerndes Kind. Ich glaube, ich war ein bisschen wie du. Du hattest auch keine Ahnung, was dir blühte, als Hades dich in die Unterwelt entführt hat. Aber du hast Augen und Ohren aufgerissen und alles in dich eingesogen. Stimmt's?«

Natürlich stimmt es, dachte Anna. Sie hat es mir ja selbst erzählt. Sie goss sich den Rest Tee ein, kostete, kippte ihn ins Spülbecken, setzte neuen auf. Konzentrierte sich auf das letzte Kapitel ihrer Übersetzung. Rief Ben im Laden an. Melanie nahm ab. »*Tune In*, guten Tag, was kann ich für Sie tun?«

Nicht so gespreizt daherreden, dachte Anna. Im Hintergrund hörte sie ein Saxophon.

»Gibst du mir mal Ben?«

»Seine Bandkollegen sind da, soll ich ihn trotzdem holen?«

»Nö, ist schon gut.«

Sie arbeitete bis zum Abend, fuhr anschließend ins *Tune In*, schaute Ben beim Abrechnen zu, sah sich im Laden um. Ben verkaufte jedes Musikinstrument, das er irgendwo auftreiben konnte, von der gebrauchten Stratocaster aus den Sechzigerjahren über afrikanische Bongos bis zum Pikkolosaxophon. In den Regalen stapelten sich Blockflöten, Mundharmonikas und Mautrommeln, Saiten, Plektrums, Bottlenecks, Kapodaster, Cazoos, Bluesharps, Boosters, Noten, Partituren, Songtexte. An den Wänden hingen Adressen von Gesangslehrerinnen und Klavierstimmern, Termine von Musiksendungen im Radio, Konzertprogramme, Tourneepläne, großformatige Fotos von Bo Diddley und Muddy Waters, Billie Holiday und Charlie Parker, Carlos Santana und Ravi Shankar.

Melanie räumte im hinteren Teil Bücher ein. Lächelte Anna zu. Anna lächelte zurück. Griff nach einer Bongo, versetzte ihr ein paar Schläge, stellte sie wieder weg.

Ben sah vom Rechner auf. »Hajo hat angerufen. Ihr Flug wurde um einen Tag vorverschoben. Sie stellen den Katzen Trockenfutter hin. Birthe schreibt uns einen Zettel mit allem, was wir wissen müssen. Die Schlüssel sind bei den Nachbarn.«

»Das heißt, die beiden Biester zerfleischen uns, wenn wir ankommen?«

Ben grinste. »So ungefähr.« Er fuhr den Computer herunter, legte das Geld in die Schublade, schloss sie ab, lehnte sich im Stuhl zurück. »Soll ich mir eine Sitar kaufen?«

»Nicht dein Stil.«

»Wer sagt das?«

»Ich.«

»Ganz schön frech, die Dame.«

»Yeah.«

Er stand auf, nahm sie in den Arm. Drückte ihr einen Kuss auf die Stirn. »Ich freue mich so sehr auf die paar freien Tage. Ich weiß schon gar nicht mehr, wie du aussiehst.«

»Ein Meter siebzig, vergleichsweise schlank, von den Hüften, dem Bauch und dem Po mal abgesehen, kastanienrotes Haar mit einem äußerst attraktiven Grauschimmer, geheimnisvolle meergrüne Augen, eine hohe, Intelligenz verheißende Stirn, ein großes freches Maul.«

»Genau. Auf welch selbiges ich dich jetzt küssen werde.« Ben kippte ihren Stuhl nach hinten, beugte sich über sie.

»Hey, nicht hier«, sagte Anna.

Anfang Januar fuhren sie nach Sylt. Hatten den ganzen verregneten Strand, den wolkenschweren Himmel und Bens ehemaliges Elternhaus für sich. Anna mochte das alte Gebäude mit dem Reetdach, dem großen Garten, der ausgebauten Scheune, in der Birthe Kräuter trocknete. Hajo und Birthe hatten das Haus nach dem Tod der Eltern umgebaut, alles Schwere, Dunkle, Eichenhölzerne entfernt, die Wände milchig weiß gestrichen, die Fensterrahmen blau. Sie hatten die alten Holzböden freigelegt, versiegelt, dicke Wollteppiche darüber gebreitet.

»Wir müssen einmal kommen, wenn Birthe und Hajo da sind«, sagte Anna, als sie das Gepäck ins Haus schafften. »Und Britta. Ich habe Britta bald ein Jahr nicht mehr gesehen.«

Ben inspizierte die Küchenschränke. »Britta habe ich schon angerufen. Sie steckt mitten in irgendwelchen Prüfungen. Ich soll dich grüßen, du sollst sie mal in Hamburg besuchen. Sie ist aus der WG ausgezogen und hat jetzt eine eigene Wohnung. Und die will sie ihrer Tante Anna vorführen.«

Anna schnupperte an Birthes Teedosen, entschied sich für Sencha, stellte Wasser auf. »Weißt du zufällig, ob Britta kifft?«

»Das kann ich mir nicht vorstellen.«

»Wieso nicht?«

»Britta hat immer gewusst, was sie wollte. Sie hat schon mit sechzehn erklärt, dass sie Jura studieren wird. Und so wie es aussieht, macht sie noch dieses Jahr ihr zweites Staatsexamen.«

»Deshalb kann sie ja trotzdem mal einen Joint rauchen.«

»Tut sie aber nicht.«

»Behauptet der alte Onkel.«

»Wieso alt?« Ben drohte ihr grinsend mit der Faust, trug die

Koffer nach oben. Die Katzen schlüpften durch die Klappe in die Küche, strichen um Annas Beine, jammerten zum Gotterbarmen. Anna machte ihnen eine Dose auf und goss frisches Wasser in ihre Schalen. Die Tiere schlangen ihr Fressen hinunter, stolzierten vor Anna auf und ab, schlugen die Krallen in ihre Jeans. Anna hob sie hoch, setzte sie sich auf die Knie, kraulte sie hinter den Ohren. Stand wieder auf, ging in die Speisekammer, beäugte das Regal, das Birthe für sie hergerichtet hatte. Gläser mit Marmeladen und eingekochten Tomaten, eine Tüte mit getrockneten Steinpilzen, ein Korb voller Kräuter. Ein Zettel: »Ihr kommt zu einer Jahreszeit, in der es kaum Frisches gibt. Aber das hier schmeckt auch gut. Im Keller sind Äpfel und Kartoffeln. Im Reformhaus in Westerland gibt es frischen Ingwer. Guten Appetit! PS: Liebste Schwägerin, fahr mal nach Westerland und geh in die Sauna im Kurmittelhaus. Man kann sich nirgendwo besser entspannen. Vielleicht kriegst du ja Ben dazu, mitzukommen. Mit Hajo ist es mir noch nicht gelungen.«

Anna öffnete lächelnd ein Glas mit Stachelbeermarmelade, kostete einen Löffel voll, machte sich auf die Suche nach Ben. Fand ihn im Wohnzimmer vor dem Kamin. »Mund auf, Augen zu!«, befahl Anna und schöpfte ihm einen Klecks Marmelade auf die herausgestreckte Zunge. Ben schluckte, öffnete den Mund noch weiter. »Mehr!«

Anna setzte sich neben ihn auf den Boden. »Nur wenn du uns ein schönes Feuer machst.«

»Bin doch grade dabei. Her mit der Marmelade!« Ben entriss ihr das Glas und den Löffel.

»He, lass mir auch was übrig!« Anna eroberte sich den Löffel zurück. »Was hältst du davon, wenn wir richtig schön essen gehen? Als Einstand?«

Am nächsten Morgen ging Anna an den Strand. Der Sand war fest, der Regen hatte sich verzogen, eine Möwe hüpfte neben ihr her, als hätte sie vergessen, dass sie fliegen konnte. »Das ist aber nett, dass du mich begleitest«, sagte Anna. Die Möwe trippelte noch ein paar Meter weiter, breitete dann die Flügel aus, schlug ein paar Mal mit ihnen auf und ab, erhob sich, zog eine Schleife über Annas Kopf, verschwand hinter den Dünen. Anna blieb einen Moment lang stehen und schaute bis zum Horizont. Ein paar Schaumkronen hüpften auf dem Wasser auf und ab, die Wellen plätscherten träge an den Strand, der Himmel bezog sich wieder mit Wolken. Sie bückte sich, um eine weiße Muschel aufzuheben. Für Ben.

Ich darf ihn nicht verlieren, dachte Anna. Ihn nicht. Ich habe ihn so lange warten lassen, was habe ich mich geziert. Und er hat gewartet. Hat immer wieder angerufen. Hat mich in Ruhe gelassen, wenn ich ihn nicht sehen wollte. War da, wenn ich ihn brauchte. Sie kniete sich hin, fuhr mit den Fingern durch den Sand. Grub ein Herz ein. Dachte: Was weiß ich über seine Träume? Die heimlichen. Von denen er mir nichts erzählt. Er hat die Stelle an der Musikhochschule aufgegeben, weil ihm etwas fehlte. Aber was? Hat er es im Laden gefunden? Sie verwischte das Herz mit dem Fuß. Er ist doch kein Kaufmann. Er ist Musiker. Sie hielt das Gesicht in den Wind, schloss die Augen, breitete die Arme aus, als wollte sie fliegen. Was tut er mit dieser Sehnsucht, die nichts und niemand stillen kann? Sie stieß eine leere Flasche zur Seite, sah zu, wie sie in Richtung Wasser rollte, im feuchten Sand liegen blieb. Vielleicht hat er diese Sehnsucht gar nicht. Vielleicht habe nur ich die. Sie schaute auf das Meer, das schaumig über den Strand leckte. Es gab Zeiten, da konnte ich sie stillen. Da hatte ich meine indischen Göttinnen, da hatte ich Persephone. Da hatte ich mein Yoga, meine Meditation.

Sie setzte sich im Schneidersitz in den Sand. Dachte: Warum habe ich aufgehört zu meditieren? Sie versuchte, die Beine einzuschlagen. Ich bekomme nicht einmal mehr den Lotussitz hin. Mein Gott, bin ich steif geworden.

Der Wind verstummte. Es begann zu nieseln. Vom Meer kam Nebel herein. Anna machte sich auf den Rückweg, klaubte drei tote Seesterne aus dem nassen Sand, wusch sie im Wasser, das ihr an die Hosenbeine klatschte, steckte sie in die Anoraktasche. Als sie im Haus ankam, fror sie, zog sich ihren alten Trainingsanzug über, dicke Socken an die Füße, hängte sich ein buntes Wolltuch von Birthe um die Schultern. Ben sah fern, eine Serie über die Geschichte der Rockmusik. Anna winkte ihm zu: »Ich geh nach oben.« Ben warf ihr eine Kusshand zu, begleitete Jimi Hendrix auf einer Luftgitarre. Anna stieg die Treppen hinauf, blieb oben abrupt stehen, *Lazy sunday afternoon ...* Anna rannte nach unten. »Mach lauter!« Sie nahm Ben die Fernbedienung aus der Hand, ließ die Musik aufdröhnen. *Close my eyes and drift away, close moi ois and drift awaiiiii.* Anna sang laut mit, die Cockney-Version.

Ben hielt sich die Faust als Mikrophon vor den Mund, grölte gleichfalls mit. »Das haben wir damals mit den Roaring Seagulls gespielt. Klang echt gut.«

Anna fläzte sich ihm gegenüber in den Sessel, streckte die Beine aus. »Ich kann mir das einfach nicht vorstellen, eine Rockband auf dieser Spießerinsel.«

»Du unterschätzt die Provinz. Wir waren ein echter Heuler.« Anna lächelte.

»Unsere Glanzzeit kam allerdings erst mit dem neuen Bandnamen. Vorher nannten wir uns The Symponies. Weil meine Freundin ein Pony hatte. ›Und jetzt spielen wir *I wanna hold your hand* für Inge, die heute Geburtstag hat‹, Kreisch!«

»Ach, Inge hieß die Dame.«

»Yeah. Aber Inge hat mich für einen pickeligen widerlichen Hamburger verlassen. Das war's dann mit den Symponies. Und der glorreiche Aufstieg der Roaring Seagulls begann.«

Ben hob sich eine der Katzen auf den Schoß, streichelte sie. »Wir haben von einem Auftritt im Greenspan geträumt. Allen Ernstes. An den Wochenenden sind wir nach Hamburg getrampt, wir hatten grade mal das Geld für den Eintritt und eine Cola in der Tasche.«

»Habt ihr Drogen genommen?«

»Na ja, ab und zu mal einen Joint geraucht. Aber unsere Droge war eher Jever. Gut gekühlt. Apropos, soll ich uns ein Bier holen?«

Anna schüttelte den Kopf.

»Und du? Hast du Drogen genommen?«

Anna strich mit der Hand über die Sessellehne. »In London.«

»Du hast mir nie von deiner Londoner Zeit erzählt.«

Nö, dachte Anna. »Holst du uns doch ein Bier?«

Ben stand auf, ging in die Küche, schenkte zwei Gläser ein. Stellte Anna ihres hin. Schlang von hinten die Arme um sie. »Weißt du, als wir uns kennen lernten, dachte ich, die hat was ...« Er suchte nach dem richtigen Wort. »Etwas Ausgeflipptes. Das hat mich gleichzeitig erschreckt und fasziniert. Du hast mich an die Szenefrauen erinnert, die damals«, er grinste sie an, »in meiner Jugend, in Hamburg herumgelaufen sind. Und die ich immer bewundert habe. An die ich mich aber nie rangetraut habe. Und du hast immer noch etwas davon.«

Anna lehnte den Kopf an seinen Arm. »Aber diesmal hast du dich ganz schön rangetraut!«

Ben lachte zufrieden. Löste sich von ihr, setzte sich hin. Wurde wieder ernst. »Ihr habt also gekifft, in London?«

»Ja.«

Ben trank den Schaum von seinem Glas, sah sie forschend an. »Sonst noch was?«

»Wieso fragst du?«

»Ich? Du redest in letzter Zeit ständig über Drogen.«

»Quatsch.«

»Also, was hast du sonst noch genommen?«

»Wird das jetzt ein Verhör, oder was?«

»Was bist du denn so aggressiv?«

»Ich bin nicht aggressiv. Ich bin müde.« Anna stand auf, ging.

»Hey, Anna, was ist denn los?«, rief ihr Ben hinterher.

»Nichts. Ich lege mich ein Weilchen hin.«

Sie holte den Rucksack aus dem Gästezimmer und verzog sich in Birthes Arbeitsraum. Sie stellte sich vor den Spiegel, sah sich in die Augen. Dachte: Ich sehe doch beim besten Willen nicht aus wie ein Hippie. Noch nicht einmal wie ein Posthippie. Sie blähte die Wangen, rollte mit den Augen, musste lachen. Okay, ich sehe auch nicht gerade wie eine seriöse Dreiundfünfzigjährige aus. Aber wie dann? Sie beugte sich vor, studierte ihr Gesicht. Suchte nach einem Rest der alten Anna darin. Der Londoner Anna. Gab es auf. Setzte sich an den Schreibtisch, machte das Licht an, kramte die Briefe heraus, begann zu lesen.

Hampstead Heath, 30. Juli 1968

Liebe Lotta,

danke für deinen langen Brief, ich hab mich sehr darüber gefreut. Ich hätte nie gedacht, dass in Triest so viel los ist. Gehst du jetzt auf Demonstrationen und so was? Du musst mir alles haargenau erzählen, wenn wir wieder in München sind! Bei mir gibt es auch ganz viel Neues! Ich kann dir das in einem Brief jetzt gar nicht richtig schreiben, dafür ist es einfach zu viel. Aber ich erzähl dir dann ja auch alles mündlich.

Ich bin jetzt mit George zusammen, es ist unheimlich schön, so etwas habe ich noch nie erlebt, es ist der Wahnsinn. Und weißt du was? Ich habe meinen ersten Trip geworfen! (Trips sind LSD, hier sagen sie meistens *acid* dazu.) George hat Trips mitgebracht und mich gefragt, ob ich auch einen will. Da habe ich natürlich ja gesagt. Pat hat mir fast einen Strich durch die Rechnung gemacht. Sie hat mich nämlich gefragt, ob ich überhaupt schon einmal *acid* genommen hab, und ich habe glatt gelogen, weil, sonst hätte sie mir den Trip womöglich wieder weggenommen. Jedenfalls war es das irrste Erlebnis, das ich je hatte. Du kannst dir das nicht vorstellen, und ich weiß gar nicht, wie ich es beschreiben soll. Du musst es einfach selber probieren.

Turn on, tune in, drop out!

Deine Anna

Anna streifte den Brief glatt, stellte sich grinsend Lottas fassungsloses Gesicht vor, als sie das las. Arme Lotta! Da bist du von einer

Demo zur nächsten gerannt, hast genau gewusst, wie die Welt zu erklären ist, und auch noch, wie sie zu verändern wäre. Und dann musstest du dir dieses abgefahrene Zeug von mir anhören. Hab ich doch tatsächlich gedacht, du würdest LSD probieren wollen. Und du wolltest immer wissen, was es in London für Demos gibt.

Sie wurde wieder ernst. Dachte: Wir haben uns beide in unsere jeweilige Welt eingeschlossen und nichts anderes mehr wahrgenommen. Für dich gab es nur noch die Politik, du bist so schrecklich ernsthaft geworden und intolerant, so warst du vorher nicht. Und ich bin abgetaucht in meine Drogenwelt.

Sie betrachtete die Falten auf ihrem Handrücken. Hörte den Regen auf das Dach trommeln. Schaute in das dunkle Viereck der Fensterscheibe. Dachte: Abgetaucht bis zum Ersaufen. Sah den blühenden Sommergarten am Hampstead Heath. Roch den Jasmin, der an der Mauer wuchs, den Curryduft, den das Abendessen vom Vortag über das Haus gebreitet hatte.

***

Das Gras im Garten glänzte vom Regen, der gerade aufgehört hatte. Der Himmel war noch immer dicht mit Wolken bedeckt, die Luft dampfte. Pat lag auf dem Sofa, George auf seinem Kissenberg, Anna hatte sich im Schneidersitz auf eine dicke Decke vor das Fenster gesetzt. Versuchte, die Angst zu verdrängen. Dachte: Es wird bestimmt schön. Schaute auf die Bäume und Blumen im Garten. Hielt sich an der trägen Sonntagnachmittagsnormalität fest, die sie gerade loswerden wollte. Keith hatte sich in sein Zimmer zurückgezogen und düster erklärt: »Ich meditiere. Das ist besser als euer chemischer Scheiß. Und gesünder.«

Ein Sonnenstrahl strich über die Rhododendronbüsche, verblasste wieder. Anna schaute und wartete. Nichts geschah. Ewigkeiten vergingen. Hinter ihr kicherte Pat über etwas. »Wie isses denn?«, fragte sie.

»Ich glaube, der Trip wirkt bei mir nicht«, sagte Anna. Wandte den Blick nicht von der glühenden purpurroten Sonne, die hinter den Bäumen aufging. Die Bäume waren winzig klein, sie bewegten sich im Wind, es war sogar ein ziemlich heftiger Sturm. Die Sonne wurde immer größer, immer röter.

»Was siehst du denn da draußen?«, fragte Pat. Ihre Stimme hallte nach, als würde sie in eine Echowand rufen.

»Nichts«, sagte Anna. »Aber der Sonnenaufgang ist irre.«

Hinter ihr klatschte etwas schwer auf den Boden. Anna drehte sich um, sah, wie Pat sich auf dem Boden wälzte. »Sie sieht nichts«, schrie sie. »Sie sieht nichts! Nur den Sonnenaufgang!« Sie lachte und lachte. Auch George auf seinen Kissen lachte, er schlug mit der Hand auf den Teppich, verschluckte sich vor Lachen.

Anna wollte aufstehen und zu ihm hinübergehen. Hatte aber keine Beine mehr. Dachte: Komisch, sonst hab ich immer Beine. In ihrem Bauch dröhnte ein überdimensionaler Bass auf, hinter, über, neben ihr jaulten E-Gitarren, die Klänge rasten um sie herum, immer schneller, immer lauter. Ein Schlagzeug hämmerte unter ihr im Teppich, der sich bei jedem Beat auf und ab bewegte. Nach einer Weile erkannte Anna, dass *A Saucerfull of Secrets* lief.

Die Musik wurde noch lauter, irgendjemand rief etwas. Der Wind aus dem Garten kam in das Zimmer. Hob Anna hoch. Sie hing über einem Gebirge aus Farben, aus Gold und Rot und Türkis und Orange. Ein großes bleiches Tier kroch über ihren Körper, eine Riesenkrabbe, Georges Gesicht schwebte über ihrem, verzog sich in alle Richtungen, wie im Spiegelkabinett. Anna musste lachen, verschluckte sich, hustete. Sah, dass George vor ihr saß. Er nahm ihre Hand, legte etwas Kaltes, Nasses hinein. Sagte: »Trink!« Sie begriff, dass es ein Glas Wasser war. Trank es in einem Zug aus. George wich vor ihr zurück, schrumpfte, sein Körper verzog sich wie brennendes Papier. Aus seinen Wangen schlugen Blasen. Anna streckte den Arm nach ihm aus, sah, dass ihre Hand silbern war, jeder einzelne Finger schimmerte metallisch, sie konnte sich nicht satt sehen.

Leonard Cohen sang von *Marianne* und *Tea and oranges, that came all the way from China**. China ist so wahnsinnig weit weg, dachte Anna, das muss ich mir unbedingt merken, dass ich gerade erkannt habe, dass China wahnsinnig weit weg ist.

Das Zimmer wurde langsam grau, es sah hässlich aus, schmutzig. Die Wände hatten Dreckränder, Annas Hände fühlten sich klebrig an. Sie stank unter den Achselhöhlen, hob immer wieder die Arme, um daran zu riechen, es stank seltsam eklig und vertraut zugleich. Ihr war leicht schlecht, hinten im Kopf meldete sich ein heller, feiner Schmerz. Sie legte sich flach auf den Boden. Schlief ein.

***

Wieso weiß ich das alles noch, und so genau, dachte Anna, es ist doch ewig her. Bilder formierten sich in ihrem Kopf, bauten sich langsam auf wie eine Website auf dem Monitor, verschoben sich, verwoben sich mit anderen Bildern. Anna fühlte sich plötzlich zittrig, aufgeputscht, als hätte sie Koks genommen. Dachte: Ich brauche etwas Süßes. Traute sich nicht, in die Küche zu gehen. Sie wollte Ben nicht begegnen, nicht von ihm gesehen, nichts von ihm gefragt werden. Hör auf zu spinnen, sagte sie sich, du bist seit dreißig Jahren clean.

Es nützte nichts. Sie fühlte sich, als hätte sie das Leben gewechselt, wie man von einem Zug in einen anderen umsteigt. Der dann abfährt. Aus dem man nicht mehr aussteigen kann. Sie spürte die Aufregung der siebzehnjährigen Anna, ihre Angst, ihren Enthusiasmus, ihre Verlassenheit, ihre Sehnsucht, ihren Hunger nach noch mehr Trips, danach, noch höher abzuheben, noch weiter über alle Grenzen hinauszugehen, noch mehr zu zerren und zu ziehen an ihrem Bewusstsein, das schon einriss wie dünnes Leder, das man zu häufig und zu straff spannte.

Sie legte die Hände auf dem Bauch zusammen, atmete lang-

---

* Die Übersetzung aller englischen Texte findet sich im Anhang.

sam ein und aus. Dachte: Ich fange wieder an zu meditieren. Und mache wieder meine Atemübungen. Persephone hilf mir! Mir wird das alles zu viel. Sie holte noch einmal tief Luft, nahm den nächsten Brief, las.

Hampstead Heath, 8. August 1968

Liebe Lotta,

heute habe ich deinen Brief bekommen und bin richtig erschrocken. Du musst keine Angst haben! Mir geht es wahnsinnig gut! Du musst dir wirklich überhaupt keine Sorgen um mich machen. Du wirst es ja sehen, wenn ich zurück bin. Obwohl ich eigentlich gar nicht aus London weg möchte. Ich habe mir ernsthaft überlegt, ob ich nicht bleiben soll, George könnte mir einen Job besorgen. Aber Pat meint, ich soll auf jeden Fall die Schule abschließen. Dann kann ich zurückkommen und in London bleiben, solange ich will. Ich kann dir gar nicht sagen, wie schwer mir das fällt. Aber jetzt mache ich halt doch das Abi. Dann finde ich auch einen besseren Job, oder vielleicht studiere ich sogar. Mal schauen, ich kann das jetzt noch nicht abschätzen. Ich weiß nur, dass ich am Tag, an dem wir das Abizeugnis bekommen, in den Zug steige.

Weißt du, wir nehmen nicht nur dauernd Trips oder so. Wir machen auch ganz viele andere Sachen. Wir gehen zum Beispiel in den Hampstead Heath, das ist ein Riesenpark, ein ganzes Gelände, der Englische Garten ist nichts dagegen. Ich gehe da auch oft alleine spazieren, es ist wahnsinnig schön.

Und wir fahren in die Stadt, nach Kensington oder Chelsea, Pat und George kennen viele Galeristen und Künstler, dann schauen wir uns die Ausstellungen an, die sie gerade haben, oder die Ateliers. Weißt du, da komme ich mir schon richtig großstädtisch vor, wenn wir einfach so in ein Atelier hineinspazieren und uns der Künstler erklärt, was er gerade macht, und wir dann einen Joint zusammen rauchen oder eine *line* ziehen. (Ja, ich hab jetzt auch Koks probiert, aber den mag ich gar nicht so besonders, davon werde ich nämlich zu aufgeputscht.) Und es gibt so kleine

Clubs, wo Filme laufen, die man sonst nicht sehen kann. Da haben wir uns zum Beispiel Filme von Andy Warhol angeschaut, das Empire State Building, wo er acht Stunden lang immer nur das Empire State Building zeigt, und das Einzige, was sich verändert, ist das Licht. Das ist irre, wir sind immer wieder rausgegangen, einen durchziehen, und dann zurück, oder wir haben uns zwischendrin Fish 'n' Chips geholt und dann einfach weitergeschaut. Und da lief auch ein Film über Velvet Underground, den fand ich am schönsten, ich habe mir gleich ihre Platte gekauft, die spiele ich dir vor, sie ist das Tollste, was ich je im Leben gehört habe, einschließlich Stones und Doors.

Jetzt muss ich aber wirklich aufhören. Weißt du, das Einzige, auf das ich mich in München freue, bist du! Make love, not war! Anna

Anna legte den Brief beiseite, stand auf, streckte sich. Sah den neongrünen Minirock vor sich, über den ihre Mutter ausgeflippt war, konnte sich plötzlich an die Pullis erinnern, die sie in der Schule unter der Bank gehäkelt hatte, knallgelb oder lila, viel zu eng und viel zu kurz. Ich war ein bunter Hund in München, dachte sie. In Giesing haben die alten Weiber mit Fingern auf mich gezeigt. Ihre Physiklehrerin fiel ihr ein. Die, wenn sie durch das Klassenzimmer lief, immer einen großen Bogen um Annas Platz machte, als würde sie stinken. Ich habe mich geschämt, dachte Anna, ich habe mich gedemütigt gefühlt. Aber ich habe die Rolle angenommen. Anna, der Outcast, Anna, das verkommene Luder, Anna, die Drogensüchtige. Dabei war ich damals noch meilenweit davon entfernt. Aber ich habe schon so etwas wie Junkiestolz entwickelt. Wenn schon Außenseiterin, dann bitte ganz.

***

»Haschisch vernebelt das Hirn«, sagte Lotta. Enzo nickte. Es war endlich warm geworden, die Isar führte Hochwasser, in den Auen saßen Studenten und ein paar Kiffer. Enzo und Lotta diskutierten über ein Flugblatt, Anna lag im Gras, sah in den Himmel, sehnte sich nach George. Dachte: Ihr habt ja keine Ahnung.

Lotta stieß sie in die Seite. »Und die Leute, mit denen du dich dauernd triffst, tun dir bestimmt nicht gut.«

Anna setzte sich auf, starrte Lotta wütend an. »Jetzt redest du schon wie meine Mutter.«

»Ihr nehmt doch dauernd nur Rauschgift und hört Platten.«

»Wir gehen ins Kino, wir sehen Filme, von denen du nicht mal weißt, dass es sie gibt.«

»Bergman! Kleinbourgeoises metaphysisches Geschwafel.«

»Aber dein Marx hat den Durchblick, ja?«

»Ganz genau.«

»Du solltest mal wenigstens ›Lohn, Preis, Profit‹ lesen.« Enzo fuchtelte mit dem Kugelschreiber vor ihrem Gesicht.

Anna zupfte Gras aus dem Rasen. »Wozu?«

Gegenüber steckten sich drei junge Männer einen Joint an. Wenn ich jetzt mein *Piece* aus der Tasche hole, kriegt Lotta einen Anfall, dachte Anna. Schloss die Augen, träumte sich nach London. Noch zwei Monate bis zum Abi, dann hab ich's hinter mir.

***

Ben schaute herein. »Störe ich?«

Anna verdeckte den Brief mit dem Arm. »Lass mich das gerade noch zu Ende lesen, dann komme ich zu dir runter.«

Ben zögerte einen Moment, als wollte er noch etwas sagen. Ging schließlich.

Trotzdem, dachte Anna, ohne Lotta hätte ich es nicht überstanden. Wenn ich sie nicht gehabt hätte, wäre ich noch vor dem Abi abgehauen.

***

»Du gehst mir heute Abend nicht aus dem Haus!« Annas Mutter stand im Türrahmen, die Arme vor der Brust verschränkt, Bitterkeit in den Mundwinkeln. Herausgewachsene Dauerwelle, dunkle Ringe unter den Augen. Lodenrock, geblümte Bluse.

Anna ballte die Fäuste. »Wieso nicht?«

»Wie du wieder ausschaust!«

»Ich hab dich gefragt, wieso ich nicht weg darf.«

»Weil du mir nicht mehr mit den rauschgiftsüchtigen Langhaarigen herumziehst.«

»Ich geh, mit wem ich will.«

»Und angeschmiert wie eine Hure!«

»Du schaust auch nicht gerade toll aus.«

»Werd nicht frech, sonst ist es ganz aus.«

»Was?«

»Wenn dich der Papa so sehen tät, der würde sich im Grab umdrehen.«

»Der sieht mich aber nicht«, schrie Anna, »der hat mich sowieso nie gesehen! Und außerdem hat er gar kein Grab.«

»Red nicht so über deinen Vater«, schrie Annas Mutter zurück. »Und wenn du mit dem Rauschgift nicht aufhörst, dann geh ich zur Polizei!«

»Du spinnst ja«, zischte Anna, lief in ihr Zimmer. Ihre Mutter kam ihr hinterher. Riss die Tür auf, stemmte die Arme in die Seiten, schüttelte den Kopf. »Du müsstest einmal *sehen*, wie du ausschaust«, sagte sie. Stieß den Zeigefinger in Annas Richtung. »Ganz heruntergekommen bist du schon von dem Giftzeug. So kommst du nie durch die Prüfung. Und das wär ja noch nicht einmal das Schlimmste. Am Rauschgift kann man nämlich sterben.«

»Am Bergsteigen auch!«

Annas Mutter machte einen Satz nach vorn, knallte ihr links und rechts eine Ohrfeige ins Gesicht. »Das sagst du nicht noch einmal.«

»Wieso, wenn's doch stimmt.«

Die Tür flog zu. Anna legte *Got Live If You Want It* auf den

Plattenteller, setzte sich die Kopfhörer auf, hielt sich beide Wangen, brüllte mit Mick Jagger: *Hey, you, get off of my cloud!*

***

Gut, dass sie kein Englisch konnte, dachte Anna. Rieb sich die Augen, zwang sich, zurück in die Gegenwart zu kommen. Schob die Briefe in die Mappe und steckte sie in den Rucksack. Ging hinunter ins Wohnzimmer. Ben hatte eine Flasche Wein aufgemacht, einen Teller mit schwarzen Oliven und einen mit Käsecrackern auf den Tisch gestellt. Anna setzte sich im Schneidersitz auf das Sofa. Nahm ein Glas Wein, nippte daran. »Ich würde dir gerne von meinem Vater erzählen. Okay?«

Ben sah sie verwundert an. »Ja, klar.«

»Er war Bergführer, Expeditionsleiter, richtig professionell, mit internationaler Kundschaft und so. Ich sollte nach der Schule in das Geschäft einsteigen und die Tourenorganisation übernehmen. Dann hätte er überhaupt nicht mehr nach Hause kommen müssen.« Anna zerkrümelte einen Cracker, pickte die Brösel auf, leckte sie von den Fingern. »Der magische Satz meiner Kindheit war: ›Anna, komm schnell, der Papa ist dran.‹ Wir hatten damals schon Telefon, damit er uns anrufen konnte, aus Katmandu oder Pokara oder Lima oder weiß der Teufel wo. Er war einer von denen, die wirklich Geld mit ihrem Hobby verdient haben. Er hat die Leute auf die Fünf-, Sechstausender geschleppt, nur damit er selber immer wieder raufkonnte.«

Anna nahm eine Olive vom Teller, kaute daran herum, spuckte den Kern in die Hand. »Und das kleine Annerl hat brav alle Bergsteigerbücher verschlungen, die ihr der Vater gegeben hat. Aber der wunderbarste, tapferste, strahlendste aller Bergkameraden war natürlich mein Papa. Wenn er mal ausnahmsweise zu Hause war, hat er mich auf Touren mitgenommen, jedes Jahr ist er ein Stück höher mit mir gegangen, mit vierzehn hab ich meinen ersten Kamin durchquert, mit fünfzehn meinen ersten Dreitausender bestiegen.«

31

Anna zog die Beine hoch, schlang die Arme darum. »Und dann ist der Anruf von der Botschaft in Katmandu gekommen. Mutti ist ganz blass geworden, hat immer wieder den Kopf geschüttelt, dann hat sie den Hörer fallen lassen und ist in die Küche gelaufen. Ich hab den Hörer aufgenommen, und die Frau am anderen Ende hat einfach weitergesprochen: ›Die Leiche konnte leider nicht geborgen werden‹, hat sie gesagt, ›in dem Schneesturm war das nicht möglich. Zwei von den Sherpas wollen es in den nächsten Tagen versuchen. Aber Sie sollten sich vermutlich besser keine Hoffnungen machen.‹«

»Da warst du fünfzehn, oder?«, fragte Ben.

»Knapp sechzehn. Das Begräbnis war eine Woche vor meinem sechzehnten Geburtstag. Die Spezis von meinem Vater sind in Tracht angetanzt. Sie haben sich nicht entblödet und ein Blumengesteck in Form des Mount Everest auf dem Sarg abgelegt. Die Alpenvereinler haben ihre Wimpel geschwenkt, und alle zusammen haben das Bergkameradenlied gesungen. Meine Mutter hatte so viele Beruhigungstabletten intus, dass sie fast eingeschlafen ist. Einen Monat nach dem Begräbnis bin ich aus der Alpenvereinsjugend ausgetreten, hab meine Bergausrüstung einer Schulkollegin geschenkt und mir meine erste Rolling-Stones-Platte gekauft.«

Ben legte ihr die Hand in den Nacken, fuhr ihr durch das Haar. »Wir sind schon so lange zusammen und haben uns so vieles noch nicht erzählt.«

Anna nickte. »Es war einfacher zu sagen, mein Vater ist bei einem Bergunfall ums Leben gekommen. Da hat jeder bedauernd und gleichzeitig bewundernd geguckt, aber niemand hat je nachgefragt. Warum auch.«

»Bist du danach wirklich nie mehr auf einen Berg gestiegen?«

»Nein. Ich habe einen heiligen Eid geschworen, dass ich nie wieder auf einem Gipfel stehen werde. Seither fahre ich ans Meer. Das bekommt mir besser. Deshalb bin ich auch so gerne auf Sylt.«

»Wie hat deine Mutter reagiert?«

»Die hat sich mit Valium getröstet. Und ihren Obstler gekippt.

Zur Verdauung natürlich.« Anna verzog spöttisch den Mund. »Ich habe sie gehasst. Sie war so was von bigott und verlogen. Ich war fast nur noch bei Lotta. Die hat kurz vor dem Abi ihr Freund sitzen lassen, das war mein Glück. Kaum war Enzo weg, hatte sie wieder Zeit für mich. Und dann sind ihre Eltern zurück nach Italien gegangen, und ich bin bei ihr eingezogen.«

»Das hat deine Mutter erlaubt?«

»Der blieb nichts anderes übrig.« Anna hob affektiert die Stimme: »Rauschgiftsüchtige haben an meinem Tisch keinen Platz. Und kriegen von mir kein Geld.« Sie lachte. »Ich habe gesagt, okay, morgen bin ich weg. Daraufhin hat sie mir mit der Polizei gedroht. Ich gab ihr zu bedenken, dass das schlecht fürs Geschäft wäre. Da hat sie mir eine geknallt. Das war's dann.«

Ben schenkte sich Wein nach. »Aber du warst doch nicht wirklich drogenabhängig?«

»Aber wo, damals haben wir doch nur gekifft und Trips geworfen.«

»Was heißt damals?«

»Na ja, in München.«

Ben stand auf, warf ein Scheit in das Feuer, stocherte darin herum. Sagte vom Kamin her: »Aber harte Sachen hast du nie genommen.«

»Doch«, erwiderte Anna. Dachte: Gut, dann bringe ich das jetzt auch noch hinter mich.

Ben wandte sich zu ihr um: »Ich meine wirklich harte Sachen.«

»Ja«, sagte Anna. »Ich auch. *Smack.*« Fügte erklärend hinzu: »Heroin.«

Ben stellte den Schürhaken zurück in den Behälter. »Sag, dass das nicht wahr ist.«

»Jetzt guck nicht so dramatisch.«

»Das ist dramatisch.«

Anna spürte Ärger in sich aufsteigen. »Komm wieder runter. Setz dich hin.«

Ben blieb stehen. »Ah, ganz der abgefuckte Junkie.«

Anna starrte ihn an. Er starrte zurück. Setzte sein Maskengesicht auf. Anna zwang sich, ruhig zu bleiben »Ben, es gibt keinen Grund, so ein Theater zu machen. Es ist dreißig Jahre her.«

»Du hättest mir das sagen müssen.«

Anna trank ihr Weinglas in einem Zug leer, schenkte sich nach. »Hätte ich?«

»Ja.«

»Warum?«

»Weil wir eine Beziehung haben. Weil wir zusammen leben. Weil wir uns lieben. Oder?«

Anna stand auf, ging zu ihm hin, legte die Hand auf seinen Arm. »Es hat nichts mit uns zu tun. Es war ein früheres Leben. Ein anderes Leben. Eine andere Welt.«

Ben wich ihrem Blick aus. »Wenn man einmal Junkie war, dann bleibt man es.«

Jetzt reicht es, dachte Anna. So nicht! Sie wandte sich von ihm ab. Sagte kühl: »Kann schon sein.« Nahm ihr Weinglas, schloss die Tür hinter sich. Ging hinauf in Birthes Arbeitszimmer, setzte sich an den Schreibtisch, starrte aus dem Fenster. Dachte: Was hat er bloß. Was reagiert er denn so hysterisch. Holte die Briefe aus dem Rucksack.

2

Kensington Park Gardens, 20. Juni 1969

Liebe Lotta,

sei nicht böse, dass ich dir nicht gleich geschrieben habe, aber es ist so wahnsinnig viel passiert. Ich wohne jetzt bei George. Das Haus am Hampstead Heath gibt es gar nicht mehr, Pat und Keith sind nach Brighton gezogen, sie spielen da jetzt beide am Theater. Dafür habe ich mich mit Jimi angefreundet, das ist Georges Nachbar, ein wahnsinnig netter Typ.

George studiert Architektur und macht gerade ein Sommerpraktikum bei einem richtig berühmten Architekten. Er kennt wirklich Gott und die Welt. Und ich habe einen Job, im Kensington Market, das ist so eine Art alte Fabrikhalle mit mehreren Boutiquen drin, irrsinnig cool! Ich muss zwar fürs Wohnen nichts bezahlen, weil die Wohnung Georges Eltern gehört, aber London ist sauteuer.

Dafür wohne ich im coolsten Viertel der ganzen Stadt. Es gibt ja Leute, die behaupten, das wäre Chelsea, aber ich bin mir sicher, bei uns hier in Notting Hill ist in Wirklichkeit mehr los. Wir haben hier einfach alles. Zwei wunderschöne Parks, den Holland Park und Kensington Gardens, die Portobello Road, wo es nicht nur den Flohmarkt gibt, sondern auch jede Menge verrückte kleine Läden. Außerdem wohnen da ganz viele Jamaikaner, die sehen toll aus und sind ständig bekifft. In unserer Straße und drum herum stehen lauter schöne alte georgianische Häuser, das wirkt alles wahnsinnig vornehm, aber die Leute, die drin wohnen, sind überhaupt nicht vornehm. Die sind genauso ausgeflippt wie wir. Allein in unserer Straße leben fünf Rockmusiker (!), und es gibt mehrere Hippiekommunen und gleich nebenan einen Pub, wo sich alle immer treffen. Wir haben hier auch die coolsten Clubs, und ich komme in alle rein!

Abends:
Vorhin bin ich unterbrochen worden, weil Jimi vorbeikam. Er hat mich gefragt, ob ich mit ihm in die Tate Gallery gehe. Ich wollte mir nämlich schon dauernd die Turners anschauen, und Jimi hat mir versprochen, er macht mir eine Führung durch die Tate. Er kennt sich gut aus, weil er selber malt und oft dort ist. Und er wollte mir auch unbedingt die Präraffaeliten zeigen. Ich hab ehrlich gesagt nicht gewusst, wer die sind, kennst du sie? Sie haben zeitweise in Italien gelebt, waren aber Engländer und ziemlich ausgeflippt. Ich hab noch nie solche Bilder gesehen. Ein paar finde ich eher kitschig, aber die meisten sind wahnsinnig schön.

Zuerst haben wir uns den Saal mit den Sachen von William Blake angeschaut (von dem muss ich dir auch noch erzählen, aber jetzt bin ich zu müde). Dann sind wir zu den Präraffaeliten.

Ich habe Postkarten von ein paar Bildern gekauft, damit ich sie dir zeigen kann, wenn ich mal nach München komme, weil, beschreiben kann ich sie beim besten Willen nicht. Am irrsten ist ein Bild von Dante Gabriel Rossetti, das hat mich umgehauen. Die Frau darauf ist Persephone, die Göttin der Unterwelt. Rossetti hat sie Proserpina genannt, das war ihr Name bei den Römern. Weißt du, ich hab dieses Bild angeschaut, und es ist etwas ganz Komisches mit mir passiert. Es kam mir so vor, als ob ich die Frau kannte. Als ob ich sie schon immer gekannt hätte. Da war ein ganz intensives Gefühl von Vertrautheit, als wären wir Schwestern oder, sogar, als wäre ich sie. Jetzt denkst du natürlich, die Anna spinnt wieder. Aber es ist genau so. Ich muss nur die Augen zumachen, und ich sehe sie vor mir, die Postkarte brauche ich eigentlich gar nicht.

Also halt mich nicht für völlig durchgedreht. Sonst geht es mir nämlich gut. Außer, dass ich mir den Bildband über die Präraffaeliten nicht leisten kann, den wir auf dem Heimweg in einem Antiquariat gesehen haben.

Einen dicken Kuss von
Deiner Anna

Und dann hat Jimi ihn mir geschenkt, dachte Anna. Sie fror. Suchte in Birthes Schrank nach einem Paar wärmerer Socken. Zog die Vorhänge zu. Traurigkeit tastete sich in ihr Herz, breitete sich träge aus, löste Bilder, Gerüche, Klänge, Gefühle aus dem Dunkel ihrer dreißigjährigen Gefangenschaft.

**

Jimi kam herüber in Georges Wohnung, zog den Bildband aus der Plastiktüte, legte ihn auf den Tisch im Wohnzimmer. »Der ist für dich.« Anna hielt die Luft an. Jimi blätterte das Buch durch, schlug eine Seite auf, hielt sie ihr hin. »Schau, hier hast du deine Persephone großformatig.«

Anna strich mit dem Finger über das Bild. »Danke. Danke!« Sie fiel Jimi um den Hals, gab ihm einen Kuss.

Er legte den Arm um sie, ließ sie wieder los. »Kennst du die Geschichte?«

»Vermutlich haben wir sie in der Schule durchgenommen, aber ich kann mich nicht erinnern.«

»Pass auf«, sagte Jimi. »Sie war die Tochter von Zeus und Demeter, der Göttin der Fruchtbarkeit. Hades, der Gott der Unterwelt, wollte sie zur Frau, und Zeus war einverstanden. Er wusste aber, dass Demeter das ganz und gar nicht okay finden würde. Also musste Hades Persephone rauben und in sein Reich verschleppen. Von da an lebte sie in der Unterwelt, und Demeter schrie Zeter und Mordio. Sie forderte ihre Tochter von Zeus und Hades zurück, und als die Typen nicht reagierten, ließ sie die Erde verdorren. Nach dem Motto, wenn die Menschen nichts mehr zu essen haben, können sie auch den Göttern nicht opfern. Okay, die Menschen waren also verzweifelt, die Götter stinksauer. Zeus versuchte, mit ihr zu verhandeln, aber sie ließ ihn abblitzen. Großes Drama, die Menschheit war am Verhungern, Demeter am Heulen und Toben.«

Jimi rang dramatisch die Hände, Anna kicherte vor Vergnügen. »Schließlich wird es Zeus zu viel, und er befiehlt Hades, das Mädchen zurückzugeben. Persephone also ab zu Muttern, Demeter lässt die Erde wieder sprießen, die Menschen feiern Freudenfeste, die Götter besaufen sich auf dem Olymp.«

»Und Persephone?«

Jimi schürzte die Lippen. Deutete auf das Bild. »Schau sie dir an. Sieht die so aus, als ob sie aus der Unterwelt wegwollte?«

»Nö«, sagte Anna. Versenkte ihren Blick in Jimis Augen. »Überhaupt nicht.«

»Eben. Die fand das ganz okay da unten. Hat überlegt, wie sie wieder runterkommt. Und dann fragt ihre Mutter sie: Du hast doch hoffentlich nichts gegessen in der Unterwelt? Doch, sagt Persephone, ein paar Granatapfelkerne, Hades hat mich dazu gezwungen.«

»Und dann?« Anna zündete sich eine Zigarette an. Hielt Jimi die Schachtel hin. Er schüttelte den Kopf, holte ein *Piece* aus der Tasche, begann, es aufzukrümeln.

»Damit, hat Demeter ihrem Töchterlein erklärt, hast du dich Hades ausgeliefert. Jetzt musst du immer wieder zurückgehen. Seither verbringt Persephone ein Drittel des Jahres auf der Erde und zwei Drittel in der Unterwelt.« Jimi hob die Stimme, schlug einen dozierenden Tonfall an:

»Von Dante wissen wir, dass sie die Seelen der Verstorbenen durch den Tartaros geleitet. Und die Ausgeflippten, die sich in die Unterwelt verirren, führt sie durch ihr Reich. Damit sie sich nicht noch mehr verlaufen.«

Jimi klebte drei Blättchen zusammen, legte Tabak darauf aus, verteilte das Haschisch darüber. Rollte den Joint zusammen. Zündete ihn an, reichte ihn Anna.

Anna nahm zwei Züge, blies langsam den Rauch aus, gab Jimi den Joint zurück. »Kann ich dich was fragen?«

Jimi nickte, blies den Joint an.

»Nimmst du Trips?«

»Nicht mehr.«

»Aber du hast welche geworfen.«

»Ja.«

»Ich gehe in letzter Zeit jedes Mal auf Horror. Ich hab schrecklich Angst, dass ich nicht mehr herunterkomme.«

»Dann hör doch auf damit.«

»Aber Timothy Leary hat gesagt, man soll auf keinen Fall mit einem Horrortrip aufhören, sondern nur mit einem guten.«

Jimi gab ihr den Joint. »Scheiß auf Leary.«

Anna lachte kurz auf. Rauchte. Sah Jimi an. Sah wieder weg. Druckste. »Stimmt es, dass du drückst?«

Jimi nahm ihr den Joint ab, inhalierte ein paar Mal, drückte ihn aus. »Ja.«

»Kannst du mir einen Schuss machen?«

»Spinnst du?«

»Ich möchte es probieren.«

»Nicht mit mir, Baby. Lass die Finger davon.«

»Wieso? Du tust es doch auch.«

»Eben. Deshalb weiß ich's besser.«

Er stand auf. Legte ihr kurz die Hand auf die Schulter. Ging hinüber in seine Wohnung.

***

Kensington Park Gardens, 14. Juli 1969

Liebe Lotta,

ich finde es toll, dass du in Triest studieren willst. Das Einzige, was ich nicht gut finde, ist, dass dann unsere Briefe so lange dauern wegen der italienischen Post. Aber wir schreiben uns weiter, nicht wahr?

Der Job ist furchtbar langweilig, es ist immer dasselbe. Aber ich habe eine nette Kollegin, Susan, die ist auf derselben Wellenlänge wie ich. Sie hat mir neulich geholfen, zwei Schlangenledergürtel zu klauen. Die sind sündhaft teuer, und Susan sagt, das steht uns zu, weil wir so schlecht bezahlt werden.

Hast du eigentlich mitbekommen, dass Marianne Faithfull fast gestorben wäre? Ich hab den Schock meines Lebens bekommen! Sie hat eine Überdosis genommen und lag im Koma, aber erst mal hieß es, sie sei tot. Jetzt macht sie eine Entziehungskur. Das weiß ich alles von Jimi, der kennt nämlich ganz viele Rockstars. Und dass Brian Jones gestorben ist, hast du gehört, oder? Das weiß doch sicher die ganze Welt. Wir haben uns nach den Nachrichten alle getroffen und gekifft und *Mandies* genommen und die alten Stones-Platten gehört. Aber das mit Marianne Faithfull hat mich völlig fertig gemacht. Ich finde sie so toll, sie ist so schön und cool, und wenn sie *As Tears Go By* singt, könnte ich ausflippen.

Gestern hat Jimi George und mich in einen balinesischen Club eingeladen. Da gab es balinesisches Essen und eine Tanzshow. Es war sehr schön, eine ganz andere Welt. Die Tänzerinnen hatten aufgeklebte lange Fingernägel und trugen Kleider aus schimmernder Seide, und die Musik war sehr seltsam. Und das Tollste ist, am Tisch direkt neben uns saßen Steve Winwood und Chris Wood. Jimi kennt die auch, sie haben sogar mit uns geredet.

Du siehst, mir ist nicht langweilig. (Vom Ken Market abgesehen, aber das ist ja nur tagsüber.)

Ach ja, das hätte ich beinahe vergessen: Ich war auf der Uni und habe alles geklärt, im Herbst kann ich mich einschreiben. Ich werde Sprachen studieren und mich vielleicht auf die Übersetzerausbildung spezialisieren. Aber ich werde auch ein paar Vorlesungen in Kunstgeschichte belegen, einfach so, zum Spaß. Und als Studentin kriege ich problemlos die Aufenthaltsgenehmigung. Schreib mir bald wieder!

Deine Anna

Kensington Park Gardens, 28. August 1969

Liebe Lotta,

um deine Frage zu beantworten: Mandies sind Mandrax, das sind Tabletten, die ganz gut turnen und total harmlos sind. Ich nehme nichts, was gefährlich ist, du musst dir wirklich keine Sorgen machen.

Übrigens: Ich war beim Stones-Konzert im Hyde Park. Und weißt du wo? Ob du's glaubst oder nicht: Ich war hinter der Bühne! Mick Jagger war gerade mal drei Meter von mir entfernt. Ich bin mit George hingegangen, wir waren ziemlich früh dran, aber es war schon alles voll mit Leuten. Wir hatten uns mit Jimi am Bootshaus bei der Serpentine verabredet, und ich war furchtbar nervös, weil ich dachte, wir kriegen nie mehr einen vernünftigen Platz. Und dann ist Jimi endlich gekommen und hat uns auf die andere Seite des Parks geführt, wo die Lastwagen vom Bühnenaufbau standen und die Autos von den Roadies und den Back-stage-Leuten. Stell dir vor! Es war so absolut wahnsinnig! Und dann hat Mick Jagger für Brian Jones ein paar Zeilen aus dem Adonais vorgelesen (das ist ein langes Gedicht von Shelley – für Banausinnen wie dich in Sachen englische Literatur!). Mir ist fast das Herz stehen geblieben. Zu Hause habe ich es sofort nachgelesen, ich schreib dir die Stelle ab:

Peace, peace, he is not dead, he doth not sleep
he hath awakened from the dream of life
it's we, who lost in stormy visions keep
with phantoms an unprofitable strife.

Ist das nicht wunderschön?

Als ich das jetzt gehört habe, habe ich beschlossen, ich will wirklich Übersetzerin werden. Und solche Gedichte ins Deutsche übertragen, von den englischen Romantikern und von den Präraffaeliten, die haben nämlich auch Gedichte geschrieben, und von Blake.
Love and kisses
Deine Anna

Kensington Park Gardens, 31. August 1969
Liebe Lotta,
sorry, ich hab vor lauter Aufregung über das Stones-Konzert ganz vergessen, auf deinen Brief zu antworten. Aber ich kann dir leider auch nicht viel dazu sagen. Ich kriege von der Politik hier einfach nichts mit, ich kenne auch keine Leute, die politisch aktiv sind. Es gibt schon immer wieder Demos wegen Vietnam, aber die laufen in der Stadt ab, deshalb sehe ich die nur im Fernsehen. Das Einzige, was sogar bei uns Gesprächsthema ist, ist diese Nordirland-Geschichte. Da ist wirklich die Hölle los. Es gibt immer wieder richtig brutale Kämpfe, mit Bomben und Schießereien. Am schlimmsten war die Schlacht in Londonderry, wo die Engländer das Militär eingesetzt haben und ganz viele Leute verletzt wurden. Wir halten natürlich alle zu den Iren. Aber, ganz ehrlich gesagt, wenn ich die im Fernsehen sehe, die haben oft so fanati-

sche Gesichter, da denke ich mir, von denen möchte ich auch nicht regiert werden. Jetzt hältst du mich vermutlich für erzreaktionär. Aber sei mir nicht böse, was Leute wie mich betrifft, wärt ihr nicht besser als die, die jetzt am Ruder sind. Du würdest mir das Kiffen am liebsten verbieten und die Trips sowieso. Ein Freund von George, ein irischer Architekt, hat uns erzählt, die IRA verprügelt Leute, die Haschisch verkaufen, auf offener Straße. Die schlagen die halbtot, ehrlich. Da ist mir Labour doch lieber.
Deine hoffnungslos unpolitische
Anna

Als Anna zum Frühstück in die Küche kam, saß Ben bereits am Tisch, den Kopf hinter der Zeitung. Anna ging zu ihm hin, beugte sich herab, um ihm einen Kuss zu geben. Ben küsste sie nicht zurück. Murmelte »Moin«, las weiter. »Okay«, sagte Anna. Trank schweigend ihren Tee, aß ein halbes Brötchen. Sah sich in der Küche um. Betrachtete die gehäkelten Gardinen vor den kleinen Fenstern. Die Kräutertöpfe. Die blankgescheuerten Bohlen, die alte geschwungene Vitrine, den stabilen Holztisch, die bequemen Stühle, das blumengemusterte bunte Tischtuch, die blauen französischen Keramikbecher, die Steinguttöpfe auf der Ablage, das Kupfergeschirr über dem Herd. Fühlte sich fremd, unzugehörig. Dachte: Das ist nicht meine Welt. Was mache ich hier? Sah den abgetretenen Perserteppich in Kensington Park Gardens vor sich, das an die Wand geklebte Warhol-Plakat, den indischen Elefanten, in dem die Räucherstäbchen steckten, die Plattenstapel auf dem Boden, den Buddha und die Krishna-Statue auf dem Bücherregal, die flaschengrünen Samtvorhänge vor den hohen georgianischen Fenstern. Roch den Patschuliduft, der in der Luft hing, den kaum wahrnehmbaren Schimmelgeruch, der aus dem Boden aufstieg, wenn es lange geregnet hatte. Sagte sich, hör auf, es ist vorbei. Die Wohnung würde heute auch anders aussehen. Vermutlich hat George sie mit Antiquitäten vollgestopft. Oder mit italienischen Designermöbeln. Wenn er noch dort wohnt. Wenn er überhaupt noch lebt.

Sie stand auf, murmelte: »Tschüss, ich geh an den Strand.« Ben sah kurz auf, nickte schweigend. Leck mich am Arsch, dachte Anna. Ging in das Gästezimmer, zog die Trainingssachen an, lief den ganzen Weg zum Meer. Als sie oben auf der Düne ankam, war sie außer Atem. Sie stieg die Treppe hinunter zum Strand, rang nach Luft. Unten setzte sie sich hin, zog die Turnschuhe und Socken aus, bohrte die Fersen in den Sand. Band die Turnschuhe an den Schnürsenkeln zusammen, stopfte die Socken hinein und ging barfuß weiter. Der Sand war kalt und feucht. Anna trat fest auf, blieb stehen, betrachtete ihre Fußspuren. Das Meer war ruhig, vom Land her wehte ein leichter Wind.

Wenn man einmal in der Unterwelt war, dachte Anna, fühlt man sich auf der Erde nie mehr zu Hause. Nein, korrigierte sie sich, das stimmt nicht. Es gab Zeiten, da habe ich mich wohl gefühlt, in meiner ersten Wohnung in Köln, meinem winzigen, vergammelten, gemütlichen Nest. Da hat auf einmal alles gestimmt. Obwohl ich allein war. Und dann all die Jahre mit Ben, unsere glücklichen Jahre. Wir haben uns fast nie gestritten. Jetzt streiten wir nur noch. Jetzt stimmt auf einmal nichts mehr.

Sie lief am Strand entlang bis Westerland. Setzte sich in das Café Orth. Trank einen Pharisäer. Ging hinunter zum Bahnhof und nahm den nächsten Bus zurück. Ben stand in der Küche, fütterte die Katzen, warf die Futterdose scheppernd in den Mülleimer.

Anna blieb in der Tür stehen. »Können wir wieder normal miteinander reden?«

»Ich rede immer normal.«

Anna ging zu ihm hin, berührte seinen Arm. »Was ist denn los mit dir?«

Ben steckte die Hände in die Hosentaschen. »Es fällt mir schwer, hinzunehmen, dass du gefixt hast. Und dass ich nichts davon wusste.«

»Aber du hast mir doch sicher auch nicht alles von dir erzählt.«

Sie sah ihn an, dachte: Bingo! »Schau, ich habe dreißig Jahre lang nicht darüber geredet. Und wenn man über etwas nicht redet, dann existiert es irgendwann auch nicht mehr. Diese ganze Londoner Zeit ist für mich versunken wie Avalon im Nebel. Wenn mal eine Erinnerung hoch kam, habe ich sie sofort wieder weggesteckt. Und jetzt passieren plötzlich ständig so komische Zufälle. Und alles bricht wieder auf.«

Ben stellte sich an den Herd. »Soll ich Kaffe machen?«

»Ja, gerne.«

Ben füllte Wasser und Espressopulver in die Maschine, stellte sie an. Setzte sich an den Tisch. »Was für Zufälle?«

»Ich habe von einem Bild geträumt, das einmal große Bedeutung für mich hatte. Und dann hat mir Lotta die Briefe geschickt, die ich ihr aus London geschrieben habe.«

Anna stand auf, stellte Tassen und Zucker auf die Ablage. Lehnte sich neben die Espressomaschine. »Ich lese diese Briefe gerade, und das katapultiert mich vollständig in die Zeit zurück. Und in die Gefühle von damals. Die Menschen, die mir damals wichtig waren, werden wieder lebendig. George, Susan.« Sie schluckte. »Jimi.«

»Wer ist Jimi?«

Anna wandte sich um. Rieb einen Fleck auf der Espressomaschine ab. »Jimi war mein Nachbar. Mein Dealer. Mein Freund.«

»Mein Freund, der Dealer«, höhnte Ben.

»Halt den Rand«, knurrte Anna.

Die Espressomaschine begann zu brodeln. Ben drehte den Stuhl herum und sah Anna an. »Ich möchte nicht mit dir streiten. Ich habe mich so sehr auf diese paar Tage gefreut. Wir haben so selten Zeit füreinander.«

»Ich möchte auch nicht mit dir streiten. Es gibt auch gar keinen Grund dafür. Du reagierst nur so übertrieben.«

»Ich reagiere wie ein normaler Mensch, der einen solchen Horror erfährt.«

Anna stellte die Maschine ab, goss die Tassen voll. »Du hattest nie mit Junkies zu tun, oder?«

»So toll finde ich Fixer nun auch wieder nicht.«

Anna stellte die Tasse, die sie in der Hand hielt, heftig ab. Der Espresso schwappte über, sie verbrannte sich die Finger, fluchte.

»Entschuldige«, sagte Ben. Anna leckte sich die Finger ab, wischte den Kaffee auf, trug die Tassen zum Tisch. Eine der Katzen sprang auf ihren Schoß. Sie kraulte sie hinter dem Ohr, streichelte ihren Rücken, spürte Tränen in sich aufsteigen. Blinzelte. Dachte: Jetzt bloß nicht heulen. Sagte: »Ich lese die Briefe und bin plötzlich wieder diese Achtzehn-, Neunzehn-, Zwanzigjährige. Es ist, als hätte die ganze Geschichte betäubt in meinen Zellen überwintert, und jetzt ist sie aufgewacht und kreist durch meine Blutbahn. Verstehst du?«

Ben sah sie an. Forschte in ihrem Gesicht. »Ich habe Angst, dass dich das wieder reinzieht. Dass ...« Er verstummte. Malte mit dem Finger Kreise auf die Tischplatte.

»Dass?«, fragte Anna sanft.

»Dass du wieder anfängst.«

Anna nahm seine Hand. Hielt sie fest. »Darüber musst du dir keine Sorgen machen. Ich bin keine achtzehn mehr. Aber ich kann das jetzt nicht wieder wegstecken.« Sie legte ihre Stirn auf seinen Handrücken. Sah wieder hoch, versuchte, ihm ein Lächeln zu entlocken. »Hab ein bisschen Geduld. Es wird nicht lange dauern. Du musst den Exorzisten nicht bestellen.«

Ben zog seine Hand zurück. Setzte sich gerade hin. »Ich finde das nicht komisch. Ich verstehe nicht, warum du es immer ins Lächerliche ziehen musst.«

Mein Gott, dachte Anna, hör endlich auf damit. »Lass mich mit meiner Geschichte umgehen, wie ich es will, okay?«

Sie stand auf, stellte die Tassen in die Spüle. Sah aus dem Fenster. Auf dem Apfelbaum saß ein Vogel, putzte sein Gefieder, sah kurz auf, steckte den Schnabel wieder in die Federn.

Es war meine Jugend, dachte Anna. Meine. Es war mehr, als du je erlebt hast, Benjamin Jensen. Als du dein Jever geschlürft hast, habe ich mir die Hacken abgelaufen, um das Geld für den nächsten Schuss zu beschaffen. Und dann habe ich jahrelang darum gekämpft, clean zu bleiben. Setz mich jetzt nicht auf die Einmal-Junkie-immer-Junkie-Schiene.

Ein zweiter Vogel ließ sich auf dem Ast nieder. Zerrte an einem kleinen Zweig. Sei nicht ungerecht, mahnte sich Anna, er hat Angst um dich, das ist doch ein Liebesbeweis. Sie schüttelte heftig den Kopf. Aber einer, den ich nicht gebrauchen kann. Ich habe es dreißig Jahre lang geschafft, da werde ich jetzt wohl keinen Rückfall bauen. Und ich lasse mir das auch nicht einreden.

Sie ließ Wasser einlaufen, wusch die Tassen aus, stellte sie auf die Ablage. Spülte den Schaum aus dem Waschbecken. »Ich lege mich ein wenig hin«, sagte sie zu Ben. »Okay?«

Er nickte. Probierte ein Lächeln.

Anna ging hinauf in Birthes Zimmer, setzte sich in den Schaukelstuhl, stieß sich mit dem Fuß ab, sang stumm: *If I don't get some shelter, I'm gonna fade away …*

Sie schloss die Augen. Rief Persephone. Faltete die Hände vor der Brust. Ihr altes Gebet fiel ihr wieder ein:

Persephone

Tochter der Erde

Herrin der Unterwelt

Wanderin zwischen den Welten

Steh mir bei!

»Was ist bloß mit mir los?«, fragte sie die Göttin, die stumm auf sie herab lächelte. »Warum fühle ich mich auf einmal wieder so leer? So unzufrieden? Es war doch alles gut. Ich habe mich doch arrangiert mit dem Leben. Mit der Nüchternheit. Ich habe nicht einmal mehr gekifft. Ich habe versucht, die Realität zu akzeptieren. Und es ist mir doch auch gelungen. Ich habe mich bemüht, meine Arbeit gut zu machen. Und ich habe sie gut gemacht. Ich habe so schöne Bücher übersetzt. Ich habe ein paar unglaublich gute Filme synchronisiert. Ich habe Rocksongs so übersetzt, dass ihre Seele erhalten blieb. Es hat mir nie etwas ausgemacht, kein Geld zu haben. Ich war mit dem, was ich hatte, zufrieden. Vor allem, seit ich mit Ben zusammen war. Seine Liebe hat meine letzten Härten aufgeweicht. Und jetzt ist mir das auf einmal alles nichts mehr wert.«

Sie blinzelte. Stand auf, stellte sich ans Fenster. Lehnte den Kopf gegen die Scheibe, schloss wieder die Augen. Persephone war noch immer da. Sah sie wartend an.

»Letztes Jahr«, sagte Anna, »habe ich mich in diesem Haus hier wohl gefühlt, jetzt finde ich es einen Ausbund an Biederkeit. Mein ganzes Leben kommt mir völlig banal und belanglos vor. Ich werde das Gefühl nicht mehr los, dass ich nur noch funktioniere. Und du weißt doch, ich wollte nie, nie, nie mehr funktionieren.«

Persephone blieb stumm. Anna öffnete wieder die Augen. Dachte: In London, da habe ich aufgehört zu funktionieren. Da war Schluss mit dem braven Annerl, das immer schön einen Schritt vor den anderen setzt, immer den Seilzug in der Hand spürt, immer die Wand im Auge hat, das sich durch keinen schreienden Habicht ablenken lässt, schon gar nicht durch ein paar Wolken, die hinter dem Grat aufsteigen, oder einen langen Schatten, der schräg in den Kamin fällt. Das tut, was der Papa ihm beigebracht hat.

»Gibst du mir vielleicht einen Wink?«, fragte sie Persephone. »Hat Lotta mir deshalb jetzt die Briefe geschickt? Ist meine Zeit auf der Erde abgelaufen? Rufst du mich zurück? Ich würde den Weg schon finden. Meine Venen wissen noch, wo ich abbiegen muss.«

Sie nahm die Mappe mit den Briefen und setzte sich wieder in den Schaukelstuhl.

Kensington Park Gardens, 20. September 1969

Liebe Lotta,

was bin ich froh, dass du mich nicht ins Umerziehungslager

steckst, wenn ihr die Revolution gewonnen habt. Ich finde auch, ich habe noch eine Chance verdient!

Wieso kommst du eigentlich drauf, dass ich in Jimi verliebt bin? Ich liebe George! Jimi ist so etwas wie ein älterer Bruder, ich hab ihn wahnsinnig gern, und wir sind fast immer auf derselben Wellenlänge. Aber sonst läuft nichts.

Weißt du schon, was du Weihnachten machst? Fährst du zu deinen Eltern? Mutti jammert jetzt schon, ich soll unbedingt nach München kommen. Ich habe beschlossen, ich fliege für drei Tage hin, das muss reichen. Es gibt jetzt nämlich billige Studentenflüge, die kosten weniger als die Bahn. Ich bin richtig aufgeregt, ich bin ja noch nie geflogen. Du auch nicht, oder?

Ich habe übrigens zwei Maler kennen gelernt, David und Vanessa, die haben mich letzte Woche in ihr Atelier eingeladen. Sie sind Freunde von George und Jimi und gehen auf dieselben Partys wie wir. Vanessa ist sehr schön, so eine typisch englische Schönheit, mit roten Locken und ganz blasser Haut. Sie sieht aus wie die Frauen auf den Gainsborough-Gemälden. Und sie hat so etwas Elegantes, das ich gar nicht beschreiben kann. Und das mir auch manchmal auf die Nerven geht. Irgendwie bewundere ich sie, aber ich möchte nicht so sein wie sie. Außerdem malt sie nur abstrakt, ihre Bilder gefallen mir nicht besonders. Ihre Mutter ist eine Lady sowieso und ihr Vater ein echter Baron. David ist im Vergleich zu ihr eher hässlich, er ist ein bisschen zu klein, und seine Haare sind jetzt schon dünn, aber er macht unheimlich schöne Sachen. Er beschäftigt sich viel mit den Druiden und dem Mittelalter und Stonehenge und Glastonbury. Er schwärmt total für die Präraffaeliten, und das merkt man seinen Bildern auch an. Er macht sie nicht einfach nach, er hat einen ganz eigenen Stil, aber es ist dasselbe Feeling drin oder, besser gesagt, sie lösen beim Anschauen dasselbe Feeling aus. Und die Themen sind natürlich ähnlich.
Ansonsten gibt es nichts Neues.
Un grande baccino!
Deine Anna

Von wegen »nichts Neues«, dachte Anna. Sie lauschte auf das stotternde Quietschen des Schaukelstuhls. Stieß ihn kräftiger an, verstärkte mit dem Körper das Vor und Zurück des Stuhls. Stoppte die Bewegung. Schob sich das Kissen höher in den Rücken. Legte den Kopf zurück an das Rohrgeflecht.

***

George schwenkte einen Briefumschlag vor Annas Nase hin und her. »Was ist das?« Anna schnappte danach, riss ihn ihm aus der Hand. »Vorsicht!«, schrie George, »sie fallen heraus.« Er nahm ihr den Umschlag wieder ab, öffnete ihn, holte umständlich zwei winzige Tabletten heraus. »Das sind *California Sunshines*, Darling, das beste *acid* in ganz London.«

Anna ließ enttäuscht die Arme sinken. »Ich werfe keine Trips mehr.«

George schob ihr eine Tablette hin. »Die kannst du nehmen. Davon gehst du garantiert nicht auf Horror. Das Zeug nehmen sie an der Westküste, das ist das Feinste vom Feinen.«

Nach einem endlosen Feuerwerk aus Farben und Lichtern saß Anna auf dem Boden, den metallischen Geschmack im Mund, der immer vor dem Horror kam. Sie drückte sich gegen die Wand, die Wand gab nach, der Boden unter ihr löste sich auf. Anna suchte verzweifelt nach Halt, spürte ihre Finger nicht mehr. Starrte hinauf auf das vergitterte Fenster zur Straße. Die Gitter bogen sich, blähten sich auf, das Fenster wurde winzig klein, und alles wurde dunkel. Ich will nicht mehr, wimmerte Anna, bitte aufhören, bitte aufhören. George stand auf, lief durch das Zimmer. Er sah aus wie einer der Teufel auf den Hieronymus Bosch-Bildern. Lange, gebogene grüne Krallen an den Händen, bleiche pergamentene Schwimmhäute zwischen den Fingern, spitze verknorpelte Flügel auf dem Rücken. Er lachte, streckte ihr eine dünne rote Zunge entgegen, die an ihrem Ende gespalten war und sich aufkringelte. Anna wollte zurückweichen, aber ihre Beine waren verschwunden, sie waren einfach nicht mehr da, ihre Hände sanken im Boden ein wie in Morast. Hinter George krabbelte eine fette hässliche Spinne über die Wand, auf den Boden herunter, auf Anna zu. In ihrem Gefolge tausende dicke, schwarze, behaarte Spinnen.

Anna schrie, schrie, schrie. Spürte, dass jemand sie schlug, sie hob die Arme, jemand packte sie, kaltes Wasser klatschte ihr ins Gesicht. Vor ihr stand Jimi, sagte etwas, das sie nicht verstehen konnte. Er bewegte die Lippen, die wulstig wurden und immer dicker, während sein Gesicht schrumpfte. Er schob ihr etwas in den Mund, drückte ihr ein Glas Wasser an die Lippen. Anna schluckte, trank. Wusste plötzlich, dass er ihr noch einen Trip gegeben hatte, dass sie jetzt nie wieder herunterkommen, dass es nie wieder aufhören würde. Sie kniete sich auf den Boden, schlug mit dem Kopf gegen die Wand.

Jimi schlang seine Arme um sie, hielt ihren Kopf fest, sagte: »Es hört gleich auf, Baby, es hört gleich auf.« Anna schüttelte den Kopf. Es würde nie wieder aufhören.

»Ich hab dir eine Valium gegeben«, sagte Jimi, »die bringt dich runter.«

Anna schüttelte weiter den Kopf. Sie konnte ihn nur wenig hin und her bewegen, Jimi hielt ihn noch immer mit den Händen fest.

»Doch«, sagte Jimi, »eine gute Zehner-Valium hat noch jeden runtergebracht, glaub mir.« Er ließ jetzt ihren Kopf los. Anna setzte sich so hin, dass sie Jimi sehen konnte. Er wirkte noch immer leicht verzerrt, aber die Farben waren weg. Er hatte Recht, sie kam herunter.

3

Liebe Lotta,
ja, ich finde es auch schade, dass wir uns so selten schreiben. Und ich bin froh, dass du mir jetzt so viel von dir erzählt hast. Ich habe schallend gelacht über deinen Tagesablauf: Morgens ausschlafen,

50

mittags Demo, nachmittags Dante. Und was machst du abends???
Du hast gar nichts über deinen Freund geschrieben. Seid ihr noch
zusammen?

Bei mir ist alles okay. Ich arbeite immer noch im Ken Market.
Mit Susan habe ich mich richtig angefreundet, wir gehen manchmal zusammen ins Kino, wenn George keine Lust hat. Susan
wohnt bei ihren Eltern, in South Kensington, das sind richtige
Proletarier, du hättest deine Freude dran ...

Auf der Uni bin ich eher selten. Aber nächstes Semester soll
ein Seminar über Blake laufen, da gehe ich sicher hin. Ich stehe
jetzt manchmal Modell für David, weißt du, der Maler, von dem
ich dir erzählt habe. Das ist zwar anstrengend, aber auch interes-
sant. Und er bezahlt mich richtig gut.

Sonst gibt es nichts Neues. Ach so, ja, mit Mutti war es einfach beschissen. Sie hat mir nur Vorwürfe gemacht. Sie hat überhaupt nicht hingehört, wenn ich versucht habe, ihr etwas zu erzählen. Sie redet inzwischen auch schlecht über Papa, sie ist so was
von verbittert. Und sie säuft noch mehr als früher. Ich war heil-
froh, als ich wieder weg war.

Das einzig Gute war der Flug. Fliegen ist toll. Ich hatte über-
haupt keine Angst, sondern habe es nur genossen.
Melde dich bald mal wieder!
Einen dicken Kuss von deiner Anna

Kensington Park Gardens, 17. März 1970
Liebe Lotta,
nur ganz kurz, damit du meinen Brief noch rechtzeitig kriegst.
Ich habe schon versucht, dich anzurufen, bin aber nie durchge-
kommen. Ich hätte mich so gefreut, dich zu sehen, aber Ostern
geht es leider nicht. Wir sind nämlich gar nicht in London, wir
fahren am Palmsonntag nach Schottland und bleiben mindestens
zwei Wochen da.
Aber du kommst ein andermal, ja?
Einen dicken Kuss von deiner Anna

Im Lügen war ich verdammt gut, dachte Anna. Junkies sind gut im Lügen. Und Lotta hat nichts gemerkt. Mutti auch nicht. Dabei habe ich mir zu Weihnachten jeden Abend einen Schuss gesetzt. Aber die war ja selber so zu von ihren Scheißtabletten. Die konnte gar nichts merken.

Sie stand auf, schob den Schaukelstuhl in die Ecke, setzte sich auf den Boden. Lehnte sich gegen die Wand. Fuhr mit der Hand unter den Pullover, strich sich mit den Fingerspitzen über die Innenseite des Arms. Zog die Hand wieder heraus, drückte sie gegen den Teppich. Dachte: Ich stehe jetzt auf, hole mir die neue Elizabeth George aus dem Koffer, gehe hinunter ins Wohnzimmer, gebe Ben einen Kuss, lege mich auf das Sofa, mache es mir mit einem schönen Glas Wein gemütlich und lese. Oder noch besser, ich bleibe hier oben und fange endlich wieder an zu meditieren.

Sie setzte sich an den Schreibtisch, stützte den Kopf auf die Hände. Ergab sich.

***

Anna zuckte zusammen, sah George erschrocken an. Ein dünner Blutfaden lief ihr über den Arm.

»Jetzt hast du dir die Vene durchgestochen«, sagte George. »Versuch's noch mal. Du musst die Nadel flacher halten, so.« Die Einstichstelle schwoll an und schmerzte. George klopfte auf eine andere Vene in Annas Armbeuge. »Hier, probier's mit der.« Anna stach erneut zu, diesmal klappte es. Sie zog die Nadel wieder heraus. George zeigte ihr, wie sie die Spritze aufziehen musste. Ließ sie erst mit Wasser probieren. Reichte ihr endlich den Löffel mit dem aufgelösten Stoff. Ehrfürchtig zog Anna die Flüssigkeit auf. »Drück langsam runter, sonst haut es dich um«, hörte sie George sagen, dann tat sich das Tor zum Himmel auf.

Hitze strömte in ihren Bauch, durchglühte ihn, löste sich in tröstliche Wärme auf, floss langsam durch ihren Körper. Eine

Woge reiner Glückseligkeit erfasste sie, hob sie hoch, wiegte sie in sanften Armen. Als sie die Augen öffnete, hatte sich die Welt verändert. War weit, leicht, mild verschwommen. Anna fühlte sich vollkommen ruhig. Alles, was schwer war, kompliziert, Furcht erregend, hatte sich in Luft aufgelöst. Sie lächelte George zu, er lächelte zurück. Sie wollte aufstehen, sich neben ihn setzen. Kam nicht aus der Wattewolke unter ihren Füßen hoch.

I have made a big decision
I'm gonna try to nullify my life
'Cause when the blood begins to flow
When it shoots up the droppers neck
When I'm closing in on death
You can't help me, not you guys
Or all you sweet girls with all your sweet talk
You can all go take a walk ...

Sang Lou Reed.

'Cause when the smack beginns to flow
I really don't care anymore ...

Yeah, dachte Anna träge, ich auch. Ich habe eine große Entscheidung getroffen. Bye-bye, mountain princess. Ich bin drauf, I got hooked, yeah. Smack Queen Anne.

Sie schloss die Augen. Lag auf einer Almwiese, vierzehn oder fünfzehn Jahre alt. Ein kleiner Zitronenfalter kreiste neugierig über ihrer Nase, sie verfolgte ihn mit den Augen, rupfte mit der Hand ein paar Gräser aus der weichen Erde. Hörte ihren Vater schreien: »Spinnst du? Stehst du sofort auf! Ja, das gibt's doch gar nicht!« Blieb liegen. Konnte gar nicht anders, ihr Rücken wuchs in die Wiese hinein, gleich würden sich aus den Unterseiten ihrer Schenkel Wurzeln in die Erde graben.

Ein Schatten fiel auf ihr Gesicht. Sie öffnete die Augen. Ihr Vater stand vor ihr, leicht über sie gebeugt, fuchtelte mit beiden Armen. Fragte halb besorgt, halb ärgerlich: »Bist du krank? Ist etwas passiert?«

Aber sie war nicht krank. Sie wollte nur nicht mehr weitergehen. Wollte nicht mehr die Steigeisen anziehen, das Seil umlegen, die Karabiner festhaken müssen. Sie wollte mit ihren Händen nicht mehr in den Fels greifen, wollte ihre Augen nicht mehr auf den Gipfel richten, wollte ihre Zehen nicht mehr verbiegen, um Halt zu finden. Sie wollte auf dem warmen, duftenden Gras liegen bleiben zwischen den fetten Dotterblumen, wollte dem Bach zuhören, der neben ihr vor sich hin murmelte.

Ihr Vater begriff, dass sie ihm die Gefolgschaft verweigerte. Dass sie dabei war, die Bande zu lösen, die er geknüpft hatte, gut und fest und für die Ewigkeit. Dass er sofort einschreiten musste. »Du stehst jetzt auf«, sagte er, »oder wir gehen ohne dich weiter. Dann kannst schauen, wie du heimkommst.«

Dann geht's halt weiter, dachte Anna. Riss sich dann doch zusammen. Stand auf. Trottete den anderen hinterher. Band sich am Aufstieg das Seil um, hängte sich an den Vordermann an. Stellte sich oben für das Foto vor das Gipfelkreuz, leckte sich die Tränen aus den Mundwinkeln. Lächelte.

George saß auf dem Boden, zupfte an den Saiten seiner Gitarre herum. Anna warf ihm eine Kusshand zu. Rappelte sich auf, legte sich auf das Sofa. Dachte zufrieden: Dieser folgsamen dummen Münchner Gans habe ich den Garaus gemacht. Es lebe die neue Anna, die Schneekönigin, die vom Berg herab in die Unterwelt steigt, um mit ihrer Schwester Persephone zu tanzen. Die sich nimmt, was sie will, tut, was sie will, die ihre Scheißtüchtigkeit und ihre Scheißselbstdisziplin in die Höllenfeuer des Tartaros schleudert und ihre Asche in den Styx streut. Anna sah ihre Wut wie Stichflammen vor sich auflodern. Sah zu, wie sie brannte. Stellte erstaunt fest, dass sie nichts dabei spürte. Dass nichts wehtat.

Lichtjahre später stand sie auf, stellte den Ton lauter, sang mit: *There she goes again, she's out on the street again* ... Tanzte, langsam, gegen den Rhythmus, George kam zu ihr, bewegte sich synchron zu ihrer Zeitlupe.

***

Anna kippte den Stuhl zurück, legte die Beine auf den Tisch. Dachte: George hat mich angefixt und dann selber gleich wieder aufgehört. Spürte, wie alte, verblasste Wut in ihr auflebte. Sagte sich: Nein. Das ist nicht wahr. Hör auf, anderen die Schuld zu geben. Du hast es selber so gewollt. Wenn George nicht damit angekommen wäre, hätte ich eben Susan herumgekriegt. Oder irgendjemanden auf irgendeiner Party. Heroin gab es damals überall. Zumindest da, wo ich mich herumgetrieben habe. Und Drücken war das Coolste und gleichzeitig das Härteste, was man machen konnte. Drücken war der sicherste Weg, um endlich kein gesundes nettes Münchner Mädel mehr zu sein. Sie sah sich vor sich, deutlich wie auf einem Foto. Die veränderte Haltung, das coole Lächeln, den wissenden Blick. Dachte: Ich war ein Naturtalent. Ich hatte es sofort drauf.

Kensington Park Gardens, 15. Juni 1970

Liebe Lotta,
anscheinend ist ein Brief von mir verloren gegangen, aber ich verstehe nicht, warum du denkst, ich schreibe dir nicht mehr. Mit mir ist alles okay, ehrlich. Mir geht es gut. Ich arbeite nur irrsinnig viel zurzeit. Weißt du, ich habe gerade drei Jobs gleichzeitig. Ich arbeite weiter im Ken Market, und nebenbei stehe ich Modell für David und für ein Fotografenpaar.

Ich hab mich so gefreut über deinen Vorschlag, im Sommer nach Triest zu kommen, aber ich kann leider nicht. Georges Eltern haben uns zwei, drei Wochen aufs Land eingeladen, und vorher und nachher muss ich arbeiten.

Ich schicke den Brief jetzt gleich ab, damit du dir keine Sorgen machst.

Don't think twice, it's all right!

Deine Anna

Anna nahm die Beine wieder vom Tisch. Zappelte herum. Suchte in Birthes Schubladen nach etwas Süßem. Fand eine angebrochene Packung Hustenbonbons. Steckte sich eines in den Mund, lutschte darauf herum. Dachte: Georges Eltern haben mich nicht ein einziges Mal eingeladen. Schon gar nicht in ihr Cottage in Sussex. Ich war die rauschgiftsüchtige Deutsche, die ihren Sohn ins Verderben stürzte. Es war schon schlimm genug, dass er sich mit einer Deutschen einließ, und dann noch mit so einer. Sie sah George auf dem Sofa sitzen, die Beine übereinander geschlagen, eine Hand in der Hosentasche. In der anderen die Zigarette. Sah ihn Rauchkringel in die Luft blasen. Hörte ihn sagen: »Du musst das verstehen. Mein Vater war bei der Air Force, sein bester Freund ist von den Nazis abgeschossen worden, er kann einfach keine Deutschen ins Haus lassen. Es hat nichts mit dir persönlich zu tun.«

Er hat sich nie wirklich zu mir bekannt. Er hat mich nie wirklich geliebt, dachte Anna. Aber es war letztlich nicht George, der unsere Beziehung zerstört hat. Das war ich schon selbst. Er hat allerdings nicht eine Minute um mich gekämpft. Sie fuhr sich mit der Hand über die Augen. Sagte laut: »Fang nicht schon wieder mit dem Selbstmitleid an. Du hast ihm auch keine Chance gegeben.«

***

Die Frau am Telefon hatte eine samtweiche Stimme, Upperclass-Akzent. »Sind Sie die deutsche Untermieterin?«

»Ja«, antwortete Anna, zu verblüfft, um etwas anderes zu sagen.

»Könnten Sie George bitte bestellen, dass die Vernissage bereits um 17.00 Uhr beginnt?«

»Ja«, murmelte Anna, hängte ein. Fühlte sich, als hätte ihr jemand in einem eiskalten Zimmer die Bettdecke vom Leib gezogen. Blickte plötzlich hinter die Nebelwand. Sah im kalten Licht des Erkennens den Ekel in Georges Augen, wenn sie sich morgens auf der Bettkante einen Schuss setzte. Hörte die Indifferenz in seiner Stimme, wenn sie Pläne machte für den Sommer. Spürte die Kälte, mit der er sie zurückwies, wenn sie sich nachts an ihn schmiegen wollte. Was hab ich noch mit ihm zu tun, dachte Anna. Was hat er noch mit mir zu tun. Warum ist er überhaupt noch mit mir zusammen.

***

Ein Gitarrenakkord schwang leise durch das Haus. Brach ab, wurde wieder aufgenommen. Anna ging zur Tür, öffnete sie, rief nach Ben. Erhielt keine Antwort. Schaute in das Gästezimmer. Ben saß auf dem Boden, klimperte auf der Gitarre, sah zu ihr herüber. Hörte auf zu spielen. »Mach ruhig weiter«, sagte Anna, »ich brauche noch ein bisschen Zeit.«

***

Die Tür zur Toilette ging auf. Anna und Susan hielten die Luft an. Nebenan ratschte ein Reißverschluss auf. Plätscherte Urin in die Klomuschel. Ewigkeiten. Die Frau räusperte sich. Raschelte mit dem Klopapier. Drückte die Spülung. Wusch sich die Hände. Warf den Handtrockner an. Ließ endlich die Tür hinter sich ins Schloss fallen. Susan seufzte vor Erleichterung auf. Reichte Anna den Löffel. Sagte: »Du brauchst schon ganz schön viel. Wenn du so weitermachst, kommst du voll drauf.«

Anna drückte langsam den Kolben herunter. Zog sich die Nadel aus dem Arm. Presste den Zeigefinger auf die Einstichstelle. Lächelte. Lehnte sich gegen den Wasserkasten. »Ach was, das kann ich mir gar nicht leisten.«

Sie hatte noch immer nicht herausgefunden, wie die Leute ihre Sucht finanzierten. Alle drückten, aber woher nahmen sie das Geld? Anna kannte die Preise. Sie belieferte manchmal Jimis Kunden, wenn er das Gefühl hatte, beschattet zu werden. Sie wusste, was sie selbst bezahlte. Sie stand auf, überließ Susan den Platz auf der Klobrille. »Susan, woher nimmst du eigentlich das Geld für den Stoff?«

Susan stocherte in ihrem Handrücken herum. »Tu nicht so naiv.«

»Nee, sag doch!«

»Scheiße«, rief Susan, verdrehte theatralisch die Augen, »sie rafft es wirklich nicht!« Sie band sich den Schal ab, warf ihn nach Anna. »Ich lass mich vögeln, Schätzchen.«

Anna riss die Augen auf.

»Tja, Darling«, Susan musterte Anna kühl, »bald bleibt dir auch nichts anderes übrig.«

***

Anna fuhr sich durch die Haare. Der Rücken tat ihr weh. Es war so still im Haus, dass sie das Meer hören konnte. Sie ging in das Gästezimmer. Das Licht war an, Ben saß im Bett, ein Buch in der Hand. Anna zog sich aus, legte sich neben ihn. »Was liest du denn?«

Ben blätterte schweigend eine Seite um.

Anna schloss die Augen. »Sprichst du jetzt nicht mehr mit mir?«

»Wer spricht hier nicht mehr mit wem?«, fragte Ben zurück. Sah sie nicht an.

»Was ist denn jetzt wieder los?«

Ben schlug das Buch zu. Knallte es auf den Nachttisch. »Genau so habe ich mir unseren Urlaub vorgestellt. Ich sitze allein in einem Zimmer, du im anderen.«

Anna setzte sich auf. »Ben, es tut mir leid. Wirklich. Ich hätte die Briefe nicht nach Sylt mitnehmen sollen. Verzeih mir bitte.« Sie tastete nach seiner Hand unter der Bettdecke. Ben zog sie weg. Drehte sich zur anderen Seite.

»Ben, ich liebe dich. Ich brauche dich. Ich will dich nicht verlieren. Verzeih mir.«

Ben wälzte sich zu ihr herum. »Junkies lieben niemanden und brauchen niemanden. Nur ihren Stoff.«

»Ich bin kein Junkie mehr. Und außerdem stimmt das so nicht. Du machst es dir zu einfach.«

Ben schoss hoch. »Ach ja? Ich? Wenn es sich hier jemand einfach macht, dann du. Erzähl du mir nichts von Junkies. Ich krieg das Kotzen.«

Anna setzte sich auf, schwang die Beine aus dem Bett. »Sonst noch was?«

Ben presste die Lippen aufeinander.

Anna stand auf, griff nach ihrem Morgenmantel, zog ihn an, band den Gürtel fest, ging zur Tür. Wandte sich im Hinausgehen noch einmal um. »Ich weiß nicht, warum du Junkies so verachtest. Aber du solltest dir überlegen, ob du mit jemandem, der dir so zuwider ist, noch zusammenleben möchtest.«

Sie ging in Birthes Zimmer, rollte ihre Yogamatte auf dem Boden aus, holte sich zwei Wolldecken aus dem Schrank, legte sich hin. Schaute in die Dunkelheit. Von der Straße hörte sie Schritte und lachende Stimmen. Die Tür zum Nachbarhaus wurde geöffnet, geschlossen, abgesperrt. Er wird mich verlassen, dachte Anna. Er nimmt die Junkiegeschichte als Ausrede. In Wirklichkeit hat er etwas mit Melanie. In Wirklichkeit liebt er mich nicht mehr. Bei George war es genau so. Sie drehte sich zur anderen Seite. Zog sich die Decke über den Kopf.

Hörte das Klopfen, reagierte nicht. Ben öffnete die Tür einen Spaltbreit. »Darf ich reinkommen?«

Anna schwieg. Ben kniete sich vor ihre Matte, legte vorsichtig die Hand auf Annas Schulter. »Verzeih mir. Bitte.«

Gib dir keine Mühe, dachte Anna, ich habe begriffen.

»Ich liebe dich Anna«, sagte Ben. »Ich liebe dich.«

»Ich dich auch«, hörte Anna sich antworten.

»Kommst du wieder zurück ins Bett?«, fragte Ben. Anna folgte ihm in das Gästezimmer. Im Bett nahm er sie in die Arme, streichelte ihr Gesicht. Als sie an seinem Atem hörte, dass er eingeschlafen war, löste sich Anna von ihm. Legte sich auf den Rücken. Fühlte sich fremd, verstoßen. Dachte: Ben liebt auch nur bestimmte Seiten an mir. Niemand hat mich je geliebt, weil ich so bin, wie ich bin. Sie wälzte sich wieder herum. Wusste, dass das nicht stimmte. Drängte das Bild, das in ihr aufstieg, zurück. Weinte stumm in das Kissen.

4

An den letzten Tagen auf Sylt machten sie lange Spaziergänge am Strand. Abends waren sie zu müde, um zu reden. Sie sahen fern, gingen früh zu Bett. Als sie in Köln ankamen, brachte Ben Anna nach Hause und fuhr direkt weiter in den Laden. Anna riss die Fenster auf, goss die Pflanzen, packte die Reisetasche aus, hörte den Anrufbeantworter ab, stopfte die Wäsche in die Maschine. Ging hinüber zu ihrer Nachbarin. Aischa gab ihr die Post und die Zeitungen, Anna bedankte sich, wollte schon gehen, als Nouredine aus seinem Zimmer kam. Er hatte ein neues Piercing im linken Nasenflügel und sah aus, als hätte er gerade einen ziemlich dicke Joint durchgezogen.

»Hallo, Anna«, nuschelte er, lehnte sich gegen den Türrahmen, »kann ich dich was fragen? Hast du CDs von den Stones und so'ne Oldies?«

Fragte das Kind die Großmutter, dachte Anna, grinste ihn an. »Ich will mir gerade welche kaufen, weil, ich hab ja nur die Platten«, sagte sie. Fügte spöttisch hinzu: »Vinyl. Wenn die CDs nicht geschützt sind, kann ich sie dir brennen. Ich bringe sie dir am Mittwoch mit, wenn ich es schaffe. Okay?«

Nouredine ließ sie in den Genuss seines strahlendsten Lächelns kommen. »Klasse!«

Anna ging zurück in die Wohnung, legte sich auf das Sofa, nahm den Notizblock zur Hand, machte sich einen Plan für die kommende Woche: Früh aufstehen, meditieren, ein paar Yogaübungen machen. Von morgens bis mittags an der Übersetzung arbeiten. Mittagspause. Eventuell ein kurzer Spaziergang am Rhein. E-Mails und Post lesen. Anrufe machen. Von zwei bis fünf Uhr Übersetzung. Ab fünf frei für London. Mittwoch vier Uhr Englischstunde.

Am nächsten Morgen ging sie zu Saturn, kaufte Sticky Fingers, Let it Bleed, das Bananen-Album von Velvet Underground und einen Discman.

Um Viertel vor vier hörte sie die Wohnungstür gegenüber zuschlagen, dann klopfte es an ihrer Tür. Nouredine hielt ihr einen Topf hin. »Das ist von Umma. Couscous. Mit Rosinen.«

Anna hob den Deckel ab. Schnupperte. »Mmmhm! Danke.«

»Und ich muss dich was fragen. Wir wollten dir nämlich schon zu Weihnachten was schenken. Aber uns ist nichts eingefallen. Und ich hab mir jetzt gedacht, dass du vielleicht eine CD willst. Aber ich weiß nicht, was für eine.«

»Nouredine, ihr sollt mir nichts schenken. Ich mach das gerne, ehrlich. Mir macht das richtig Spaß mit euch. Und außerdem frische ich damit mein eigenes Englisch wieder auf.«

»Ja, aber wir wollen dir trotzdem was schenken. Sag schon!«

»Also gut. Dann schenkt mir eine CD von den Doors. Die heißt, glaube ich, einfach nur The Doors. Auf jeden Fall ist da *End of the Night* drauf.«

»Super. Und sag den anderen nicht, dass ich dich gefragt habe! Das soll nämlich eine Überraschung für dich sein.«

Anna grinste. »Okay. Ich stell den Topf ab, dann komme ich rüber.«

Nouredine rührte sich nicht von der Stelle. Trat von einem Fuß auf den anderen. »Ich wollte dich noch was fragen.«

Aha, dachte Anna. Was kommt jetzt?

Nouredine wickelte sich eine seiner Rastalocken um den Finger. Zog daran. Sagte schließlich: »Kann meine Freundin auch kommen?«

Anna strahlte ihn an. Freute sich. »Ja, klar. Hast du eine Freundin?«

»Aber sie ist Deutsche.«

»Ja und? Meinst du, die anderen wollen kein deutsches Mädchen dabei haben?«

»Nö, die sind einverstanden.«

»Wo ist dann das Problem?«

»Nicole wird in Englisch nicht versetzt, so wie es jetzt aussieht. Und dann wären wir nicht mehr in derselben Klasse.« Nouredine senkte das Kinn noch tiefer. Murmelte in seinen Pulli: »Und das geht nicht.«

Wo ist das Problem?, dachte Anna. Sagte: »Bring sie nächstes Mal einfach mit.«

»Kann sie heute schon kommen? Sie ist drüben.«

»Ja, natürlich. Ich hole noch die CDs, dann bin ich bei euch.«

»Hast du sie mir gebrannt?«

Jetzt klingst du schon wieder besser, dachte Anna. Sagte: »Ja. Und ich hab mir überlegt, wir hören sie uns an und übersetzen gemeinsam die Texte. Das braucht ihr zwar in der Schule nicht, aber für euer Englisch wäre das ganz gut.«

»Ey, klasse.« Nouredine machte auf dem Absatz kehrt, lief zurück in die Wohnung, ließ die Tür sperrangelweit offen stehen.

Die drei Jungen grinsten sie an, als sie hereinkam. Das Mädchen lächelte verlegen. »Hallo, Nicole«, sagte Anna. »Schön, dass du da bist.«

Sie sieht ein bisschen aus, wie ein präraffaelitischer Engel, dachte Anna. Und wie ein Vogel, der aus dem Nest gefallen ist. Sie legte die CDs auf den Tisch. »Welche wollt ihr hören?«

»Sticky Fingers«, sagte Aki. »Dead Flowers.«

Aha, dachte Anna. Ein Stones-Fan. »Nouredine, du übersetzt.«

»Ich sitze in meinem ... Was ist ein Basement Room?« fragte Nouredine.

»Ein Souterrainzimmer. In den englischen Häusern gibt es meistens im Keller noch mal eine Wohnung. Das ist das Basement.«

»Aha. Mit einer Nadel und einem Löffel. Was soll das denn heißen?«

Scheiße, dachte Anna. Ich hätte diese CD nicht mitbringen dürfen. Bin ich völlig durchgeknallt? Wie erkläre ich ihnen das jetzt?

»Er drückt.« Aki kippte seinen Stuhl zurück. Streckte die Beine lang aus. Cool, cool. »Den Löffel braucht er, um den Stoff aufzukochen.«

Na bravo, dachte Anna. Und woher weißt du das?

Alle sahen Aki an. Nicole sah zu Boden.

Was geht hier ab?, dachte Anna. Was für eine verdammte Scheiße geht hier ab?

Sie atmete ein, aus, zählte bis drei. Sagte: »Aki hat Recht. Es gibt in vielen Stones-Songs Bezüge zu Heroin. Aber wir machen hier keinen Drogen-Workshop, sondern Englisch-Nachhilfe. Also, übersetz weiter, Nouredine.«

Die Übersetzung ging Anna gut von der Hand, sie arbeitete jeden Tag bis neun, zehn Uhr abends daran. Ben kam die meiste Zeit noch später nach Hause. Anna war es recht. Sie wusste, dass er die Abende mit der Band verbrachte, nicht mit Melanie. Das war die Hauptsache. Nach drei Wochen hatte sie die Übersetzung fertig. Sie schickte sie ab und ging früh zu Bett. Am nächsten Morgen meditierte sie länger als sonst, fühlte sich seltsam gelassen.

Im Büro stellte sie sich vor das Rossetti-Plakat und deutete eine Verbeugung an. »Ich habe jetzt die Anna-funktioniert-wie-am-Schnürchen-Maschine wieder abgestellt, Persephone. Die nächsten Tage gehören uns. Steh mir bei.«

Sie legte Sticky Fingers in den Discman, stellte Track 8 ein. Auf der Platte war Sister Morphine auf der Rückseite, erinnerte sie sich. Drehte die Lautstärke hoch, setzte sich auf den Boden, lehnte sich mit dem Rücken gegen die Wand, schloss die Augen.

Oh, I can't crawl across the floor.

Can't you see, Sister Morphine, I'm trying to score,

sang Mick Jagger.

Der klagende Akkord der Slide-Gitarre zerrte an den Nerven in ihrem Unterleib, zog ihre Eingeweide auseinander, spiralte durch ihr Becken, glitt in das Pulsieren der Bassgitarre in ihrem Bauch. Anna zog die Beine an, schlang die Arme darum, legte den Kopf auf die Knie.

***

Nach dem Gespräch mit Susan hatte Anna sich vorgenommen, nur noch an den Wochenenden zu drücken. Ich kann es mir einteilen, sagte sie sich. Und wenn ich will, kann ich jederzeit ganz aufhören. Sonntagnachmittag verbrauchte sie den letzten Rest von ihrem Vorrat. Sonntagnacht fühlte sie sich nicht wohl. Sie warf zwei Valium 10 ein. Rauchte einen Joint. Am Montagmorgen wachte sie früher auf als sonst. Hatte Kopfschmerzen. Nahm ein Aspirin. Legte sich wieder hin. Fühlte sich zerschlagen. Dachte: Scheiße, ich bekomme eine Grippe. Ihre Arme juckten, sie kratzte sich eine verschorfte Einstichstelle auf. Stand mühsam auf, ging ins Badezimmer, wusch das Blut ab. Das Wasser tat ihr auf der Haut weh.

Als sie im Laden ankam, war ihr Kleid durchgeschwitzt. Sie lief geradewegs auf die Toilette. Atmete keuchend den bitteren Gestank ein, als sich ihr explodierender Darm entleerte. Stand zittrig auf, ging zum Stand, hielt sich am Verkaufstresen fest. Susan bediente eine Frau, die sich nicht entscheiden konnte. Nach langen Verhandlungen kaufte sie ein Paar rosarote Halbstiefel. Aus dem Lautsprecher plärrte Carl Perkins: *Don't step on my blue suede shoes.* Das Neonlicht stach Anna in die Augen. »Mir ist so schlecht«, sagte sie, als Susan endlich zu ihr kam.

»Du bist auf Entzug, Schätzchen«, erwiderte Susan. »Geh nach Hause und mach dir einen Schuss. Ich sag ihm«, sie deutete mit dem Kopf nach hinten, wo der Manager auf einen Kunden einredete, »dass du krank bist.«

Als Anna an Jimis Tür klopfte, tat ihr jeder einzelne Knochen weh. Sie fror gottserbärmlich. Jimi machte ihr auf, sah sie schweigend an. »Lass mich rein«, sagte Anna, schob ihn beiseite. »Ich brauch einen Schuss.«

»Das sehe ich«, sagte Jimi.

»Jimi, bitte!«, flehte Anna.

Jimi lehnte sich gegen den Tisch. Sah zu, wie sie zum Stuhl taumelte, sich an den Kanten festhielt. »Wenn du es jetzt durchstehst, hast du es hinter dir.«

»Ja, ich will ja auch aufhören. Ich höre auf. Aber zuerst brauche ich einen Schuss.«

Jimi lachte freudlos. »Das ist der älteste Junkiespruch von allen blöden Junkiesprüchen.«

»Jimi, bitte, ich halte es nicht mehr aus.«

Jimi setzte sich an den Tisch, klebte Blättchen aneinander, legte sie mit Tabak aus. »Das ist die Softversion von einem Cold Turkey, was du hast. Rauch einen Joint, dann geht es dir besser.« Er sah zu ihr hoch. »Du hältst das durch, Anna. Das ist noch kein harter Turkey. Das geht vorbei. Wenn du es jetzt durchstehst, bleibt dir die volle Scheiße erspart.« Er stand auf, nahm sie in die Arme. Anna weinte in seine Haare. Klapperte mit den Zähnen, schluchzte: »Ich hör ja auf, aber ich muss es doch freiwillig tun. Und jetzt ist es nicht freiwillig. Ich will nur einen einzigen Schuss, nur einen, dann kann ich wieder klar denken. Und dann höre ich auf. Dann weiß ich, was auf mich zukommt, weißt du? Wenn ich mich drauf einstellen kann, dann ist es nicht so schrecklich. Bitte, Jimi.«

***

Wenn er damals nicht nachgegeben hätte, dachte Anna. Wenn ich nicht so wehleidig gewesen wäre. Wenn, wenn, wenn. Sie nahm die Kopfhörer aus den Ohren. Legte den Discman auf das Bücherregal, zog den Mantel an, ging hinunter zum Rheinufer. Es waren kaum Leute unterwegs, der Fluss stand hoch. Schwappte schwerfällig gegen den Kai. Anna setzte sich das Stirnband auf, es war kalt, der Wind blies ihr ins Gesicht. Ein Schlepper zog langsam den Rhein hinauf. Ein Japaner fotografierte seine Frau vor dem Panorama der Altstadt. Anna blieb stehen, er winkte sie lächelnd durch. An der Hohenzollernbrücke machte sie kehrt. Blieb vor der Treppe zum Ludwigmuseum stehen, dachte: Ich habe so lange keine Ausstellung mehr gesehen. Zögerte. Ging weiter. Im Büro stellte sie Teewasser auf, lief wieder hinunter, kaufte Schokoladenkekse im Supermarkt. Setzte sich mit der Teetasse an den Schreibtisch, legte die Beine hoch, aß die Kekse auf.

***

»Du musst jetzt endlich mal wieder bezahlen, Anna«, sagte Jimi, du schuldest mir schon verdammt viel Geld. Ich mach dir ohnehin einen Freundschaftspreis, aber ich kann dir den Stoff nicht gratis geben, so dicke hab ich's auch wieder nicht.«

Er gab ihr doch noch einen Schuss.

Anna rief die Nummer an, die Chris ihr gegeben hatte. Sagte: »Ich habe gehört, ihr sucht ein Modell. Ja, ich könnte schon heute Abend kommen. Ja, ich kenne mich in Hampstead aus.«

Sie stieg die vertrauten Treppen ihrer alten Tube Station hoch, trat auf die Straße, sah sich um, fühlte sich, als käme sie nach Hause. Dachte wehmütig: Damals war noch alles einfach. Und George war ganz anders.

Das dunkle viktorianische Haus sah aus, wie die Filmkulisse zu einem Historienschinken. Efeu rankte an den Wänden, die Fenster waren mit tiefvioletten Vorhängen verhängt. Eine schmale, blassgesichtige Frau öffnete ihr die Tür. Kühle schwarzumrandete Augen, schwarze Lederklamotten, schwarz gefärbte Haare und Fingernägel. »Hi, ich bin Sally. Max kommt gleich. Arbeitest du für Chris?«

»Nee, für David. Das ist einer der Maler, die Chris ausstellt.«

Sally nickte. »Der Neorossetti.«

»Was bist du wieder gehässig, Darling!« Der Mann sah aus, wie Sallys Zwilling. Schwarz, blass, kalt. Sie führten Anna in eine Remise hinter dem Haus, die als Studio ausgebaut war. Max holte ein Nonnenkostüm aus dem Wandschrank, hängte es über einen Stuhl: »Ich möchte, dass du das hier anziehst.«

Sally deutete auf den Löffel mit körnigem braunem *smack*, der auf dem Arbeitstisch lag. »Mach dich fertig. Wir sind in zehn Minuten wieder da.« Anna setzte sich den Schuss, zog den Habit an, kämpfte vor dem Spiegel mit dem Schleier.

»Fertig?« Max stand lächelnd in der Tür. »Komm mit.«

Er führte sie in die hintere Ecke des Gartens. Sally legte Anna Handschellen an, band ihr einen weißen Seidenschal um den Mund, fesselte sie mit Eisenketten an einen alten, knorrigen Maulbeerbaum. Experimentierte mit dem Licht herum, bis Max endlich anfing, die Aufnahmen zu machen. Die Sitzung dauerte drei Stunden, dann banden sie Anna wieder los. Gaben ihr eine *line* Koks und viel Geld. Vereinbarten einen neuen Termin.

***

Anna zerknüllte die leere Kekspackung. Warf sie in den Papierkorb. Wischte Krümel von der Schreibtischplatte. Dachte: Irgendwo gibt es noch diese Fotos von mir. Irgendwelche Leute haben die in der Schublade liegen. Oder im Schlafzimmer hängen. Oder haben sie ins Netz gestellt. Scheiße.

***

Die dritte Sitzung fand nachts auf dem Friedhof statt. Anna musste sich nackt ausziehen. Sally malte ihr rote Striemen über die Brüste. Fesselte sie an einen Grabstein. Danach zahlte Anna Jimi ihre Schulden zurück. Jimi sah sie fragend an, Anna schüttelte den Kopf.

»Hör auf, Baby«, sagte Jimi, »du packst das nicht.«

***

Anna öffnete das Fenster, schaute hinunter auf die Straße. Ein Hund schiss mitten auf den Bürgersteig. Seine Besitzerin zerrte an der Leine, sah sich nervös um. Ein Mann blieb stehen, redete auf die Frau ein, fuchtelte mit dem Zeigefinger. Ein Radfahrer versuchte, sich an einem Lastwagen vorbeizuschlängeln. Gab es auf, stieg ab, schob das Rad auf den Gehweg. Vor dem Blumenladen standen schwarze Plastikkübel mit gelben und roten Tulpensträußen. Anna setzte sich wieder an den Schreibtisch. Warf den Computer an. Rief Google auf. Gab »Gothic« ein. Sah sich zwanzig Websites an. Versuchte es unter »Gothic Sex Art«. Biss die Zähne zusammen, tippte »Gothic Pornography« in das Suchfenster. Eine gute Stunde später gab sie auf. Öffnete die Sherryflasche, die sie für Besucher im Kühlschrank stehen hatte. Goss sich ein kleines Glas ein.

***

Der Sommer brütete auf dem Pflaster, gilbte das Gras in den Parks. Anna schwitzte in ihrem langärmeligen T-Shirt. Der Kirschbaum in Vanessas Garten trug Früchte, David schenkte Anna eine Schüssel voll. Sagte: »Am Wochenende fahren wir nach Stonehenge.«

Vanessa stellte einen altmodischen Picknickkorb auf den Rücksitz. Sie sieht heute aus, wie aus einem Gemälde von Sir Jehoshua Reynolds gestiegen, dachte Anna. David schleppte die Fotoausrüstung in den Wagen. »Du hast die Staffelei vergessen«, sagte Anna. »Ich mache nur Aufnahmen«, erwiderte David.

In Stonehenge brannte die Sonne vom wolkenlosen Himmel. Anna krempelte die Ärmel ihres T-Shirts auf, ließ die warme Luft an ihre zerstochenen Arme. Vanessa warf einen kurzen verstohlenen Blick darauf, wandte sich ab. Nach dem Picknick liefen sie in der Anlage herum. Die hohen Steine warfen kurze Schatten. Anna strich mit der Hand die raue Fläche entlang. »Spürst du die Energie?«, fragte David.

Anna legte beide Hände flach auf den Stein, schloss die Augen, versuchte, die *vibrations* wahrzunehmen, von denen alle redeten. Die Luft flimmerte, ein Vogel schaukelte über ihr im Wind, drehte eine Runde, flog weiter. David baute das Stativ auf, schraubte ein Objektiv auf den Fotoapparat, visierte Anna an, nahm das Objektiv wieder ab, setzte ein anderes auf. Anna legte sich ins Gras, ließ den Blick schläfrig über die Anlage schweifen. Die warme Luft hüllte sie in sanfte Leere. Sie fühlte sich leicht. Sehr ruhig. David kam zu ihr herüber, nahm ihre Hand, half ihr hoch.

»Hier würde ich gerne begraben werden«, sagte Anna.

»Erst wird gearbeitet«, erwiderte David lachend.

Anna zog das Kostüm an, ein langes graublaues Kleid aus changierender Seide. Es lag kühl und angenehm auf ihrer Haut, Vanessa setze ihr einen Blütenkranz auf den Kopf, reichte ihr einen schimmernden weißen Gazeschleier. »Den solltest du über deine Arme legen.« Lächelte verlegen.

Leck mich am Arsch, dachte Anna.

David drehte einen Joint, steckte ihn an, reichte ihn Anna. Sie inhalierte ein paar Mal tief, gab ihn an Vanessa weiter, nickte David zu. Er entzündete die Kohletabletten, legte die Weihrauchbrocken darauf, hielt Anna die Schale hin. Sie atmete den duftenden Rauch ein.

»Du bist die Priesterin der Großen Göttin«, sagte David. »Du kommst aus dem Tempel und gehst mit dem Räucherwerk für das Opfer auf den Heel Stone zu. Okay?«

Anna schritt langsam über das Gras. Hielt die Schale vor ihrer Brust hoch. Stellte sich vor, dass eine mächtige, gütige Göttin da vorne auf sie wartete, sie in die Arme nahm, hielt, wiegte, zu ihr sagte: Alles wird gut. Alles wird gut. Sie spürte, dass ihr Tränen über die Wangen liefen. David sprang um sie herum, schoss ein Foto nach dem anderen. Murmelte: »Gut, mach weiter so, ja, ausgezeichnet!«

***

Ich könnte natürlich auch nachsehen, dachte Anna, ob David eine Website hat. Er hat bestimmt eine, er oder seine Galerie. Sie klickte wieder die Suchmaschine an. Zögerte. Gab stattdessen »Heroin« ein. Surfte sich zwei Stunden lang zu. Trank das Glas mit dem Sherry aus. Machte sich einen Espresso. Gab zwei Löffel Zucker hinein. Lief in der Küche auf und ab. Stellte das Radio an. Machte es wieder aus. Lehnte sich gegen den Schreibtisch, sah Persephone an. Betrachtete die kräftige Sehne an ihrem Hals. Das Schmollen ihrer Lippen. Die rote Ader in ihrem inneren Augenwinkel. Die langen schmalen Finger der rechten Hand, die ihre linke umklammerten. Die schimmernden Kerne im offenen Spalt des Granatapfels.

»Es ging so schnell«, sagte sie. »Es lief alles einfach ab, ganz von selbst.« Sie suchte Persephones Blick. »Damals in Stonehenge hatte ich einen klaren Moment. Da habe ich wirklich die Göttin vor mir gesehen, da habe ich die Schönheit dieser Steine wahrgenommen, ihre Macht gespürt. Das war etwas ganz anderes als mein Heroingedämmer. Da habe ich mir gewünscht, ich könnte mich dieser anderen Welt, überhaupt der Welt wieder zuwenden. Rausgehen aus meinem Gefängnis. Ich wollte David bitten, ob ich ihm zuschauen darf, wenn er das Bild malt. Aber ich hatte keine Zeit. Ich musste Kohle auftreiben.«

Persephone lächelte müde.

»Aber weißt du was?« Anna stand auf, streckte sich. »Die Göttin hat mich erhört. Sie hat mir Fiona geschickt.«

***

»Anna«, sagte David, »ich möchte dir Fiona vorstellen.« Manchmal spielte er den Gentleman. Die Frau lächelte Anna freundlich an. Sie war klein, ein wenig stämmig, hatte schwarze Haare, ein herbes dunkles Gesicht. Anna fiel ein, dass man sie die Celtic Queen nannte. Wusste jetzt, warum. Sie hatte Fiona ein paar Mal auf Partys und Vernissagen gesehen, aber nie beachtet. Sie gehörte zu einer anderen Szene.

Fiona musterte Anna aufmerksam. Fragte: »Du bist die Frau auf Davids Stonehenge-Bild, nicht wahr?«

»Ja«, sagte Anna.

»Du siehst darauf tatsächlich aus wie eine Priesterin. Das Sujet lädt den Kitsch ja geradezu ein. Aber die Art, wie du den Kopf hältst, der Ausdruck in deinen Augen ...« Sie suchte nach Worten. Sagte schließlich: »Damit rettest du Davids Bild.«

David lachte höflich. Anna sah, dass er sich ärgerte.

Fiona wandte sich Anna mit einem ironischen Lächeln zu. »David ist schlecht gelaunt. Weil er diese Ausstellung noch bei Chris machen muss. Er ist aus dem Vertrag nicht herausgekommen, nicht wahr, David, Darling?«

»Ich finde das nicht amüsant, Fiona.« David ballte die Hände, presste sie an die Hosennaht.

Anna schaute von einem zum anderen.

»David hat ein bisschen zu spät bemerkt, was für ein reizender Mensch sein Galerist ist«, spottete Fiona.

Was wissen sie, das ich nicht weiß?, dachte Anna.

Chris kam auf sie zu, balancierte ein Silbertablett mit Champagnergläsern auf der rechten Hand, spielte Jetzt-muss-ich-auch-noch-den-Kellnerjob-übernehmen. Er trug die glatten, rotblonden Haare offen, sie fielen auf die Schultern seines blauen Samtanzuges, ließen ihn wie einen verkommenen Renaissanceprinzen aussehen. Fiona und David drehten sich abrupt um. Gingen in den anderen Ausstellungsraum.

»Anna, Darling«, sagte Chris, reichte ihr ein Glas. »Du siehst nicht aus wie eine Priesterin, sondern wie eine Göttin. Das Bild ist übrigens schon verkauft. Eines Tages wird es in der Tate hängen. Du wirst in die Kunstgeschichte eingehen.«

Was will er?, dachte Anna. Sie stellte das volle Glas wieder auf dem Tablett ab, lächelte Chris kurz zu und machte sich auf die Suche nach David und Fiona.

5

»Das habe ich nicht verstanden«, murmelte Nicole.

»Some are born to sweet delight«, sagte Anna. Wiederholte langsam: »Some are born to sweet delight.«

Nicole sah sie hilflos an.

»Das heißt: Manche sind zu süßer Lust geboren. Oder: zu süßen Wonnen. Das ist ein Zitat von William Blake. Blake war ein ziemlich ausgeflippter Maler und Dichter im frühen 19. Jahrhundert. Wir haben ihn damals alle gelesen, er war so 'ne Art Kultautor.« Sie grinste. »Als ich jung war.«

»Wann war das denn?« Aki trug noch immer die Sonnenbrille.

»Vor dreißig Jahren. Und noch früher. Als ich so alt war wie du, wurden die Doors gerade richtig berühmt.« Sie wandte sich wieder Nicole zu: »Mach weiter.«

»Some are born to the endless night?«, fragte das Mädchen.

Anna nickte.

»Manche sind für die endlose Nacht geboren?«

»Ja, genau.«

Aki schlürfte geräuschvoll seine Cola.

»Nimm endlich die Scheißbrille ab!«, fauchte Mehmet.

»Fick dich ins Knie!«

Anna musterte Aki kühl. »Und wie würdest du das auf Englisch sagen?«

Nouredine kicherte.

Aki setzte sich gerade hin. »Fuck your knee?«

Anna lächelte. »Fuck your ass! Oder wenn du's richtig heavy willst: Fuck your bloody ass, sonofabitch!«

Nouredine und Mehmet trommelten lachend auf den Tisch, schrien Aki an: »Fuck your bloody ass, sonofabitch!«

Aki zeigte ihnen den Stinkefinger.

Nicole griff nach ihrer Zigarettenschachtel. Zündete sich eine an. Ließ sich die Haare ins Gesicht fallen. Sagte leise: »Bezieht sich das auch auf Heroin? Mit der endlosen Nacht?«

Anna forschte in ihrem Gesicht. Sah nur die zarte Nase zwischen den blonden Locken hervorstehen. Antwortete zögernd: »Bei Blake nicht. Bei Jim Morrison, also bei den Doors, schon.«

»Ist das hier eine Heroinstunde oder was?«, blaffte Mehmet.

»Sieht so aus«, konterte Anna. Dachte: Reiß dich zusammen. Du musst hier den Überblick bewahren. Fragte: »Wer von euch hat denn Erfahrung mit Heroin?«

Schweigen. Aki gähnte. Mehmet verdrehte die Augen. Nouredine sah Nicole an. Nicole studierte ihre Zigarettenschachtel.

»Okay«, sagte Anna. »Nächstes Mal übersetzen wir eure Schultexte. Mit der Musik ist jetzt erst mal Schluss.«

Nouredine wirkte enttäuscht. Mehmet zuckte die Achseln.

»Schade«, sagte Aki.

Als alle gegangen waren, nahm Anna Nouredine an der Schulter und drückte ihn auf den Stuhl zurück. »Was ist mit Aki los? Und was für Probleme hat Nicole?«

Nouredine knetete seine Locken. Anna wartete. Nouredine zündete sich eine Zigarette an. »Aki ist in letzter Zeit echt komisch. Der treibt sich mit irgendwelchen Drogenleuten rum.«

»Drückt er?«

»Weiß ich nicht.«

»Und was ist mit Nicole?«

»Das darf ich nicht sagen.«

»Sag's mir trotzdem.«

Nouredine sah sie an. Schmerz in den Augen. Schmerz, Angst, Wut. »Ihr Vater hat sie missbraucht. Jahrelang.«

Anna schluckte. Legte vorsichtig ihre Hand auf Nouredines Arm. Nahm sie wieder weg. »Und sie hat es dir erzählt?«

»Es gibt jetzt ein Gerichtsverfahren deswegen. Ihre Schwester hat er auch missbraucht, die ist viel älter. Die hat ihn angezeigt, als sie gemerkt hat, dass er das mit Nicole macht. Niki musste eine

Aussage machen, und sie hat jetzt eine Psychologin. Aber sie sagt, das bringt ihr nichts. Sie hat tierisch Schiss vor der Verhandlung.«

»Ist der Vater im Knast?«

»Nee.«

»Und wo wohnt Nicole jetzt?«

»Bei ihrer Schwester.«

»Nouredine, liebst du Nicole. Ich meine, richtig?«

Nouredine nickte. Blinzelte.

Ach, warum darf ich dich nicht in den Arm nehmen, dachte Anna, dich festhalten und wiegen. Sie stand auf. Stellte sich hinter den Jungen, legte beide Hände auf seine Schultern. »Nouredine, wenn ich euch irgendwie helfen kann, sag es. Oder wenn ich dir helfen kann. Komm einfach rüber. Jederzeit. Okay?«

Nouredines Schultern bebten. Anna strich ihm eine Locke hinters Ohr, drückte ihm die andere Hand fest auf die Schulter. Ging.

Beim Frühstück erzählte sie Ben von Nicole. Er fluchte. Hilflos. Fragte: »Kannst du mit dem Mädchen reden?«

Anna zuckte die Schultern. »Keine Ahnung. Zum einen weiß ich es offiziell gar nicht. Und zum anderen habe ich überhaupt keine Erfahrung mit dem Thema. Ich habe Angst, dass ich es genau falsch herum mache.«

Ben nickte. »Das ist ja auch verdammt schwierig. Ich könnte den Kerl umbringen. Ich könnte die Schweine alle umbringen.«

»Ja«, sagte Anna. Verriet ihm nicht, dass sie Angst hatte, Nicole könnte Heroin nehmen.

Ben drückte ihr einen Kuss auf die Wange, den ersten seit langem. »Ich muss in den Laden.«

Anna zog seinen Kopf zu sich herunter, küsste ihn auf den Mund. »Hab einen guten Tag!«

Als er weg war, ging sie zurück ins Bett. Holte die Briefe aus ihrem Rucksack. Steckte diejenigen, die sie schon gelesen hatte, in die Mappe zurück. Viele blieben nicht mehr übrig.

Kensington Park Gardens, 3. Dezember 1970

Liebe Lotta,

ich bin so froh, dass du dich gemeldet hast! Sei bitte nicht böse, dass ich so selten schreibe, aber ich weiß nicht mehr, wo mir der Kopf steht vor lauter Arbeit. Ich bin nicht mehr im Ken Market, da habe ich zu wenig verdient. Und der Manager war ein mieser Motherfucker. Ich mache jetzt nur noch Modell-Jobs. Bei den Malern, von denen ich dir erzählt habe, und bei zwei Fotografen und tagsüber in mehreren Malklassen vom Royal College of Art und von der Slade School. Da verdiene ich viel besser. Weißt du, ich bin aus dem Studium ganz rausgekommen durch das Jobben. Und jetzt will ich möglichst viel Geld sparen, dann kann ich irgendwann wieder anfangen und dann richtig dabeibleiben.

Du hast geschrieben, dass sich in Italien das soziale Klima verändert. Ganz hab ich nicht kapiert, was du damit meinst, aber hier hat sich auch vieles verändert. Swinging London gibt es eigentlich gar nicht mehr. Es ist alles irgendwie härter geworden. Es gibt auf einmal ganz viele Bettler auf den Straßen und richtige Streetgangs. Das hat es vorher hier nicht gegeben, oder ich habe es nicht gemerkt. Und die Leute, mit denen ich zusammen bin, lesen auf einmal Aleister Crowley. Das ist ein Hexenmeister, er hat eine Loge gegründet, die es wohl immer noch gibt. Ich kann den Typ nicht leiden, er hat so etwas Schwülstiges, und außerdem hat er mit dem Faschismus sympathisiert. Aber er ist jetzt total in, genau wie die diversen Satanskulte. Das hat alles mit Altamont angefangen und mit den Manson-Morden. Es gibt zig Theorien über den Weltuntergang und Armageddon und was weiß ich noch alles. Und ich habe manchmal auch das Gefühl, dass alles den Bach runtergeht. Dass uns etwas hinunterreißt und wir das nicht aufhalten können.

Und es gibt so gute Leute, die einfach keine Chance kriegen. Jetzt malt mich gerade Jimi, das ist unser Nachbar, von ihm habe ich dir schon erzählt. Weißt du noch, du hast mal gedacht, ich sei in ihn verliebt. Er malt sehr schön, aber er hat es nicht studiert, und deshalb kriegt er hier keine Ausstellung. Die Engländer sind so scheißsnobistisch. Wenn du nicht auf einer der Kunstschulen warst, nehmen sie dich einfach nicht ernst. Dabei ist Jimi viel besser und vor allem viel origineller als Vanessa zum Beispiel, für deren Mann ich Modell stehe. Aber Vanessa gilt als richtige Malerin, weil sie die richtige Schule besucht hat.

Was ist das für eine Psychiatrie? Und wieso studierst du auf einmal Medizin? Wer ist Basaglia? Schreib mir bald wieder! Lots of love!
Anna

Irgendwo muss ich noch die Sachen haben, dachte Anna. Ich kann sie nicht weggeworfen haben. Sie stand auf, begann zu suchen. Zog verstaubte alte Koffer unter Kommoden hervor, hob sie von Schränken herunter. Hustete, schleppte sie in den Flur, setzte sich auf den Boden, breitete alles um sich herum aus. Fand mehrere Paar hochhackiger Schuhe, einen schwarzen Lackledermantel, sämtliche Werke von Sartre und Camus in der alten Rororo-Ausgabe, Naked Lunch, Junky, On the Road und Howl. Die beiden Burroughs, den Kerouac und den Ginsberg legte sie zur Seite, alles andere stopfte sie in einen Müllsack. Im letzten Koffer lag nichts als eine vergammelte Reisetasche. Anna öffnete sie. Zog ein Kupferarmband heraus, einen abgegriffenen Präraffaeliten-Band, aus dem lose Seiten fielen, ein dickes Buch über hinduistische Göttinnen, ein mit Pailletten besticktes Stirnband, einen langen grünen, mit Goldfäden durchwirkten Seidenschal. Ganz unten lag ein kleines quadratisches Ölbild in einem abgeblätterten indischen Holzrahmen. Anna strich mit dem Zeigefinger über das Porträt, streichelte den Rahmen, hob das Bild vom Boden auf, drückte es an die Brust. Lehnte sich gegen die Wand, schloss die Augen. Nahm das Kupferarmband, küsste es, presste es an die Lippen, legte es sich um den rechten Arm. Blieb sitzen und weinte, bis sie ihre eingeschlafenen Beine nicht mehr spürte. Stand schließlich auf und ging in das Schlafzimmer. Stellte das Bild vorsichtig auf ihren Nachttisch. Legte sich auf das Bett.

***

Am Tag vor Heiligabend kaufte Anna zwei Büschel Mistelzweige. Schmückte sie mit roten Samtschleifen. Befestigte einen über der Tür ihres Zimmers, brachte Jimi den anderen. Jimi schlug einen Nagel über seinem Küchenfenster ein, hängte die Mistelzweige auf, warf Anna eine Kusshand zu. »Ich habe im Fernsehen gesehen, dass ihr in Deutschland ganz versessen auf Weihnachten seid. Wieso fährst du dann nicht zu deiner Mutter?«

»Weil ich sie nicht aushalte«, antwortete Anna.

»Ist George bei seinen Alten?«

»Sie sind alle zusammen zu seinem Bruder gefahren. Nach Newcastle.«

Jimi grinste abfällig. Anna grinste zurück. Fragte: »Was machst du denn morgen?« Bemühte sich, nicht allzu bedürftig zu klingen.

Jimi lächelte breit, sang *I'm just sitting on a fence, you may say I got no sense ...*

»Heißt das, du bist hier?«

»Yes, Ma'am.«

»Macht das deinen Eltern nichts aus?«

»Ich habe keine Eltern. Ich bin ein armer Bastard.« Jimi hob die Arme, seufzte. Anna kicherte.

Jimi verdrehte grinsend die Augen. »Meine Mum hat mich ins Heim gegeben. Als sie dann ihr Arschgesicht von Ehemann gefunden hat, hat der mich adoptiert. Er hat jemanden gebraucht, den er verprügeln konnte, wenn Mum mal wieder im Krankenhaus war.« Er zündete sich eine Zigarette an, hielt Anna die Schachtel hin. »Schau nicht so entsetzt, das Ganze hat auch Vorteile. Wenn sie mich hopsnehmen, hole ich mir einen Psychoheini, der dem hohen Gericht erklärt, was für eine schwere, schwere Kindheit ich hatte.«

Anna musste wider Willen lachen. »Aber du hattest ja wirklich eine.«

»Ach was. Ich bin mit sechzehn abgehauen. Für meine Schwester war's härter. Die musste den Arsch länger ertragen.«

***

Anna knipste die Stehlampe neben dem Lehnstuhl an. Blieb unschlüssig davor stehen. Zog sich den Mantel über, lief auf die Straße hinunter, ging in den Zigarettenladen und kaufte eine Schachtel Gauloises Blondes. Riss im Hausflur die Plastikhülle ab. Setzte sich oben in den Lehnstuhl. Spielte mit der Packung herum. Legte sie schließlich in die Nachttischschublade.

***

Heiligabend schneite es leicht. Nach der Arbeit bei Sally und Max lief Anna am Fluss entlang zur Tube Station. Atmete die brackige feuchte Luft ein. Schaute den Schiffen zu. Im Supermarkt auf der Kensington High Street kaufte sie tiefgekühltes Nasi Goreng und Nusskuchen. Klaute eine Flasche Chardonnay. Als sie nach Hause ging, hörte es auf zu schneien. Schwarzer Schmutz nässte die Straßen.

Sie deckte den Tisch, stellte zwei Kerzen auf. Öffnete Jimi die Tür. Er trug ein weißes Rüschenhemd, einen schwarzen Samtblazer, enge grüne Satinhosen. Hatte sich die Haare gewaschen. Sang *We wish you a merry Chrismas*, dirigierte dazu mit einer Hand ein unsichtbares Orchester.

»Du siehst ja richtig bürgerlich aus«, frotzelte Anna.

Jimi schwenkte die Plastiktüte, die er in der anderen Hand hielt. »Ich habe sogar Geschenke mitgebracht.«

»Ich hab auch etwas für dich«, sagte Anna. Drückte ihm den Blake-Band in die Hand, den sie in einem Antiquariat gefunden hatte. »Er ist ein bisschen angegammelt, aber es sind fast alle Bilder von ihm drin, auch die Illustrationen.«

»Wahnsinn!« Jimi nahm sie in den Arm, drückte sie an sich.

Sie setzten sich einen Schuss. Eine Weile später holte Anna das Nasi Goreng aus dem Ofen. Teilte das Essen aus. »Machst du den Wein auf?«

»Nö«, sagte Jimi lächelnd. »Ich hab was Besseres. Wart ab.«

Sie aßen ein wenig von dem Reis. Ein Stück Kuchen zum Nachtisch. Anna räumte das Geschirr zusammen, brachte es in die Küche. Als sie zurückkam, lagen auf dem Tisch eine lange Pfeife, ein kleines, in Pergamentpapier eingeschlagenes Päckchen, ein Bild. Jimi grinste von einem Ohr zum anderen. »Schöne Weihnachten.«

Anna setzte sich, nahm das Bild in die Hand. Sah sich selbst in die Augen. Sah vor lauter Aufregung einen Moment lang gar nichts. Blinzelte, schaute wieder hin.

»Gefällt es dir?«, fragte Jimi.

Anna nickte stumm.

»Na ja, ich hab mir Mühe gegeben.«

Das Porträt leuchtete in Grau-, Grün- und Erdtönen. Nur an einer Stelle über ihrer linken Schläfe flammten Annas Haare in einem dunklen, glühenden Rot auf. Ihr Mund war blass, das Gesicht fast weiß, die Augen schilfgrün mit steinfarbenen Schatten darunter. Anna stand auf, umarmte Jimi, drückte ihm einen Kuss auf die Wange. Er legte den Arm um sie, hielt sie fest. »Das Beste hast du noch gar nicht gesehen.« Er öffnete das Päckchen. »Nepalisches Opium. Frisch aus Katmandu importiert für Junkie Queen Anne.«

Sie rauchten die Pfeife langsam, andächtig, als zelebrierten sie einen heiligen Ritus. Jimi nahm Anna an der Hand, führte sie in das Schlafzimmer. Sie legte sich auf das Bett. Jimi sah ihre Plattensammlung durch, wählte eine Scheibe aus, legte sie auf. Setzte sich auf das Bett, zog den Blazer und das Hemd aus. Streifte Anna den Pulli über den Kopf. Küsste ihre Arme, ihre Armbeugen, ihre Brüste, ihren Hals, ihr Kinn, ihre Lippen, ihre Nase, ihre Augenlider.

I came by myself to a very crowded place, sang Leonard Cohen. *I was looking for someone who had lines in her face.*

Jimi legte sich neben sie, nahm sie in die Arme. Anna streichelte sein Haar, küsste seine Schulter, seine Stirn, seinen Mund. Liebkoste seine Lippen mit ihren.

If you cry now, she said, it will just be ignored. So I walked through the morning, sweet early morning, I could hear my lady calling: you've won me, you've won me, my lord …

Anna hüllte Jimi in die Wärme ein, die sich in ihrem Körper ausbreitete. Sie strahlte aus ihrem Bauch in alle Glieder aus und machte sie schläfrig.

Sie tastete sich an feuchten Flechten entlang. Irgendwo musste der Eingang sein. Es war dunkel, sie konnte kaum sehen. Vor ihr glomm ein schwacher bläulicher Lichtschein auf, verlosch wieder. Plötzlich stand Anna vor einer dunklen steinernen Treppe, die unter die Erde führte. Sie setzte bedächtig einen Fuß vor den nächsten, fand sich vor einer granitgrauen Tür wieder. Drückte die Hand dagegen. Die Tür schwang auf.

Anna betrat einen hohen, weiten Raum, in dem ein weißes, weiches Licht pulsierte. Vor ihr erhob sich ein kugelförmiger, purpurn glühender Granat. Persephone thronte darauf, ließ einen Granatapfel von einer Hand in die andere rollen, lächelte Anna zu. »Ich habe dich schon erwartet.« Sie deutete auf einen abgerundeten Felsbrocken vor ihrem Thron.

Anna setzte sich. »Darf ich dich etwas fragen?«

»Nur zu.«

»War es sehr schlimm für dich, als Hades dich geraubt hat?«

Persephone musterte sie spöttisch. »Ja und nein. Es kam ziemlich unerwartet. Aber ich war reif wie eine Mohnkapsel im Spätherbst. Hades musste sich nicht überanstrengen, um mich zu verschleppen.«

Genau, wie ich vermutet habe, dachte Anna. »Hast du da unten mitbekommen, wie Demeter ausgeflippt ist?«

Persephone wiegte den Kopf. »Ihr Geschrei war bis in die Tiefen des Tartaros zu hören. Sie hat mir leid getan. Aber sie war so selbstgerecht. Alles musste immer so laufen, wie sie es für richtig befand. Im Frühling musste ich immer diese albernen Schalmeien spielen. Meine Freundinnen fanden das schön, aber ich hätte sie am liebsten ins Meer geworfen. Weißt du«, sie beugte sich verschwörerisch zu Anna vor, »ich habe diese seltsame Flöte gehört. Einen schrillen, fremden, unheimlichen Ton, der abends aus den Bergen herüberwehte. Meine Mutter hätte mir am liebsten die Ohren zugehalten. Hör nicht hin, mein Kind, sagte sie, das ist die Musik der Unterwelt. Du kannst dir vorstellen«, sie sah Anna spöttisch an, »dass ich mir nichts Aufregenderes vorstellen konnte als die Unterwelt.«

Anna nickte. »Hattest du denn gar keine Angst?«

»Doch, anfangs schon. Es war alles so seltsam hier.« Sie warf den Granatapfel in die Luft, fing ihn wieder auf. »Und Hades hatte es ziemlich eilig. Aber er ist ein guter Liebhaber.«

»Und dann musstest du zurück«, sagte Anna.

»Meine Mutter hat ein solches Drama veranstaltet, dass die Erde davon verdorrt ist. Und Zeus hat Hades genervt, er soll etwas unternehmen. Hades hat mir letztlich die Entscheidung überlassen. Und eines Tages habe ich sie weinen gehört. Sie hat so bitterlich geweint, dass es mir das Herz gebrochen hat. Ich sagte also zu Hades: Das kann ich ihr nicht antun. Aber ich komme wieder.«

Wahnsinn, dachte Anna, wenn ich das Jimi erzähle! Fragte: »Wie war das mit den Granatapfelkernen?«

»Kernen?« Persephone lachte schallend. »Das war auch so eine nette Geschichte für meine Mutter. Die dann alle geglaubt haben. Offenbar bis heute.«

Anna nickte bestätigend.

»Weißt du, als ich oben auf der Erde ankam, hat Demeter sich so schrecklich gefreut. Wir haben beide geheult, und sie hat die Felder wieder fruchtbar gemacht und mich verwöhnt nach Strich und Faden. Aber es hat nicht lange gedauert, da wurde mir langweilig. Und aus den Bergen flog dieser Flötenton direkt in meine Gedärme und hat an mir gezerrt. Ich bin verbrannt vor Sehnsucht. Und da sagte sie doch eines Tages: Du hast da unten wohl hoffentlich nichts zu dir genommen? – Warum?, fragte ich. – Weil ich dich, wenn du da unten etwas angenommen hast, nicht hier behalten kann, jammerte sie.« Persephone warf das Haar zurück. »Ich wusste, das war meine Chance. Also sagte ich: Hades gab mir ein paar Granatapfelkerne und zwang mich, sie zu essen.« Sie schüttelte mit gespielter Empörung den Kopf: »Ich weiß gar nicht, woher ich so gut lügen konnte. Ich habe da unten Berge von Granatäpfeln verschlungen.«

»Und seither verbringst du ein Drittel des Jahres auf der Erde und zwei in der Unterwelt«, stellte Anna fest.

Persephone schüttelte nachdenklich den Kopf. »Das haben sie euch erzählt, nicht wahr? In Wahrheit kommst du aus der Unterwelt nicht so ohne weiteres heraus. Immer wenn ich zurückgegangen bin, musste ich ein wenig länger bleiben. Ob ich wollte oder nicht.« Sie sah Anna eindringlich an. »Ich habe lange gebraucht, um zu begreifen, worum es bei der Sache geht. Und du lernst es besser so rasch wie möglich: Die Unterwelt ist kein Spielplatz für junge Mädchen. In dem Moment, in dem du sie betrittst, begibst du dich in Gefahr. Und wenn du der bitteren Süße der Granatäpfel erliegst, bist du so gut wie verloren. Aber da trage ich Eulen nach Athen, nicht wahr?«

Sie lachte über ihren eigenen Scherz. Wurde wieder ernst. »Ich bin hier schon sehr lange. Ich habe die Spielregeln gelernt. Ich bin erwachsen geworden. Ich bin immer wieder auf die Erde zurückgekehrt und habe da oben Luft geholt. Jetzt bin ich so weit, dass ich anderen helfen kann, die herunterkommen. Jetzt bin ich die Königin der Unterwelt. Aber vergiss nicht: Ich bin eine Göttin. Das kannst du nicht von dir behaupten.«

Anna wollte etwas einwenden, aber ihr Kopf wurde schwer, sie fand keine Worte. Das Licht verblasste, weißlicher Nebel, der aus dem Boden aufstieg, verhüllte Persephone. Dunkelheit fiel herab.

***

Der Anrufbeantworter sprang an. »Ich bin's, Lotta. Hör mal, Anna ...« Anna schrak hoch, lief auf den Flur, nahm den Hörer ab, rief: »Lotta, bleib dran!«

»Hör zu«, sagte Lotta, »ich habe einen Kongress in Brüssel. Und wenn du magst, fahre ich über Köln. Dann könnten wir uns sehen.«

»Oh ja, mach das! Ich kann mir frei nehmen. Ich ...« Sie zögerte, sagte dann doch: »Ich müsste über ganz viel mit dir reden.«

»Ja«, sagte Lotta, »das hab ich mir schon gedacht.«

Anna holte den Hammer und einen Nagel aus der Werkzeugkiste. Hängte das Bild an die Wand gegenüber dem Bett. Setzte sich hin. Schaute es an. Dachte, ich habe schon verdammt kaputt ausgesehen. Aber auch schön. Zumindest hat Jimi mich so gemalt, als wäre ich schön gewesen. Sie grübelte lange über den Ausdruck nach, der in ihren Augen stand. Kam nicht darauf, woran er sie erinnerte. Holte die Briefe aus dem Rucksack.

Kensington Park Gardens, 14. März 1971

Liebe Lotta,
natürlich können wir uns treffen, wenn du nach London kommst. Ich freue mich sehr darauf, dich zu sehen. Du musst mir nur unbedingt sagen, wann genau du hier sein wirst. Ruf kurz an, ich gebe dir hier zur Sicherheit noch mal unsere Nummer.

Also ruf mich an, am besten nachts, da bin ich am ehesten da. Bis ganz bald!
Deine Anna

Anna holte die Zigarettenschachtel aus der Nachttischschublade. Pulte eine Zigarette heraus. Steckte sie sich in den Mund. Hatte kein Feuerzeug. Sie ging in die Küche, suchte nach Streichhölzern. Fand keine. Versuchte, die Zigarette wieder in die Packung zurückzustecken. Deponierte sie schließlich zusammen mit der Schachtel in der Schublade.

***

Jimi öffnete die Tür, ehe Anna klopfen konnte. Anna legte das Geld auf den Tisch. »Morgen kommt Lotta. Meine Münchner Freundin. Die darf nichts mitkriegen.«

Jimi ließ das Geld liegen. Zog den Stoff auf, reichte Anna die Spritze. Was ist los, dachte Anna. Sie suchte nach einer Vene. Jimi klopfte ihre linke Wade ab, fand eine, setzte ihr die Nadel. Der Flash warf Anna beinahe vom Stuhl. Sie schnappte nach Luft, ließ sich auf den Boden gleiten, legte sich flach auf den Teppich. Konnte nicht aufhören zu lächeln.

Jimi hockte sich neben sie. »Baby, du musst mir einen Gefallen tun.«

»Mhm.« Anna dämmerte schwerelos auf der Wattewolke. Das Leben konnte schön sein.

»Hör mal, Süße, versuch, dich zu konzentrieren.«

»Mhm.«

Jimi zog Anna hoch und hievte sie auf einen Stuhl. Drückte ihr eine Tasse Nescafé in die Hand. Anna nahm einen Schluck. Stellte die Tasse wieder ab. Sah Jimi verträumt an.

Jimi hampelte vor ihr auf und ab. Fluchte. Stäubte eine dicke *line* Koks auf die Tischplatte, reichte Anna eine Pfundnote.

Anna zog das Kokain hoch. Ließ es in ihrem Kopf explodieren. Wurde hellwach. Steckte sich eine Zigarette an. »Was ist passiert?«

»Du musst eine Ladung für mich abholen. Jetzt gleich. Machst du das?«

»Klar.« Anna, cool, cool, macht das mit links. »Wo?«

»Du fährst bis Sloane Square. Auf der Kings Road nimmst du den Bus. Guck beim Umsteigen, ob du jemanden drauf hast. Wenn dir etwas komisch vorkommt, mach einen Schaufensterbummel und komm wieder zurück.« Jimi schlug den Stadtplan auf. »Hier biegst du ab. Das Lokal ist auf der rechten Straßenseite.« Er gab ihr eine Plastiktüte von Bibas und hängte ihr einen

Seidenblazer um die Schultern. »Der Typ hat eine Tüte von Harrods dabei. Er fragt dich, ob du die Frau von der Agentur bist. Du sagst, ja, du hast die Zeugnisse mitgebracht. Trink eine Cola mit ihm, aber bleib nicht zu lange. Du gehst zuerst. Zieh den Blazer aus und leg ihn in seine Tüte über den Stoff. Wenn sie dich abgreifen, sagst du, du hast die Tüte in der Tube gefunden. Okay?«

Anna nickte. Jimi drückte ihr einen Kuss auf die Wange. »Pass auf dich auf, Baby!«

Anna nahm die Circle Line, fand einen leeren Waggon. In der Gloucester Road stieg ein älterer Pakistani ein. Versenkte sich in den *Mirror*. Das Koks kribbelte Anna in den Beinen. Sie konnte kaum still sitzen. An der Bushaltestelle warteten zwei Touristen und studierten den Stadtplan. Ein Polizeiwagen fuhr langsam die Kings Road hinunter. Anna lächelte die Touristen an. »Kann ich Ihnen helfen?« Sie erklärte ihnen ausführlich den Weg. Deutete mit den Händen. Der Polizeiwagen bog in die Seitenstraße ein. Der Bus kam. Anna blieb an der Tür stehen. Niemand stieg mit ihr ein. Die beiden Touristen winkten durch das Fenster.

Im Restaurant saß ein junges Paar mit einem Kinderwagen neben der Tür. Anna nahm einen der hinteren Tische. Ein unfreundlicher chinesischer Kellner fragte sie mit starkem Akzent, ob sie essen wolle. »Nein, nur eine Cola.«

Der Mann blieb einen Moment in der geöffneten Tür stehen. Kurzhaarschnitt, graumeliertes Blond, teure Lederjacke, solide Schuhe. Er trat an Annas Tisch, lächelte, beugte sich leicht zu ihr. »Verzeihung, sind Sie die junge Dame von der Agentur?« Der Kellner baute sich vor ihnen auf. Knallte die Speisekarte auf den Tisch. Der Mann fragte: »Darf ich Sie einladen?« Anna schenkte ihm ein strahlendes Lächeln. »Danke, ich mache gerade eine Diät.«

Sie ging zu Fuß zurück zum Sloane Square. Schlenkerte die Harrods-Tüte hin und her. Fühlte sich stark, abgefeimt, sehr erwachsen. Stieg am Notting Hill Gate aus und schwebte nach Hause.

Jimi kippte die Briefchen auf den Küchentisch. Zählte nach. Schenkte Anna drei von den größeren.

Anna steckte sie in die Hosentasche. Kippte lässig mit dem Stuhl nach hinten. »Das kannst du mich öfter machen lassen.« Jimi grinste sie an. »Komm wieder runter, Baby.«

***

Anna ging in die Küche, inspizierte den Kühlschrank. Nahm ein Joghurt heraus, füllte es in eine Schale, schnitt eine Banane hinein, stäubte Zimt darüber, setzte sich auf das Bett. Stand wieder auf, stellte das Radio an. Stau auf der A 4, Richtung Aachen, auf der Höhe Eschweiler-Weißweiler. Behinderungen auf Grund einer Baustelle auf der A 1, Richtung Dortmund. Anna suchte nach Musik. Fand nur Schrott. Machte Radio und Licht wieder aus. Dachte: Ich muss Lotta fragen, wie das für sie war, als sie nach London kam. Und sie soll mir die Wahrheit sagen.

***

Die Studenten an der Slade kamen nicht voran. Der Lehrer überzog um zwanzig Minuten. »Jetzt muss ich aber los«, sagte Anna, »ich habe noch einen Termin.« Die Bahn fuhr ihr vor der Nase weg. Als sie endlich zu Hause ankam, war George schon da und kiffte sich zu. Im Ausguss lag Annas blutige Spritze vom Morgen. Anna stellte Wasser auf, kochte die Nadel aus. Lotta durfte nichts davon mitbekommen. Als sie das Waschbecken ausspülte, trat George hinter sie, drängte sie gegen das Spülbecken, drückte ihr seinen erigierten Penis ins Kreuz. Er schob ihren Rock hoch, zog ihr den Slip herunter, stieß seinen Schwanz so heftig in sie, dass sie mit dem Schambein gegen den Ausguss prallte. Sie hielt still. Wusste, dass er sie nur deshalb nicht schon längst hinausgeworfen hatte, weil er sie jederzeit vögeln konnte. Andere, dachte Anna, holen sich ihre Junkienutte auf dem Strich. George hat seine zu Hause.

86

Sie nahm die Spritze, ging in das Badezimmer, wusch sich. Als sie den Löffel aufkochte, schellte es. Sie hörte George öffnen und mit Lotta reden. Scheiße, dachte sie, Scheiße! Sie bekam die Nadel in keine Vene hinein. Die beiden Stimmen kamen näher. Anna riss sich den Schal vom Arm, probierte es am linken Bein, wischte sich die schweißnassen Finger an den Jeans ab, versuchte es erneut. Sah, wie endlich ein dünner Blutfaden in die Spritze aufstieg.

Die Tür flog auf. George sagte: »Anna macht sich noch zurecht.« Anna drückte langsam den Kolben herunter. Lehnte sich an die kalten Kacheln, schloss die Augen, ließ den Schuss kommen. Machte die Augen wieder auf. Sah Lotta vor sich stehen, die Hand vor dem Mund, Horror im Blick.

Sie verbrachten den Abend zu dritt. George machte mit Lotta Konversation. Er kannte sogar Laing, in dessen Klinik das Treffen stattfand, zu dem Lotta nach London gekommen war. Sie unterhielten sich über Laings und Coopers Theorie über Schizophrenie, Lotta erzählte von Basaglia, seinem Psychiatrieexperiment in Triest. George baute einen dicken Dreiblattjoint, reichte ihn Lotta, als wäre es ein Glas Chateau de Rothschild. Lotta nahm ihn, zog daran wie an einer Zigarette.

»Ich muss morgen erst nach Mittag da sein«, sagte Lotta zu Anna, als sie in die Tube stieg. Können wir uns vorher sehen?«

»Ja«, sagte Anna. Langte nach ihrer Hand. Die Tür des Zuges schloss sich.

Am nächsten Morgen schlug sie Lotta vor: »Wir könnten in die Tate gehen. Dann zeige ich dir die Illustrationen, die Blake zur Göttlichen Komödie gemacht hat.« Sie sahen sich auch noch die Präraffaeliten an. Gingen anschließend ein langes Stück an der Themse spazieren. Fanden keine Worte, um über das zu sprechen, was am Vorabend geschehen war.

An der Westminster Abbey sagte Lotta, ohne Anna anzusehen: »Wie lange machst du das schon?«

Anna zuckte die Achseln. »'ne ganze Weile.«

»Kann ich dir irgendwie helfen?« fragte Lotta.

Nein, wollte Anna antworten. Blieb stehen, streckte die Hand aus. Lotta nahm sie, zog Anna in ihre Arme.

»Gib mich nicht auf«, flüsterte Anna. »Gib mich nicht auf, wenn du kannst.«

Lotta drückte sie weinend an sich. »Du bist meine beste Freundin, und du bleibst es.« Sie löste sich aus der Umarmung, hielt Anna an den Schultern fest, sah ihr in die Augen: »Aber hör auf damit. Hör um Gottes willen auf.«

»Ich hab's versucht. Ein paar Mal.«

»Und dann hast du wieder angefangen?«

»Frag mich nicht, warum. Ich kann es dir nicht erklären.«

***

Anna hörte Ben nach Hause kommen, in der Wohnung herumgehen, nach ihr rufen. Er klopfte an die Schlafzimmertür, öffnete sie einen Spalt. »Ach, hier bist du! Soll ich dir Licht machen?«

Anna winkte ab.

»Ich gehe erst mal duschen«, sagte Ben, »und lege mich einen Moment hin, okay?«

Ja, dachte Anna, lass dir bloß Zeit. Sagte: »Kein Problem. Wenn du so weit bist, können wir Essen machen.«

***

Anna ging die Kensington Church Street bis fast zur Ecke Kensington High Street hinunter. Sah den Laden auf der linken Seite. Über der Tür hingen tibetische Gebetsfahnen. Und das Schild »Jambalaya Jumble«.

Anna trat ein, rief: »Hallo?« Niemand antwortete. Sie sah sich um. Strich mit der Hand über eine große Messingstatue mit sechs Armen. Nahm ein Buch aus Pergamentpapier zur Hand, betrachtete die seltsamen verschnörkelten Schriftzeichen. Stieß mit dem

Fuß sanft ein hölzernes viktorianisches Schaukelpferd an, musste lächeln, als es vor ihr auf und ab wippte. Sie hörte eine Tür aufgehen, der Duft von Räucherstäbchen drang ihr in die Nase.

Fiona trat durch die Tür, die in den hinteren Bereich des Ladens führte. »Schön, dass du vorbeikommst! Hast du jemanden für mich gefunden?«

Anna schüttelte den Kopf.

»Hör dich weiter um. Ich brauche unbedingt eine Hilfe. Ich muss viel über Land fahren, Nachlässe sichten, Dachböden ausräumen. Da muss jemand hier sein, der den Laden macht. Und wie gesagt, die Frau könnte auch bei mir wohnen. Ich hab ein Zimmer frei.« Sie wies auf zwei schwere abgewetzte Ledersessel. »Hast du Zeit? Dann mache ich uns einen Tee.« Anna nickte. Setzte sich. Auf einem Beistelltisch zu ihrer Rechten stand eine vergoldete Frauenfigur. Sie saß auf einer Art Blumenthron, ein Bein untergeschlagen, das andere vorgestreckt. Ihre Brüste waren nackt, auf dem Kopf trug sie eine Krone. In der einen Hand hielt sie eine Blüte, die andere lag, mit der Handfläche nach außen, auf ihrem Knie. Die Statue lächelte Anna versonnen an. Anna lächelte zurück.

»Das ist Tara«, sagte Fiona und stellte ein beladenes Tablett auf dem anderen Tischchen ab.

»Und wer ist Tara?«, fragte Anna.

»Tara ist ein weiblicher Bodhisatva.«

»Und was ist das jetzt wieder?«, fragte Anna lachend, »ein Bo...«

»Bodhisatva. Das ist ein Mensch, der bereits erleuchtet ist, aber gelobt, dass er so lange nicht in das Nirwana eingehen will, bis alle Menschen vom Leid befreit sind. Und Tara hat noch mehr getan: Sie hat gelobt, dass sie so lange als Frau wiedergeboren werden will, bis alle Frauen Erleuchtung erlangt haben.«

»Bist du Buddhistin?«, fragte Anna.

»Ja.« Fiona schenkte Tee ein. »Seit wann drückst du?«

Scheiße, dachte Anna, sie will mich bekehren. War enttäuscht. Sie hatte Fiona anders eingeschätzt.

»Keine Sorge«, lächelte Fiona, »ich bin nicht von der Heilsarmee.« Sie schob Anna ein Gurkensandwich hin.

Anna schob es zurück. »Weißt du, es hat keinen Sinn, darüber zu reden. Wenn jemand selber nicht drauf ist, kann er es nicht verstehen. Okay?«

»Mein Mann war Junkie«, erwiderte Fiona. »Ich weiß, wie es ist. Ich hab es sogar seinetwegen probiert.«

»Und dann?«

»Es ist nicht meine Droge.«

»Und was ist deine Droge?«

»Alkohol. Jedes Mal, wenn er sich einen Schuss gesetzt hat, habe ich ein Glas Whiskey gekippt. Und dann zwei. Und dann drei. Und so weiter.« Sie sah Anna eine Weile schweigend an. »Damals habe ich Junkies gehasst. Er ist schuld an meinem verdammten Suff, habe ich jedes Mal gedacht, wenn es mir zu viel wurde. Wenn ich morgens nicht mehr aus dem Bett kam. Stephen war Amerikaner. Er hat in den Staaten angefangen zu drücken. Als ich ihn kennen lernte, wusste ich nicht einmal, dass es so etwas wie Junkies überhaupt gibt. Ich war ein gut erzogenes Mädchen, ich studierte Kunstgeschichte und Archäologie. Als ich mich in Stephen verliebte, habe ich gerade eine Ausbildung als Restauratorin begonnen.«

Fiona schenkte sich neuen Tee ein. »Frauen sind ganz schön bescheuert«, sagte sie. Eher zu sich selbst als zu Anna. »Ich habe das Studium abgebrochen, die Ausbildung, alles, nur um mit diesem geheimnisumwitterten und zugegebenermaßen ziemlich attraktiven Amerikaner zusammen zu sein. Ich war ja nicht gerade eine Schönheit. Ich hatte ernsthaft Sorge, ich würde sitzen bleiben. Und dann kam Mister Charming und wollte von allen Londoner Mädchen ausgerechnet mich. Als ich endlich herausfand, was sein Geheimnis war, dachte ich allen Ernstes, ich könnte ihn retten. Wie gesagt, Frauen können zum Gotterbarmen blöd sein. Er hat unser gesamtes Vermögen in Stoff umgesetzt. Und wir hatten nicht wenig. Ich habe einiges von meiner Großmutter geerbt, und Stephen hat nicht nur mit Antiquitäten gedealt. Er war auf indische und nepalische Kunst spezialisiert. Wir sind alle paar Wochen nach Nepal geflogen.« Fiona lächelte spöttisch: »An die Quelle. Nepal ist ein schönes Land. Wir haben damals nur nicht viel davon mitbekommen.«

»Mein Vater ist in Nepal gestorben«, sagte Anna. Dachte: Wieso erzähle ich ihr das?

»Woran?«, fragte Fiona.

»Er ist abgestürzt. Auf einer Bergtour.«

»Oh«, sagte Fiona.

Anna schob sich das Gurkensandwich in den Mund. »Wie ging es weiter mit euch?«

»Eines Tages, als wir gerade aus Katmandu zurück waren, kamen die Bullen. Sie haben Stephen verhaftet, aber nichts gefunden. Er war sogar in seinem vernebelten Kopf noch ziemlich clever. Sie haben ihn trotzdem ein paar Tage dabehalten, vermutlich waren sie stinksauer, weil sie uns nichts nachweisen konnten. Stephen ist im Polizeigewahrsam auf Turkey gegangen. Er wäre beinahe daran gestorben. Irgendwann haben sie ihn doch noch ins Krankenhaus überwiesen, ich nehme an, sie wollten seine Leiche nicht auf dem Revier haben. Als in der Zeitung stand, dass die Polizei einen hochkarätigen Drogendealer gefasst habe, der sich als Antiquitätenhändler tarnte, kam mein Vater, zerrte mich in sein Auto – und du kannst mir glauben, ich habe geschrien wie am Spieß, es war ein wunderbarer Skandal, die Leute reden heute noch darüber – und fuhr mich in eine private Entzugsklinik. Mein Daddy ist Arzt, weißt du, er hatte seine Connections.«

Anna griff nach einem Stück Ingwerkuchen. »Bist du dann trocken geblieben?«

Fiona schenkte Tee nach. »Ja. Dann ist etwas Seltsames passiert. Stephen kam mich in der Klinik besuchen. Er war clean. Er war reizend. Er war wie in unserer ersten Verliebtheit. Als ich entlassen wurde, bin ich wieder zu ihm gezogen. Wir hatten eine wundervolle Zeit zusammen. Er las buddhistische Bücher und wollte, dass wir in einen Kurs gingen, den ein amerikanischer Meditationslehrer in London gab. Mich hat das im Grunde überhaupt nicht interessiert, aber ich sah, dass es ihm gut tat, und ich dachte, das hält ihn clean. Also bin ich mitgegangen. Weißt du, das war damals etwas absolut Neues und Unbekanntes. Es gab hier zwar die buddhistische Gesellschaft, die gab es schon immer, aber das waren lauter vertrocknete Professoren aus Oxbridge.«

Fiona lachte wieder. Ihr dunkles, spöttisches Lachen. »Und dieser Amerikaner sah richtig cool aus. Ich habe von dem, was er gesagt hat, kein Wort verstanden, aber nachher, beim Tee, erzählte er uns von den Tibetern, die nach Indien und Nepal geflohen sind, von ihrem Elend und von den Horrorknästen, in denen die Chinesen die Mönche und Nonnen foltern. Ich habe die ganze Zeit geheult vor Mitleid. Und dann sind wir wieder hingefahren nach Katmandu. Wir haben ein Kloster von Exiltibetern besucht, eines, in dem damals schon ein paar Amerikaner waren, die haben uns alles gezeigt und für uns übersetzt.« Fiona unterbrach sich, machte das Licht an. Es war dunkel geworden. »Sag es bloß, wenn ich dich langweile!«

»Nö, gar nicht, erzähl weiter!«

»Da war ein Lama, das ist ein Lehrer, Lama Sönam, der hat mich angesehen mit seinem liebevollen Gesicht, auf eine Art, die ich dir nicht beschreiben kann. Ich habe mich zu ihm gesetzt und auf Englisch gesagt: Zeig mir bitte, was ich tun muss. Er konnte kein Englisch, aber er verstand. Er bat einen der Amerikaner zu dolmetschen, und dann hat er mir erklärt, wie ich meditieren soll, und mir das Tara-Mantra gegeben.«

Anna sah sie verständnislos an.

»Om tara tutare ture soha«, rezitierte Fiona. »Damit kannst du zu Tara beten und sie anrufen. Und sie hört dich immer und hilft dir immer. Nur nicht immer so, wie du es dir vorstellst. Oder wie du es gerne hättest.«

Fiona räumte die Teetassen zusammen. Stellte sie auf das Tablett. »Wir waren eine Woche im Kloster und haben mit den

Mönchen meditiert. Nachts haben wir uns stundenlang geliebt. Wir waren im siebten Himmel. Am achten Tag fuhr Stephen in die Stadt, um einen Freund zu treffen. Als er zurückkam, war ich gerade bei Lama Sönam. Dann ging ich in unser Zimmer. Stephen lag auf dem Boden, die Nadel steckte noch in seinem Arm.«

Anna griff über den Tisch nach Fionas Hand. Hielt sie fest.

»Ich bin in den Tempel gelaufen«, sagte Fiona leise, »habe mich vor der großen Tara-Statue aufgestellt und sie angeschrien: Fuck you! Fuck you! Fuck you! Ich hätte sie am liebsten umgestoßen, aber das habe ich mich dann doch nicht getraut. Ein paar Mönche kamen hereingerannt und hielten mich fest. Einer hielt mir den Mund zu. Dann kam Lama Sönam und nahm mich in die Arme. Ich habe ihn weggestoßen, ich konnte mich nicht beruhigen. Es hat lange gebraucht, bis ich irgendetwas verstanden habe.«

Eine alte Uhr an der Wand schlug an. Anna sah hoch, sprang auf. »Ich muss gehen, Fiona, ich müsste schon längst bei Sally und Max sein!«

Fiona sah sie an, etwas Dunkles im Blick. »Was hast du mit denen zu tun?«

»Äh, ich arbeite für sie.« Anna griff nach ihrer Tasche. Rannte los.

***

»Ich bin so weit!«, rief Ben, »soll ich schon mal Zwiebeln schneiden?« Wieso Zwiebeln, dachte Anna. Sie hörte ihn über den Flur gehen, vor der Schlafzimmertür stehen bleiben. Spürte sein Zögern. Hielt den Atem an. Stellte sich tot. Ben klopfte. »Gleich«, rief Anna, »ich komme gleich!«

6

Die Agentur lag am Leicester Square, über einem Kino. Die Frau
musterte Anna abschätzig. Kleines verkniffenes Gesicht, Tweed-
kostüm, dicke Opale an den Fingern. Anna trug Vanessas abge-
legtes Samtkleid und die hochhackigen Schlangenlederstiefelet-
ten, die sie vor Ewigkeiten im Kensington Market geklaut hatte.
Die Show war vergeblich. Als sie die Treppe zur U-Bahn hinun-
tersteigen wollte, hörte sie, dass jemand sie rief. Drehte sich um.
Sah Susan auf sich zulaufen. Zitronengelber Minirock, enges sil-
berfarbenes T-Shirt, schwarze Strümpfe, hochhackige Schuhe, fünf
Lagen Make-up. »Susan!« rief Anna. Sie fielen sich in die Arme.
Susan hängte sich bei Anna ein, dirigierte sie Richtung Soho.
»Komm, wir gehen zu mir einen Tee trinken.«

Anna drückte sich an Susans Arm. »Wohnst du nicht mehr bei
deinen Eltern? Ich hab im Ken Market gefragt, wo du steckst,
aber der alte Motherfucker hat mich rausgeschmissen.«

»Ja, das glaub ich dir sofort«, lachte Susan. »Er hat mich beim
Klauen erwischt und wollte die Bullen holen, stell dir mal vor!
Ich hab gesagt: Kannste machen, dann erzähle ich denen, dass du
mit Koks dealst.« Sie kicherte, wandte sich Anna zu, stöhnte dramatisch: »Sie sehen heute aber elegant aus, Madam!«

Anna lachte. »Ich hab mich um einen Job beworben. Bei einer
Modell-Agentur.«

»Und?«

Anna machte sich von Susan los, schürzte die Lippen, verschränkte die Hände geziert ineinander, flötete: »Liebes, Sie sind
doch ein wenig zu dünn für unseren Geschmack. Und, äh, wir
suchen auch eher nach dem, nun, mädchenhafteren Typ.«

Sie lachten beide los. »Liebes«, kreischte Susan, »Sie sind doch
ein wenig zu sehr der Typ abgefuckte Junkiebraut für unseren

Geschmack!« Sie hängte sich wieder bei Anna ein. Kichernd liefen sie an Pornoschuppen und chinesischen Imbissläden vorbei.

»Hier ist es«, sagte Susan. Zog Anna in einen Hausflur. Er stank nach Urin und Abfall. Anna versuchte, flach zu atmen, es war zwecklos. Der Gestank hörte nicht auf. Ein Mann kam ihnen auf der Treppe entgegen, zwängte sich an ihnen vorbei, pfiff, als er Anna genauer ansah.

Susan führte Anna in ein Zimmer auf der dritten Etage. Verneigte sich elegant: »My home, my castle.« Auf dem Boden eine fleckige Matratze, das Leintuch zerknüllt daneben. Unter dem Fenster ein Plattenspieler, auf dem Stuhl Kleider und BHs. Auf der Ablage neben dem Waschbecken ein Tauchsieder, daneben zwei Tassen und ein Unterteller mit Teebeuteln und Zuckerwürfeln. Es roch nach Schimmel und Susans Parfum.

Susan deutete auf die Matratze. »Setz dich.« Anna blieb stehen, lehnte sich an die Wand.

Susan stellte Wasser auf. »Wo hast du denn das schicke Teil her?«

»Das hat mir Vanessa abgegeben, es war ihr zu eng. Weißt du, die Frau von dem Maler, für den ich arbeite.«

Susan befühlte den Stoff. »Mit dem könntest du gut Kohle machen.«

»Wie meinst du das?«

»Ich hab 'n Paki, der nimmt mir die Sachen ab, die ich klaue. Ich krieg nur nicht so viel zusammen, weil so«, sie schob grinsend ihren Mini hoch, »komme ich ja kaum noch bei Marks and Spencers rein. Aber in den Klamotten könntest du die Edelboutiquen in Chelsea abräumen.«

»Kann ich dir nicht gleich das Kleid geben? Und die Schuhe? Gibt er dir dafür auch was?«

»Nö«, erwiderte Susan, »er nimmt nur neue Sachen. Brauchst du so dringend Kohle?«

Anna nickte.

»Ich kann dir 'n Job verschaffen. In 'nem Club.«

Anna schüttelte lächelnd den Kopf. »Danke.«

Susan zuckte die Achseln. »Tja, irgendwann musste.«

Anna sah sich im Zimmer um. Dachte: Irgendwann werde ich auch so wohnen. Sagte: »Susan, hast du schon mal versucht, aufzuhören?«

»Machst du Witze?«

»Nö, sag doch.«

»Also, jedes Mal, wenn mein Scheißdealer nicht auftaucht und ich anfange, mit den Zähnen zu klappern, und der ganze Horror losgeht, und jedes Mal, wenn ich wieder 'n Freier hab, über den ich drüberkotzen könnte, und jedes Mal, wenn ich mich bei der richtigen Beleuchtung im Spiegel angucke, denke ich, jetzt hörste auf. Und so alle paar Monate mach ich's dann tatsächlich, ob du's glaubst oder nicht. Dann leihe ich mir hier von allen die Decken aus, leg mich drunter und zieh den Turkey durch. Und nach 'ner Woche krieche ich hier aus 'm Loch und fühl mich wie der King. Und weil ich so 'ne Heldin war, muss ich mich belohnen ...«

Sie lachten wieder. Susan hängte in jede Tasse einen Beutel, goss auf. »Und du?«

»Na ja, dreimal hab ich's richtig geschafft. Und mir ging es so was von gut danach. Es war wieder alles so echt, weißt du? Ich hab wieder alles gespürt, die Sonne auf der Haut, den Wind, ich hab gesehen, wie wunderschön die Blumen im Holland Park sind. Und ich hab mich wirklich darauf gefreut, wieder an die Uni zu gehen. Und dann bin ich zu Jimi rüber und hab gesagt: Ich brauch 'n Schuss. Und das Irre ist, Jimi hat mir dann nie was gegeben. Der will wirklich, dass ich aufhöre.«

»Und dann?«

»Dann bin ich zu Chris. Der hat immer was. Und der gibt mir immer was. Manchmal sogar für weniger als Jimi. Und dann ist Jimi jedes Mal ausgerastet und hat den Stoff wieder rausgerückt.«

»Ganz schön raffiniert«, grinste Susan.

Ja, dachte Anna, und ganz schön bescheuert.

»Susan, ich muss los. Ich komme aber wieder. Wann bist du denn am ehesten hier?«

»Mittags. In den Clubs findste immer 'n Job. Und sonst stellste dich halt auf die Straße. Anschaffen kann jede, weißte.«

Anna umarmte Susan, drückte sie an sich. »Pass auf dich auf, Süße!«

»Gleichfalls.«

***

Ben kam herein. Machte das Licht an. »Kommst du in die Küche?«

Frag doch gleich, warum ich im Bett liege, dachte Anna. Wenn du etwas wissen willst, musst du den Mund aufmachen. Sie stand auf. Ben sah sich die CDs an, die auf ihrem Nachttisch lagen. »Hast du dir die gekauft?« Anna nickte. Dann bemerkte er das Bild. »Was ist das denn?« Er ging näher hin, schaute es eine Weile an. »Bist das du?«

»Ja.«

»Wo hast du das auf einmal her?«

»Ich habe es bei meinen alten Londonsachen gefunden.«

»Und wer ist der Künstler?«

Was musst du so höhnisch rumtönen, dachte Anna. Antwortete ruhig: »Jimi.«

»Ach, der Dealer.« Ben drehte sich zu ihr um. »Findest du das so schön, dass du es aufhängen musst? Ich finde es erschreckend. Du siehst so kaputt aus, dass man dich am liebsten direkt in eine Klinik einweisen möchte.«

»Danke.«

»Ich möchte das nicht hier hängen haben.«

»Wie bitte?«

»Ich möchte dieses Bild nicht in unserem Schlafzimmer haben.«

Anna starrte ihn schweigend an. Nahm das Bild von der Wand,

stampfte aus dem Zimmer. Knallte mit dem Fuß die Tür hinter sich zu. Holte ihren Rucksack, steckte das Bild in eine Plastiktüte, warf sich den Mantel über, verließ die Wohnung. Fuhr ins Büro.

Am nächsten Morgen kam sie zurück, müde, mit schmerzendem Rücken, das Rossetti-Plakat in der Plastiktüte zusammen mit Jimis Bild. Auf dem Küchentisch lag ein Zettel: »Es tut mir leid. Rufst du mich im Laden an? Ich liebe dich!«

»Ich dich nicht«, knurrte Anna. Machte sich Frühstück. Ging in das Arbeitszimmer, sah sich um. Schleppte Gitarren, Banjos, Bongos, Noten, alte Zeitschriften, Bücher, Rechnungen, den Notenständer, den Klappstuhl in das Schlafzimmer. Ging zu den Nachbarn, klingelte, hoffte inständig, dass jemand da war. Nouredine öffnete die Tür.

»Kannst du mir was helfen?«, fragte Anna.

»Klar.«

»Dann komm mal mit rüber.«

Nouredine schlurfte in seinen offenen Turnschuhen hinter ihr her. Auf dem Kopf eine Wollmütze. Ist das jetzt die neueste Mode, oder ist er erkältet?, überlegte Anna. Und warum ist er nicht in der Schule? Sie kam sich uralt vor. Fragte trotzdem: »Hast du schulfrei?«

»Mhm«, brummte Nouredine. Anna glaubte ihm kein Wort. Zusammen schoben sie Annas Bett aus dem Schlafzimmer und den großen Lehnstuhl aus dem Wohnzimmer in das Arbeitszimmer.

»Habt ihr Krach?«, fragte Nouredine.

»Ja«, sagte Anna.

»Scheiße.« Nouredine guckte verlegen, ging zurück in die Wohnung.

Anna betrachtete den Raum. Er sah fremd aus, provisorisch. Als sie die Tür schloss, schwebten Wollmäuse hoch, senkten sich an anderen Stellen wieder auf den Boden. Anna schob das Bett herum, bis es so stand, dass sie es ertragen konnte. Holte den Staubsauger, wischte das Parkett auf. Zerrte den Lehnstuhl in die

Ecke am Fenster. Sagte zu dem Raum, der immer noch aussah wie Bens Musikkammer: »Du bist jetzt mein Zimmer.« Sie schlug an der Längswand zwei Nägel ein, hängte ihr Porträt und Rossettis Persephone-Proserpina nebeneinander auf. Holte sich die Stereoanlage aus dem Wohnzimmer. Die Orchidee aus der Küche. Räumte alle Bücher, die ihr gehörten, aus den Bücherregalen. Trug sie in ihr Zimmer und stapelte sie auf dem Boden auf.

Sie setzte sich in den Lehnstuhl und betrachtete ihr neues Reich. Ihr Rücken schmerzte noch mehr als am Morgen, ihr Gesicht glühte, ihr Kopf war leer. Sie fühlte sich ausgelaugt. Es war inzwischen Mittag, sie fragte sich, ob sie vielleicht hungrig war. War sie aber nicht. Sie ging trotzdem in die Küche, schenkte sich ein Glas Orangensaft ein, schüttete Oliven, Nüsse, eine Handvoll Cracker auf einen Teller, schnitt sich ein paar Würfel Käse ab, stellte alles auf den Nachttisch. Legte *Sticky Fingers* in den CD-Player, setzte die Kopfhörer auf, drehte die Lautstärke bis zur Schmerzgrenze hoch, legte sich auf das Bett.

***

Vanessa öffnete die Tür, ehe Anna klingeln konnte. Sie packte Anna am Arm und zog sie ins Haus. Ihre Frisur war durcheinander, sie hatte rote Flecken im Gesicht, Tränen in der Kehle. Sie schloss hektisch die Tür, sah sich um, als lauerten Feinde im Vorgarten, führte Anna ins Wohnzimmer. David fuhr herum, als sie eintraten. »Schau ihn dir an und sag uns, was man da machen kann.«

Spinnen die jetzt?, dachte Anna, sah fragend von einem zum anderen. Vanessa schob sie auf den Flur. Öffnete die Tür zum Badezimmer. Ein Mann in einem eleganten grauen Anzug, blank polierte Schuhe, kurzgeschnittener dunkler Lockenkopf, lag halb über den Badewannenrand gekippt, neben ihm eine blutige Spritze. Vanessa stand händeringend in der Tür. »Lass mich mal schauen«, sagte Anna. Vanessa suchte dankbar das Weite.

Anna kniete sich vor den Mann. Durchsuchte seine Anzugtaschen, seine Hosentaschen, die Brusttaschen seines Hemdes, fand schließlich in der Innentasche seiner Weste ein angebrochenes Briefchen. Steckte es ein, stand wieder auf, ging hinaus auf den Flur. Vanessa und David warteten starr wie Statuen auf sie.

Anna zuckte die Achseln. »Da kann man nichts mehr machen. Er hat sich den goldenen Schuss gesetzt. Überdosis«, fügte sie erklärend hinzu. »Hatte er einen Mantel oder eine Tasche?«

»Wieso?« fragte David aufgebracht.

»Weil er vielleicht noch Stoff dabei hat. Ihr müsst die Ambulanz rufen, und die verständigen dann die Bullen. Und da wäre es blöd, wenn ihr Stoff im Haus habt.«

Vanessa zuckte zusammen, stürzte zur Garderobe. Nahm einen leichten Wollmantel vom Haken, hielt ihn Anna hin. Anna durchsuchte alle Taschen. Fand nichts als ein paar Münzen, ein Taschentuch, einen Schlüsselbund. Dachte: Schade. Sagte: »Ich geh jetzt lieber, okay? Ruft an, wann ich kommen soll.«

Keiner der beiden reagierte. Anna öffnete die Haustür, wandte sich noch einmal um, sah Vanessa an, bat: »Gebt ihr mir Bescheid, wann wir den Termin nachholen?«

»Ich wusste nicht, dass er heroinabhängig ist«, flüsterte Vanessa, räusperte sich, verschränkte die Hände ineinander. »Er hat mehrere Bilder gekauft. Er ist einer unserer besten Kunden.«

War, dachte Anna.

George war nicht zu Hause. Anna ging in ihr Zimmer. Legte zur Feier des Tages eine Platte mit gregorianischen Chorälen auf. Setzte sich auf das Bett, öffnete vorsichtig das Briefchen. Schüttete großzügig Pulver auf den Löffel. Wurde von einem pulsierenden Stromstoß durchglüht. Über die Pforte des Paradieses getragen. Ließ sich auf die Decken sinken. Dachte träge: Endlich mal wieder genügend Stoff. Wenn ich immer so viel Stoff haben könnte, wäre ich nicht so kaputt. Seufzte. Öffnete die Augen. Samtiges Dämmerlicht füllte den Raum. Anna schlang die Arme um ihren Körper. Schaukelte langsam vor und zurück. Durch einen Spalt in den zugezogenen Vorhängen blitzte Sonnenlicht, warf einen hellen Streifen auf den Teppich. Der Regen hatte aufgehört. Auf der Straße fuhr ein Wagen vorbei, verlangsamte, hielt an. Ein Autotür fiel ins Schloss, Schritte näherten sich dem Fenster, hohe Absätze auf Straßenpflaster, klapperten weiter, bogen ab.

Wenn ich immer genug Stoff hätte, dachte Anna, dann könnte ich auch wieder schöne Sachen machen. Öfter in die Tate gehen. Und in den Park. Blake lesen. Sie stand auf, schwankte ein wenig, bewegte sich unsicher, glücklich über das taumelnde Gefühl, zum Bücherregal, holte den Band mit den Blake-Gedichten heraus. Legte sich wieder aufs Bett. Suchte nach *The Marriage of Heaven and Hell*. Blieb bei *The Grey Monk* hängen, las ihre Lieblingsstelle:

A hermits prayer and a widows tear
Alone can free the world from fear.
For a tear is an intellectual thing
And a sigh the sword of an Angel King.

***

Ich muss Lotta etwas darüber geschrieben haben, dachte Anna, sie hat mir doch diese unsägliche deutsche Blake-Übersetzung geschickt. Sie nahm die Mappe mit den Briefen aus dem Rucksack, sah sie durch.

Kensington Park Gardens, 30. März 1971

Liebe Lotta,
ich bin so froh, dass du da warst. Dein Besuch hat mir richtig gut getan. Weißt du noch, dass wir auf dem Embankment darüber geredet haben, dass ich gerne Gedichte übersetzen würde? Und jetzt stell dir vor, gestern ging es mir richtig gut, und da habe ich angefangen, *The Grey Monk* von Blake zu übersetzen. Es hat solchen Spaß gemacht, ich bin völlig darin aufgegangen, ich habe schon lange nichts mehr getan, das so gut war. Jetzt habe ich mir vorgenommen, ich will die *Marriage of Heaven and Hell* übertra-

gen, und zwar in ein ganz leichtes, schwebendes, modernes
Deutsch. Ich habe aber keine Ahnung, ob es nicht schon eine
Übersetzung gibt. Wenn du mal Zeit hast, könntest du in einer
Bibliothek nachschauen? Und wenn es eine gibt und das Buch
nicht zu teuer ist, könntest du es mir schicken?

Ich melde mich bald mal wieder. Und ich hab dich schrecklic
lieb!

Deine Anna

PS: Ich habe mir gestern überlegt, dass ich wirklich aufhören
will. Diesmal richtig, für immer. Aber ich kann es dir nicht versprechen. Ich muss es erst mal machen, und wenn ich es geschafft
habe, melde ich mich.

Kensington Park Gardens, 6. April 1971

Liebe Lotta,

das habe ich neulich vergessen, dir zu schreiben: Ich habe mich
richtig mit Fiona angefreundet, weißt du, die Frau mit dem schönen Laden. Eigentlich ist Susan hier meine Freundin, aber wir
können uns leider nicht oft sehen, sie ist ständig *on the run* und ich
ja auch. Aber Fiona ist immer im Laden, oft bis spät abends, und
da kann ich einfach vorbeischauen, zwischen zwei Terminen oder
wenn mal eine Sitzung ausfällt. Es tut mir gut, mit ihr zu reden.
Sie erzählt mir schöne Geschichten über die Sachen, die sie im
Laden hat, was die bedeuten, wo sie herkommen, warum sie wertvoll sind (oder auch nicht). Ich lerne ganz viel dabei. Wenn ich
jetzt mal über die Portobello Road nach Hause gehe, sehe ich die
Antiquitäten in den Auslagen mit ganz anderen Augen. Pass auf,
ich werde noch zur Profitrödlerin! Das könnte mir sogar gefallen.

Weißt du, die Leute haben hier die Dachböden voll gestopft
mit Möbelstücken, Kunstwerken und allem möglichen Klein-
kram aus aller Welt. Sie haben das Zeug ganz oft von ihren Groß-
eltern geerbt, die es aus den Kolonien angeschleppt haben. Und
jetzt wissen sie nicht, was sie mit all den Buddha-Statuen und
Hindu-Gottheiten und irakischen Wasserpfeifen anfangen sollen.

Fiona kauft sie ihnen ab. Sie räumt ihnen die Dachböden und Speicher aus, repariert die Sachen und verkauft sie dann an Leute, die sie zu schätzen wissen.

Fiona weiß, dass ich drauf bin, aber sie hält mir keine Predigten. Sie nimmt mich einfach so, wie ich bin. Und ich glaube, wenn ich ihr sagen würde, ich möchte aufhören, würde sie mir helfen. Sie ist eine ganz eigenartige Frau. Sie erinnert mich an eine keltische Zauberin oder Priesterin, sie hat so etwas Archaisches und Magisches an sich. Und sie sieht auch so aus, in der Szene hat sie den Spitznamen *The Celtic Queen*. Dabei hat sie mit den Kelten überhaupt nichts am Hut, sie ist nämlich Buddhistin. Jedenfalls bin ich sehr froh, dass es sie gibt. Und wenn du wieder mal nach London kommst, musst du sie unbedingt kennen lernen!
Einen dicken Kuss
von deiner Anna

Kensington Park Gardens, 28. Mai 1971

Liebe Lotta,
vielen Dank, der Blake ist angekommen, ich konnte aber leider noch nicht einmal hineinschauen. Ich habe ziemliche troubles im Moment, weil ich fast alle Jobs verloren habe. Am Royal College of Art wollen sie mich nicht mehr, weil ich angeblich zu dünn bin. Und David, der Maler, von dem ich dir erzählt habe, hat mich gestern angerufen und gesagt, er kann nicht mehr mit mir arbeiten. Ein Kunde von ihm hat sich auf seinem Klo eine Überdosis gedrückt, dann sind die Bullen gekommen, und jetzt hat er Schiss. Er möchte keinen Kontakt mehr zu Drogenleuten, hat er gesagt. Für mich ist das die Katastrophe, weil, er hat gut bezahlt, und ich hab jetzt fast kein Geld mehr. Morgen bewerbe ich mich noch mal bei einer anderen Modell-Agentur, das ist meine letzte Hoffnung. Und, Lotta, könntest du mir Geld leihen? Könntest du mir 100 Pfund überweisen? Per Express? Bitte, ich geb's dir garantiert zurück, ganz ehrlich!

Bitte hilf mir, nur dieses eine Mal! Ich hab schon bei deinen

Eltern angerufen, aber die haben mir gesagt, du hast noch immer kein Telefon.

Deine Anna

Der Raum war eng und stickig. Ich muss hier raus, dachte Anna. Sie griff nach der Türklinke, drückte sie herunter. Ein riesiger schwarzer Hund kam hereingestürmt, stellte sich vor sie hin, schnaubte. Anna rührte sich nicht. Der Hund sprang an ihr hoch, legte ihr beide Pfoten auf die Schultern, blies ihr stinkenden Atem ins Gesicht. Anna wusste, dass sie nie wieder aus diesem Raum herauskam. Jemand klopfte an die Tür. Hol mich hier raus, dachte sie, wer immer du bist!

Jemand rüttelte sie am Arm. »Anna!« Sie schrak hoch. Ben stand vor ihr. Schaute auf sie herunter. »Hast du geschlafen?«

Sie rieb sich die Augen. Die Schultern taten ihr weh. Sie setzte sich auf. »Ich muss eingeschlafen sein. Ich hatte einen schrecklichen Albtraum.«

»Ich fange schon mal an, Gemüse zu putzen«, sagte Ben.

Anna ging ins Badezimmer, schüttete sich kaltes Wasser ins Gesicht, putzte sich die Zähne. Schlurfte in die Küche. Ben saß am Tisch, vor sich das Brett mit den geschnittenen Zwiebeln. Anna stellte einen Topf Wasser auf. Holte das Gemüse aus dem Kühlschrank, setzte sich Ben gegenüber, begann zu schnippeln. Dachte: Sag es!

Ben nahm den Tofu, schnitt ihn in Würfel. Sah endlich zu ihr hin. »Was hast du mit der Wohnung gemacht?«

»Ich habe das Arbeitszimmer zu meinem Raum umfunktioniert. Also kannst du das Schlafzimmer haben. Es ist ohnehin größer. Da hast du mehr Platz für deine Instrumente.«

»Ich brauche nicht mehr Platz.«

»Ich aber.«

Ben nahm ihr das Messer aus der Hand. Hielt ihre Hand fest. »Wofür?«

»Um meine Bilder aufzuhängen.«

Ben ließ ihre Hand wieder los. Stand auf. Lehnte sich gegen die Spüle. »Es tut mir leid, wenn ich dich gestern verletzt habe. Das wollte ich nicht.«

Anna schälte bedächtig einen Kohlrabi. »Ist schon gut. Ich behalte das Zimmer aber trotzdem.«

Ben setzte sich wieder hin. Beugte sich zu ihr vor. »Aber wo schlafen wir dann?«

Anna schnitt den Kohlrabi in zwei Teile. »Du bei dir. Ich bei mir. Und wenn wir miteinander schlafen möchten, dann kannst du zu mir kommen. Oder ich komme zu dir.«

Ben starrte sie an. Ungläubig. Verletzt.

Anna goss Öl in die Pfanne. Warf das Gemüse hinein. Verteilte den Tofu darüber, gab die Gewürze dazu. Rührte um. Schüttete die Nudeln in das kochende Wasser. »Birthe hat auch ein eigenes Zimmer.«

»Du bist aber nicht Birthe.«

»Wohl wahr.«

Sie aßen schweigend. Ben räumte das Geschirr ab. Anna säuberte den Herd. Einen Moment lang standen sie unschlüssig mitten in der Küche. Wussten nicht, wohin.

»Der Fernseher steht bei dir«, sagte Anna schließlich. »Wenn du Lust hast, könnten wir ein bisschen zappen.«

Sie sahen sich einen Film über den Marais an. Einigten sich darauf, dass er grottenschlecht war. Konnten zusammen darüber lachen. Machten den Fernseher aus. Gaben sich einen Gutenachtkuss. Gingen in ihre jeweiligen Zimmer.

Am nächsten Morgen wartete Anna im Bett, bis Ben das Haus verließ. Machte sich eine Kanne Tee, schmierte sich ein Honigbrot, trug das Tablett in ihr Zimmer, legte Charlie Mingus auf und verzog sich wieder ins Bett.

7

Fiona packte eine Kiste aus, verstreute Styroporkugeln, legte in blaues Krepppapier eingeschlagene Gegenstände vorsichtig auf dem Tisch ab, begann sie auszuwickeln. Schaute zur Tür, winkte Anna in den Laden. »Hilfst du mir?« Anna trat näher, griff in die Kiste. »Sei vorsichtig!«, mahnte Fiona, »es ist ziemlich kostbares Porzellan.«

Anna bestaunte die durchscheinenden kleinen Tassen mit den aufgemalten chinesischen Schriftzeichen. Dachte: Aus so etwas würde ich mich nie trauen, Tee zu trinken. Die gehen ja schon vom Hingucken kaputt.

Fiona stellte das Geschirr in die Vitrine, schloss sie ab. Ließ sich in den Sessel fallen, schob mit den Füßen Styroporkugeln beiseite.

Anna setzte sich ihr gegenüber. Zündete sich eine Zigarette an. Stäubte Asche auf die Untertasse. Sah Fiona nicht an. »Stimmt es, dass Chris Pornofilme macht?«

»Wer sagt das?«, fragte Fiona, ein grollendes Lauern in der Stimme. Anna sah hoch.

»Jimi.«

»Ach! Ich dachte, eine Krähe hackt der anderen kein Auge aus.«

»Was soll das?« Anna funkelte sie wütend an.

»Na, Jimi ist doch auch Dealer, oder irre ich mich?«

Anna stand auf. »Jimi beliefert nur Leute, die schon lange drauf sind. Er hat noch nie jemanden angefixt.« Sie drehte sich um, ging zum Ausgang.

Fiona kam ihr hinterher. Legte ihr kurz die Hand auf den Rücken. »Bleib hier, Anna, ja? Ich mag Dealer nicht, das ist alles.«

Anna öffnete die Tür. Fiona schloss sie wieder. »Na komm

106

schon, vielleicht ist ja dein Jimi wirklich die Ausnahme von allen Regeln.«

Anna zog die Schultern hoch. Steckte die Hände in die Hosentaschen.

Fiona nahm sie am Arm, drängte sie in den Sessel. »Zurück zu Chris, ja? Er macht keine Pornofilme, er lässt machen. Und zwar nicht irgendwelche netten Softpornos mit ein bisschen Gevögel und Gestöhne. Die Filme, die Chris produziert, sind hardcore stuff. So hardcore, dass die normalen Nutten und Pornosternchen nicht bereit sind, mitzumachen. Deshalb arbeitet er mit Junkies.«

Anna zuckte zusammen.

Fiona versuchte, ihren Blick einzufangen. »Warum willst du das überhaupt wissen?«

Anna drehte sich eine Haarsträhne ein, zupfte daran. »Er hat mir angeboten, bei einem Film mitzuspielen.«

Fiona schwieg eine Weile. Sagte dann: »Wie kommt er darauf? Chris nimmt nur Leute, die sich in einer vollkommen aussichtslosen Lage befinden.« Sie beugte sich zu Anna vor. »Du hast doch andere Jobs?«

»David will nicht mehr mit mir arbeiten wegen der Geschichte mit der Razzia. Und am Royal haben sie mich rausgeschmissen.«

Anna zog an der Haarsträhne. Fiona schwieg.

»Ich weiß nicht mehr, was ich tun soll«, flüsterte Anna.

Fiona nickte. »Schau mich an.«

Anna sah hoch.

»Wie wäre es mit aufhören? Clean werden? Leben?«

Anna sah wieder zu Boden. Bemerkte ein zusammengeknülltes Stück Krepppapier. Schob es mit dem Fuß hin und her. »Das hat Jimi heute Morgen auch schon vorgeschlagen.«

»Und?«

Anna zuckte die Schultern. Biss sich auf die Lippen. Dachte: Du verstehst das ja doch nicht!

»Anna?« Fiona hob ein Stück Bindfaden vom Boden, schlang es um ihre Finger. »Antworte mir auf eine einzige Frage: Warum willst du unbedingt dieses Leben weiterführen? Was ist so aufregend daran, ständig betäubt durch die Gegend zu laufen?«

Keine Ahnung, dachte Anna. Schwieg. Stand schließlich auf, wandte sich zum Gehen.

Fiona legte ihr die Hand auf die Schulter. »Du kannst dein High auch anders bekommen.«

Anna verzog den Mund. »Ein High habe ich schon lange nicht mehr. Von dem bisschen Stoff, das ich mir leisten kann, kriegt man kein High.«

»Bisschen Stoff?« Fiona hob ungläubig die Augenbrauen. »Wie ich das sehe, arbeitest du dich halb tot, um dieses bisschen zu finanzieren.«

»Ja, aber für einen richtigen Flash braucht es mehr. Und das habe ich nur ganz selten.«

Fiona schüttelte den Kopf. »Dann verstehe ich beim besten Willen nicht mehr, warum du nicht aufhörst.«

Anna zuckte die Achseln. »Ich auch nicht.«

»Hast du es je versucht?«

»Ja. Immer mal wieder.« Sie lächelte schief. »Das hat schon was gebracht. Ich hab mich wenigstens runterdosiert.«

»Aber warum konntest du nicht clean bleiben? Was hat dir gefehlt?« Fiona nahm Annas Arm, drückte ihn fest. »Ich frage dich auch wegen Stephen. Ich habe bis heute nicht verstanden, warum er wieder angefangen hat. Es ging uns so gut.«

Anna lehnte sich gegen den Türrahmen. »Es ist wirklich schwer zu erklären. Es ist nicht so, dass etwas fehlt. Es fehlt einfach alles. Ich tue das, was ich tue, und denke mir: Mensch, du brauchst keinen Schuss, ist das nicht toll. Und dann schreit etwas in mir: Ich brauche sofort einen Schuss! Ich denke mir, du könntest auf die Uni gehen, du könntest dir einen guten Job suchen, aber das sind nur Gedanken. Ich spüre es nicht. Alles, was ich spüre, ist die Gier nach einem Schuss.« Sie hob die Arme, ließ sie wieder sinken. »Ich habe nichts anderes, weißt du.«

Fiona begleitete sie zur Tür. »Du könntest etwas finden. Du

bist noch so jung. Du wirst etwas finden, das dich ausfüllt. Das dich befriedigt. Und du kannst den Job bei mir haben und das Zimmer. Sobald du clean bist.«

Anna drehte sich zu ihr um. Öffnete den Mund, um etwas zu sagen. Schloss ihn wieder. Nickte.

Sie ging langsam hinauf zum Notting Hill Gate. Bei jedem Schritt entschwand ein weiteres Stück Welt. Das Straßenpflaster, die Häuser, die Autos, die Passanten, die Telefonzelle, der Eingang zur Tube Station versanken in kalter Leere. Anna hielt sich mit den Augen am Straßenpflaster fest. Dachte: Warum kann ich nicht einfach verschwinden. Am Ladbroke Grove bemerkte sie, dass sie längst am Haus vorbeigelaufen war. Ging zurück. Legte sich sofort ins Bett.

Wurde wach, weil jemand sie rüttelte. George stand vor ihr. Sie konnte im Dunkeln sein Gesicht nicht sehen. Spürte, dass etwas nicht stimmte.

»Anna, es tut mir leid, aber du kannst nicht mehr hier wohnen«, sagte George. Holte kurz Luft. Fuhr betont ruhig, fast freundlich fort: »Zwei Junkies im Haus sind mir zu viel. Ich fahre jetzt nach Sussex. Und ich möchte, dass du ausgezogen bist, wenn ich Sonntagabend zurück bin.«

Anna versuchte, sich hochzurappeln, etwas zu sagen. George war schon aus dem Zimmer gegangen. Sie hörte die Haustür zufallen. Ich brauche einen Schuss, dachte sie. Zog sich an, ging hinüber zu Jimi. Er schlief noch, sie weckte ihn, ließ sich von ihm den Stoff geben, zog für sie beide eine Spritze auf, während er im Bad war.

»Jimi«, sagte sie, »ich höre auf.«

Jimi grinste sie an. »Nach dem nächsten Schuss?«

Anna musste trotz allem lachen: »Ja.«

»Warum?«

»Ich kann mir den Luxus nicht mehr leisten«, sagte sie lächelnd.

»Nee, sag mal im Ernst.«

»George hat mich gerade rausgeschmissen.«

»Er hat so 'ne blonde Oberschichttussi.«

»Ja. Und Fiona hat mir angeboten, ich kann bei ihr wohnen und bei ihr im Laden arbeiten. Wenn ich clean bin. Und dann könnte ich auch wieder an die Uni gehen.«

»Das reicht nicht, um aufzuhören. Du könntest den Job bei Chris annehmen. Er hat sicher auch 'ne Bude für seine Mädchen.«

»Spinnst du? Was denkst du eigentlich von mir?«

»Dass du ein Junkie bist.«

Anna sah ihn aufmerksam an. Verstand nicht, worauf er hinaus wollte.

»Das bringe ich nicht«, sagte sie knapp. »Das nicht. Ich habe darüber nachgedacht. Habe versucht, es mir vorzustellen. Ich habe mir überlegt, wenn ich mich voll zudröhne, kriege ich vielleicht gar nicht mit, was ich da mache. Aber ich kann es nicht.«

Jimi sah sie lange schweigend an. Nahm Tabak und Blättchen, drehte einen Joint. Blies die Glut an, inhalierte, reichte ihn Anna. Sie nahm drei tiefe Züge, stieß langsam die Luft aus. Gab den Joint an Jimi weiter.

»Wo willst du denn den Entzug machen?

»In der Wohnung. George ist bis Sonntagabend weg. Da müsste ich dann das Schlimmste hinter mir haben. Und dann kann ich zu Fiona ziehen.«

Jimi sah sie skeptisch an. »Willst du wirklich einen Cold Turkey machen?«

»Du hast gesagt, die Klinik bringt es nicht, man hört nur nach einem Turkey wirklich auf.«

Jimi hob die Hände. »Das ist schon richtig. Es kann nur verdammt heavy werden.«

»Es ist ja nicht das erste Mal.«

»Aber es ist jedes Mal noch schlimmer.«

»Wie oft hast du's denn probiert?«

»Vergiss es«, sagte Jimi. »Wann willst du anfangen?«

»Morgen früh.«

»Okay, dann schenke ich dir deine letzte Ration.« Er nahm sie in den Arm und drückte sein Gesicht in ihre Haare. Flüsterte: »Du schaffst es, Baby. Du schaffst es.«

Am Morgen setzte sie sich den letzten Schuss. Am frühen Nachmittag begann sie zu frieren. Wusste, jetzt geht es los. Dann kamen die Kopfschmerzen. Das Jucken. Sie kratzte sich die Arme blutig. Sagte sich, ich schaffe es, es haben schon so viele geschafft. Legte sich auf das Bett, unter alle Decken, die sie im Haus fand. Stand wieder auf, schluckte vier Codeintabletten. Döste ein. Als sie aufwachte, setzte der Durchfall ein. Sie krümmte sich rhythmisch mit den Messerstichen, die ihr die Eingeweide zerschnitten. Kroch zurück in das Bett, presste sich das Kissen an den Bauch. In der Nacht nahm sie die übrigen zehn Codeintabletten. Wälzte sich hin und her, kratzte sich, sagte laut: Ich halte es aus, ich halte es aus, weil ich es will. Ich fange ein neues Leben an.

Am dritten Tag fiel der Schmerz in immer kürzeren Abständen über sie her. Ihre Zähne schlugen so heftig aufeinander, dass sie sich in die Zunge biss. Etwas Schweres drückte gegen ihre Brust, nahm ihr den Atem. Sie geriet in Panik. Dachte: Ich sterbe, das ist kein normaler Turkey, der bringt mich um. Ich brauche sofort einen Schuss. Kroch auf allen vieren zum Stuhl, zog sich das T-Shirt, die Jeans, die Schuhe an, wankte über den Flur. Hämmerte an Jimis Tür. Er öffnete nicht. »Jimi!«, schrie Anna. »Mach auf! Mach mir auf, hörst du!« Dann begriff sie: Er war nicht da.

Sie ging zurück in die Wohnung, suchte nach Geld. Kramte drei Shilling und Twopence aus ihrer Geldbörse. Durchwühlte Georges gesamte Garderobe, die Schubladen, fand eine Guinea und ein paar Pence. Schrie: »Scheiße, verdammte Scheiße, was mach ich jetzt?«

Sie schluckte sechs Aspirin, zog den Blazer über, machte sich auf den Weg. Die Galerie war leer, Chris hängte im hinteren Ausstellungsraum Bilder ab. Sah sie hereinkommen. »Ach, hast du es dir anders überlegt?«

Anna schwieg. Chris stellte das Bild, das er in der Hand hielt, ab, wandte sich zu ihr um, musterte sie aufmerksam. »Ah!« Er ging lächelnd im Kreis um Anna herum. »Die Priesterin der großen Göttin ist krank!«

Anna duckte sich, als hätte er mit der Hand ausgeholt. »Kannst du mir einen Schuss geben?«

»Aber ja, doch«, schnurrte Chris. »Wie viel Geld hast du denn dabei?«

»Ich bezahl's dir morgen«, flüsterte Anna. Konnte das Zähneklappern nicht beherrschen. Fühlte sich ausgeliefert.

»Aber Darling«, sagte Chris, »du weißt doch, dass ich keinen Kredit gebe. Nie.«

Anna versuchte, die Knie durchzudrücken. Der Schweiß rann ihr den Rücken hinunter. Das Mark in ihren Knochen fror ein.

Chris schob ihr das T-Shirt über die Brüste. Rieb mit der Handfläche grob über ihre Brustwarzen. Drückte ihre Brüste zusammen. Öffnete den Reißverschluss ihrer Jeans, schob seine Hand in ihren Slip. Seine Finger brannten in ihrer Vagina wie Säure. Sie versuchte, sich tot zu stellen. Bettelte: »Gib mir erst den Schuss.«

»Aber ja doch«, sagte Chris lächelnd. Nahm die Hand aus ihrer Hose. »Du glaubst doch nicht, dass ich eine stinkende, schwitzende Junkiefotze auf Turkey ficke?«

Anna zuckte zusammen. Etwas in ihr sagte: Nein. Nein. Sie zog den Reißverschluss hoch, rannte aus der Galerie. Rannte, bis sie auf der Portobello Road ins Stolpern geriet und hinfiel. Sie lag in einer Regenpfütze vor einem jamaikanischen Lebensmittelladen. Konnte nicht mehr aufstehen. Der Ladenbesitzer kam heraus, half ihr.

An der Haustür merkte sie, dass sie ihren Blazer bei Chris hatte liegen lassen. Mit dem Schlüssel und dem letzten Geld. Sie rollte sich auf der Treppe zum Souterrain zusammen. Klammerte sich am Geländer fest.

Jimi zog sie hoch, wischte ihr das Gesicht mit dem Ärmel ab. »Was machst du vor der Haustür?«

Anna klammerte sich an ihn. »Ich hab den Schlüssel bei Chris gelassen. Jimi, ich brauche einen Schuss, ich sterbe!«

Jimi packte sie an den Schultern. »Was hast du bei Chris gemacht?«

»Jimi, ich brauche einen Schuss, bitte!«

»Ich hab dich, verdammte Scheiße, etwas gefragt. Was hast du bei Chris gemacht?«

Annas Beine gaben nach. Sie sackte an der Mauer entlang nach unten. Jimi fing sie auf. Drückte sie mit beiden Armen gegen die Hauswand.

»Du tust mir weh!«, schrie Anna auf.

»Was hast du bei Chris gemacht?«

Anna wimmerte. »Du warst nicht da.« Der Rotz lief ihr aus der Nase, vermischte sich auf ihrem Kinn mit den Tränen.

»Und dann?«

»Jimi, du tust mir weh!«

»Dann bist du zu Chris.«

»Jimi, ich brauche einen Schuss!«

»Was habt ihr gemacht, du und Chris?«

Anna richtete sich mit einem Ruck auf. Sah die Wut in seinen Augen. Die Angst. Fühlte sich plötzlich einen Moment lang ruhig. »Jimi, wenn ich mit ihm gevögelt hätte, wäre ich doch nicht mehr auf Turkey.«

Er half ihr auf sein Bett, deckte sie mit seinem Schaffellmantel zu. Hielt ihr ein Glas Wasser hin. »Du musst was trinken.«

»Gib mir einen Schuss«, bettelte Anna.

»Du schaffst es, Baby, das Schwerste hast du schon hinter dir«, sagte Jimi. Hielt ihre Arme fest, als sie um sich schlug.

Anna bettelte. Flehte.

Jimi lief im Zimmer auf und ab. Kniete sich wieder neben sie. Wischte ihr den kalten Schweiß ab. Dann rief er Fiona an. »Kannst du Anna hier abholen? Kann sie jetzt schon zu dir ziehen?«

»Nein!« Anna klammerte sich an das Leintuch. »Schick mich nicht weg. Lass mich hier bleiben. Bitte!«

Jimi lehnte sich gegen die Wand neben dem Telefon. Steckte sich eine Zigarette an. »Du kannst den Turkey nicht bei einem Junkie machen. Ich kann mir keinen Schuss setzen, wenn du neben mir auf Entzug bist.«

»Dann hör auch auf!«

»Bei mir isses schon zu spät.«

Fiona kam, sah von einem zum anderen. Beugte sich zu Anna herunter, zog sie an den Armen hoch. Anna stieß sie weg. Kroch auf allen vieren zu Jimi. Klammerte sich an seine Beine.

Jimi half Fiona, Anna in das Auto zu zerren. Sprach kein Wort mit ihr. Drückte sie auf den Beifahrersitz, schlug die Autotür zu, drehte sich um, ging zurück in das Haus.

Ich will dich nie wieder sehen, weinte Anna, ich will dich nie mehr wieder sehen.

8

Kalter Regen strömte vom Himmel, verdunkelte den Tag. In London hat es nicht so häufig geschüttet wie hier in Köln, dachte Anna. Sie ging kaum noch aus dem Haus. Saß auf dem Bett, las *Naked Lunch, Junky,* hörte Stunde um Stunde *Velvet Underground.* Ernährte sich von Orangen, Bananen, Tee. Litern von schwarzem Tee. Die Mappe mit den Briefen lag auf ihrem Nachttisch. Ich muss sie zu Ende lesen, bevor Lotta kommt, dachte Anna. Dann habe ich das wenigstens hinter mir.

Ladbroke Road, 15. September 1971

Liebe Lotta,

ich glaube, ich habe es überstanden. Ich habe kalt entzogen, also ohne Klinik und Medikamente. Jetzt wohne ich bei Fiona. George hat mich rausgeschmissen. Aber ich kann bei Fiona bleiben, und sobald es mir besser geht, arbeite ich bei ihr im Laden mit. Und dann gehe ich auch wieder in die Uni. Im Moment fühle ich mich noch ein bisschen wackelig. Es ist schön, wieder clean zu sein, aber irgendwie auch nicht. Aber ich habe es jetzt schon zehn Tage geschafft, und da werde ich es wohl weiter durchhalten. Nächste Woche hab ich einen Termin bei Fionas Vater, der ist Arzt. Ich kann zu keinem anderen Arzt gehen, weil, sonst verliere ich die Aufenthaltserlaubnis. Ich melde mich wieder. Drück mir die Daumen.

Deine Anna

Ladbroke Road, 3. Oktober 1971

Liebe Lotta,

vielen Dank für deinen lieben Brief! Ich finde es wunderbar, dass du schwanger bist. Und ich weiß, dass du es schaffst, das Kind alleine großzuziehen. Du bist so stark, so down to earth. Und ich bin sicher, wenn deine Eltern das Baby sehen, sind sie hin und weg und helfen dir auch.

Ich habe angefangen, im Laden zu arbeiten, und es macht mir richtig Freude. Es ist so ein verrücktes Geschäft, so etwas gibt es in München gar nicht. Wir haben hier Messing-Shivas aus Indien und Holzfetische aus Kenia, Seidenstoffe aus Ceylon, afghanische Gebetsteppiche, persische Pantoffeln, aber auch Bücher und Kunstdrucke, Schmuck, Räucherstäbchen, Tarotkarten, Mandalas, Haifischzähne und Kaurimuscheln, Pfauenfedern und Bärenkrallen. Und unter dem Ladentisch versteckt Fiona alte englische Hexenbücher mit Zauberformeln. Wir haben sogar tantrische Texte aus einem tibetischen Kloster, die hat sie auf dem Sperrmüll in der Holland Park Avenue gefunden. Fiona hat einfach ein Auge für solche Sachen.

Der Laden ist wie eine verzauberte Welt. Die Kunden sind eine Mischung aus witzigen Exzentrikern, Freaks, schrägen Typen und alten Jungfern. Ich komme ganz gut mit ihnen aus, aber lieber kümmere ich mich um die Sachen. Mit Menschen tue ich mich noch ein bisschen schwer.

Bis bald, ich umarme dich!

Deine Anna

Liebe Lotta,

du fragst immer so besorgt, wie es mir geht, und nie antworte ich dir wirklich. Jetzt tue ich es doch. Ich hoffe, du fühlst dich nicht ausgenutzt und du kriegst nicht gleich schreckliche Angst. Aber ich muss mich einfach ausheulen, und ich habe hier keinen, bei dem ich es kann. Außerdem habe ich endlich eine Schreibmaschine, da fällt es mir ein bisschen leichter, »richtig« zu schreiben, als mit der Hand. Ich schreibe dir diesen Brief als eine Art Fortsetzungsroman. Dann bekommst du ihn zwar auch nicht sofort, aber ich kann dir mehr erzählen.

Ja, du hast richtig gerechnet, ich bin jetzt einen guten Monat clean. Aber gut geht es mir nicht. Ich könnte sterben für einen Schuss. Das Verlangen ist wiedergekommen, nachdem ich den Horror des Turkey hinter mir hatte, und es geht nicht mehr weg. Ich denke Tag und Nacht an H.

Weißt du, der Entzug war natürlich schrecklich. Aber bei all den Schmerzen und Krämpfen und dem körperlichen Elend ist man wenigstens beschäftigt, so komisch das klingt. Danach, als die Schmerzen weg waren, ging es mir erst mal wirklich gut. Ich war so erleichtert und stolz auf mich, dass ich es geschafft habe. Dass ich tatsächlich ohne H leben kann. Ich habe mich eine Zeit lang ganz leicht und lebendig gefühlt. Ich hatte Lust, wieder etwas zu unternehmen, ins Museum zu gehen, etwas Schönes zu übersetzen, ans Meer zu fahren.

Und dann, päng, sah ich plötzlich nur noch Löffel vor mir, in denen der Stoff aufkocht. Mein ganzer Körper zog sich zusammen vor lauter Verlangen. Ich sagte mir, hör auf zu spinnen, du bist clean, sei froh drüber! Aber das war nur im Kopf. Im Bauch war nichts als Gier. Und jetzt, nach einem ganzen Monat, ist es noch genau so.

Ich gehe nicht los, um mir etwas zu holen, aber ich denke ständig dran.

Um ehrlich zu sein, und das ist seit Jahren der erste ehrliche Brief, den ich dir schreibe, ich bin schon losgegangen. Ich bin nach Soho gefahren und herumgelaufen, bis ich wusste, hier gibt es Stoff. Wenn du lange genug gedrückt hast, kannst du es sozusagen riechen. Ich hatte einen Typen im Visier und wollte gerade zu ihm hingehen, da kamen plötzlich die Bullen und haben ihn abgegriffen. Mir ist fast das Herz stehen geblieben vor Schreck. Sie hätten ja auch erst kommen können, als er mir gerade den Stoff gab. Dann wäre ich geliefert gewesen. Sie hätten mich ausgewiesen. Und wenn nicht, dann hätte mich Fiona in jedem Fall rausgeschmissen. Sie hat mir mehr als einmal gesagt, sie duldet keinen Rückfall.

Ich wusste in dem Moment, dass es mein Glück war, dass sie den armen Kerl gekascht haben, bevor er mir was geben konnte. Aber ich habe es nicht so empfunden. Ich habe geheult vor Enttäuschung.

Ich sage mir wieder und wieder: Du kannst es dir nicht leisten. Du kannst es dir nur leisten, wenn du bereit bist, Hardcore-Pornos zu drehen. Oder direkt anschaffen zu gehen. Und ich weiß, dass ich das nicht kann. Nie können werde. Und anders habe ich keine Chance, den Stoff zu bezahlen. Aber diese vernünftigen und realistischen Überlegungen richten nichts gegen meine Gefühle aus. Es ist, als würde ich versuchen, einen ausbrechenden Vulkan mit der Gießkanne zu löschen.

Ich sage mir auch, das Leben ohne H ist doch so viel einfacher, du hast Zeit, du hast Geld, du musst nicht ständig rumhetzen, du bist nicht ständig zu. Aber was habe ich denn wirklich? Der Laden war eine gute Hilfe am Anfang. Aber ich bin keine Antiquitätenhändlerin. Ich finde die Sachen hier schön, aber ich müsste nicht meine Zeit damit verbringen, sie zu verkaufen. Manchmal kommen nette Kunden, mit denen ich reden kann, oder es kommt eine neue Lieferung, die ich einräumen muss. Dann ist es für eine Weile okay, dann bin ich beschäftigt. Aber die meiste Zeit sitze ich nur herum.

Ich sage mir, konzentriere dich auf das Studium, mach das Diplom und dann schau, was kommt. Dann hast du wenigstens einen richtigen Beruf. Und vielleicht finde ich ein Seminar, das mich wirklich interessiert.

Das Schlimmste ist diese innere Unruhe. Ich bin ständig auf dem Sprung, weiß aber nicht, wohin. Ich weiß nicht mehr, wer ich bin. Ich bin kein Junkie mehr, zumindest keiner, der noch drückt. Ich bin auch nicht mehr das nette naive Mädchen, das staunend und begeistert durch die Tate läuft, auf Rockkonzerte geht, verliebt durch Swinging London flippt, Joints raucht und große Pläne im Kopf hat. Das habe ich alles hinter mir, und Swinging London gibt es ohnehin nicht mehr. Und mich auch nicht, zumindest nicht die Anna, die ich einmal war. Und eine neue Anna sehe ich einfach nicht. Wenn Fiona meine Unruhe bemerkt, sagt sie: Du musst geduldig sein. Aber ich bin schon lange geduldig!

Ach, liebe, liebe Lotta, wenn dir dieses Gejammer auf die Nerven geht, hör einfach auf zu lesen! Ich schreibe trotzdem weiter, weil ich merke, dass es mir gut tut. Noch lieber würde ich mit dir reden, aber das geht halt jetzt nicht. Weißt du, ich habe hier wirklich keine Menschenseele. Fiona ist okay, aber sie kann auch ziemlich sperrig sein. Und das Thema H darf ich bei ihr nicht ansprechen. Wenn sie mich manchmal mit diesem Blick ansieht, so eine Mischung aus Besorgnis und Misstrauen und Abwehr, dann könnte ich den ganzen verdammten Laden hier kurz und klein schlagen. Und ich schäme mich so sehr dafür, sie war so gut zu mir, sie hat mir so geholfen. Ich müsste ihr mein Leben lang dankbar sein, aber ich habe manchmal eine solche Wut auf sie. Dabei kann sie wirklich nichts dafür.

David und Vanessa will ich nicht mehr sehen. Und alle meine anderen Freunde darf ich nicht mehr sehen. Sie sind ja fast alle

Junkies. Neue Leute lerne ich aus irgendeinem Grund nicht kennen. Ich weiß auch gar nicht, was ich mit ihnen reden sollte. Das Einzige, was mich wirklich interessiert, ist Junk. Und darüber kannst du nur mit Junkies reden. Okay, Kunst wäre auch ein Thema, Literatur. Aber die Leute, die sich dafür interessieren, sind entweder drauf und damit »verboten«. Oder sie haben so eine snobistische Upperclass-Haltung, mit der ich nichts anfangen kann. Die mich richtig anwidert.

Na ja, wenn ich schon ehrlich bin, dann ganz, okay? Das Schlimmste ist, dass ich Jimi nicht sehen kann. Wenn ich nur seinen Namen denke, muss ich weinen. Aber erst hat mich mein Stolz daran gehindert, zu ihm zu gehen. (Und ich hatte auch Angst, George über den Weg zu laufen.) Und dann, als ich bereit war, meinen Stolz zu schlucken, wurde mir klar, wenn ich Jimi wiedersehe, setze ich mir auch wieder einen Schuss. Also habe ich mir Jimi verboten, und darüber könnte ich krepieren. Ich habe solche Sehnsucht nach ihm. Ich sehe jede Furche in seinem Gesicht, seine Augen, seinen Blick, seine Hände. Lotta, ich liebe ihn! Ich habe ihn die ganze Zeit geliebt und es nicht gemerkt. Und jetzt ist es zu spät. Ach, Lotta, was soll ich bloß tun?
Denk an mich!
Deine Anna

PS: Sobald du das Telefon hast, musst du mich sofort anrufen! Ich kann es gar nicht erwarten, mit dir reden zu können. Ich rufe dich dann auch gleich zurück, ich kann es mir ja leisten, jetzt, wo ich wieder Geld habe.

Ladbroke Road, 22. Oktober 1971

Liebe Lotta,
nur kurz, aber das muss ich dir erzählen (obwohl du es vermutlich gar nicht so gut findest): Einen Tag, nachdem ich den Brief an dich eingeworfen habe, kam Joyce in den Laden, eine Amerikanerin, die hier lebt und die ich von der Szene kenne. Sie wusste, dass ich clean bin, und fragte mich, wie es mir jetzt geht. Da habe ich

angefangen zu heulen. Es war mir schrecklich peinlich, hat sich aber als Segen erwiesen. Sie hat mich noch am selben Abend zu ihrem Yogalehrer mitgeschleppt. Das ist ein irrer Typ, halb Engländer, halb Nepali, Exjunkie, hat lange in Nepal und Indien gelebt und unterrichtet hier um die Ecke Yoga, Pranajana (das sind Atemübungen) und Meditation. Ich war jetzt zweimal im Kurs, und einmal hat er mir einen Privattermin gegeben. Er ist der erste Mensch, mit dem ich wirklich ehrlich reden kann. Und der alles versteht. Er war viel länger drauf als ich und ist durch Zufall in einem Ashram gelandet, wo er clean wurde. Lotta, ich weiß, dass du nichts von dem ganzen Zeug hältst, aber ich glaube, es könnte meine Rettung sein. Mach dir also nicht zu viele Sorgen um mich. Ich habe zum ersten Mal Hoffnung, dass ich es doch noch schaffe.

Namasté! (Das heißt auf Nepali: Ich grüße das Göttliche in dir!)

Deine Anna

PS: Wie geht es dir mit der Schwangerschaft? Ist dir noch schlecht? Sieht man schon etwas?

Anna setzte sich auf, griff nach der Teetasse, stellte sie wieder ab. Ging in die Küche, frisches Wasser aufsetzen. Stellte sich ans Fenster, streckte sich, atmete aus, zog den Bauch ein, atmete in den Brustkorb, hinauf in das Schlüsselbein, hielt den Atem an, stieß ihn langsam wieder aus. Dachte: Es geht noch! Ich kann es noch. Spürte etwas wie Freude. Sie trat vom Fenster zurück, versuchte, den Gruß an die Sonne hinzubekommen. Verrenkte sich beinahe den Rücken, lachte, dachte: Lass dir Zeit! Nothing wholesome can be achieved by force.

***

Weiches Spätsommerlicht fiel auf das alte Parkett. Sie saßen auf ausgefransten grauen Matten. Beugten die Köpfe vor in Richtung Knie. »Langsam!«, rief Kalyan, »erzwingt es nicht. Nichts Heilsames kann mit Gewalt erreicht werden.« Anna setzte sich wieder aufrecht hin, sah zu, wie Kalyan die Übung im Zeitlupentempo vorführte. Freute sich auf die Meditation, die Belohnung nach den anstrengenden Körperübungen.

Als sie aus dem Umkleideraum kam, stand Kalyan in der Tür. »Gehen wir noch einen trinken?«

Anna kramte nach den Zigaretten in ihrem Beutel. »Warum kriege ich eine Vorzugsbehandlung?«

Kalyan sah sie lächelnd an: »Weil du es von allen hier am nötigsten hast.«

Im Pub zog er ein Buch aus der Tasche, legte es auf den Tisch. »Das ist ein Bildband über indische Göttinnen. Vielleicht findest du eine, die dir entspricht. Die du um Hilfe bitten kannst.« Er schob ihr das Buch hin. »Sie helfen, weißt du.«

Anna betrachtete das Bild auf dem Umschlag, eine tanzende Frau mit großer Nase, zornigem Blick, zehn erhobenen Armen, eine Kette aus Menschenschädeln um den Hals. »Darf ich das eine Weile behalten?«

»Solange du willst.« Kalyan langte in die kleine Schüssel mit den Salznüsschen. »Meine Mutter kommt aus einer Brahmanenfamilie. Sie war tief religiös. Sie gab mir bei meiner Geburt ein eigenes Mantra und lehrte mich alles über das Göttliche, was ein Kind schon verstehen kann. Mein Vater war überzeugter Atheist, er hat ständig versucht, dagegenzuhalten. Als ich zehn war, ließ er sich scheiden. Ich wollte in Nepal bleiben, bei meiner Mutter und meiner Großmutter, aber er hat mich nach England verschleppt. Ich war vermutlich der unglücklichste Junge in ganz Northampton. Wenn er mich beim Beten erwischte, hat er mich verprügelt. Ich durfte noch nicht einmal meine kleine Shiva-Statue aufstellen. Dafür hat er mir Fußballerfotos geschenkt! Die sollte ich in meinem Zimmer aufhängen.«

Sie lachten beide. Kalyan schob sich den Rest der Salznüsschen in den Mund. »Mit dreizehn hatte ich eine christliche Phase, aber die hat nicht lange angehalten. Na ja, und dann habe ich von der

›süßen Milch des Paradieses‹ gekostet. Und am Altar von Gott Morpheus gebetet. Ich habe fast zwanzig Jahre gebraucht, bis ich zu meinen Wurzeln zurückkehren konnte.«

Anna trank einen Schluck Schaum von ihrem Bier. Zögerte. Sagte es dann doch: »Ich habe eigentlich auch eine Göttin. Persephone.«

»Erzähl mir von ihr.«

Anna zog eine Zigarette aus der Packung. »Stört es dich, wenn ich rauche?«

Kalyan gab ihr Feuer. »Nein.«

Anna erzählte. Von Rossettis Gemälde. Von ihrer Reise in die Unterwelt. Von Persephones spöttischem Lachen. »Ich hab immer wieder versucht, sie zu finden. Aber sie hat sich nicht mehr blicken lassen.«

»Wart ab!« Kalyan legte die Hand auf Annas Arm. »Was hast du gemacht, seit du clean bist? Du hast gearbeitet. Du hast dich zusammengerissen. Das ist okay, aber damit kommst du nicht los. Wenn du dich wirklich von der Sucht befreien willst, brauchst du eine Alternative. Funktionieren ist keine Alternative. Du brauchst Nahrung für die Seele. Die Sucht nach Drogen ist auch ein unerkannter Hunger nach Spiritualität.«

»Fiona hat mir angeboten, mit ihr zu meditieren. Sie hat mir ihre buddhistischen Bücher geliehen. Aber da komme ich nicht hin. Irgendetwas in mir sträubt sich.« Sie tauchte den Finger in eine Bierlache, zeichnete einen feuchten Kringel auf den Holztisch. »Vielleicht ist das so, weil es von Fiona kommt. Ich mag sie nicht nachmachen. Nein, es ist etwas anderes: Ich kann von ihr nichts annehmen. Frag mich nicht, warum, aber schon der Gedanke macht mich aggressiv.«

Kalyan nickte. »Ich kann dir sagen, warum. Fiona hat dich im Entzug erlebt. Sie hat deine tiefste Erniedrigung mitbekommen. Es wird noch eine Weile dauern, bis du ihr das verzeihen kannst.«

Anna schaute erschrocken auf. »Aber ich habe ihr doch nichts zu verzeihen! Im Gegenteil, ich habe ihr alles zu verdanken.«

»Eben. Das ist das Problem.«

Ja, dachte Anna. Das ist das Problem.

Kalyan hob sein Glas, sah, dass es leer war. Stand auf. »Ich gehe uns noch was zu trinken holen.«

Anna blickte sich um, lauschte auf das Stimmengewirr, das Gläserklirren, das Lachen, das vom Tresen herüber klang. Dachte: Nahrung für die Seele. Das klingt so schön. Aber ich habe keine Seele mehr. In mir ist nichts mehr drin. Nur die Sehnsucht nach einem Schuss.

Kalyan stellte das Bier vor ihr ab, sah sie schweigend an. Sagte schließlich: »Du fühlst dich wie eine leere Hülle. Und die willst du mit Stoff ausfüllen. Stoff, Stoff und noch mehr Stoff. Hab ich Recht?«

Anna zuckte die Schultern. Sah zu Boden. »Und was wäre eine Alternative zu Stoff?«

»Anderen helfen. Ein Bodhisatva werden, würden die Buddhisten sagen. Es gibt Exjunkies, die kümmern sich jetzt um Leute, die aufhören. Aber so weit bist du noch nicht. Du musst erst lernen, dir selbst zu helfen, bevor du anderen beistehen kannst. Ich habe mich durch die spirituelle Praxis geheilt. Und nicht nur ich. Das hat bei vielen funktioniert. Wenn du dich in einen Tempel des Göttlichen verwandelst, willst du diesen Tempel nicht mehr mit Heroin verunreinigen.«

»Und du meinst, dann redet Persephone wieder mit mir?«

»Die redet dann wieder mit dir, wenn sie es für richtig hält. Hilfe muss nicht heißen, dass dich jemand in den Arm nimmt und dir Wiegenlieder singt. Hilfe kann auch bedeuten, dass dich jemand wegschickt. Immer wieder und noch mal.«

Anna verzog den Mund zu einem spöttischen Grinsen. »Junkies brauchen es auf die harte Tour?«

Kalyan grinste zurück. »Manche schon.«

Anna schloss die Augen. Dachte: Vergiss es. Vergiss es einfach.

»Schau mich an«, sagte Kalyan. »Du hast neulich im Kurs gesagt, wenn du meditierst, fühlst du dich manchmal, als ob dich jemand trägt, als ob du ganz sanft gehalten wirst.«

Anna nickte. Spürte, dass ihr die Tränen kamen.

»Das kannst du selbst bewirken. Du kannst liebevoll und respektvoll mit dir umgehen. Du kannst dich wie etwas sehr Wertvolles behandeln. Du bist etwas sehr Wertvolles. Und wenn du das kaputtmachst, wird deine Göttin sauer. Das ist doch verständlich, oder?«

9

Es läutete. Das ist Nouredine, dachte Anna. Sprang auf, rief: »Ich komme!« Nouredine und Nicole standen in der Tür. Hielten sich an der Hand. Anna führte sie in die Küche. »Setzt euch.«

Sie blieben vor dem Tisch stehen. »Niki will mit dir reden«, sagte Nouredine. Anna sah Nicole fragend an. Schob ihr einen Stuhl hin. Sie setzte sich auf die äußerste Kante. Versteckte sich hinter den Haaren.

»Wie war die Verhandlung?«, fragte Anna.

»Der Richter war okay. Oder?« Nouredine sah Nicole fragend an. Sie nickte. »Nikis Vater muss in den Bau. Damit haben wir echt nicht gerechnet. Aber jetzt geht er in Berufung. Wenn er die gewinnt, leg ich ihn um.« Nouredine hob die Hand, zielte mit einer unsichtbaren Pistole auf das Fenster.

»Klasse«, sagte Anna. »Dann gehst du in den Bau. Da bist du Nicole sicher eine große Hilfe.« Nicole schaute hoch, lächelte.

»Weißt du was, Nouredine?« Anna warf ihm einen warnenden Blick zu. »Wir führen jetzt ein richtiges Frauengespräch, Nicole und ich. Und da du unübersehbar ein Mann bist, musst du leider gehen.«

Nouredine zögerte einen Moment. Sah Nicole an, wandte sich schließlich zur Tür. Anna legte ihm kurz die Hand auf die Schulter. »Danke.« Schob ihn raus.

Sie setzte Wasser auf, stellte einen Aschenbecher und Teetassen

auf den Tisch, suchte nach etwas Süßem, fand aber nichts. Vom
Herd her fragte sie: »Wie geht es dir?«

Nicole steckte sich eine Zigarette an. Zog heftig daran, stieß
den Rauch aus. »Ich kann diese Psychotante nicht ab.«

»Weil sie blöd ist, oder weil sie dich Sachen fragt, die weh-
tun?«

Nicole dachte eine Weile nach. »Beides.«

Anna goss schweigend den Tee auf. Brachte die Kanne an den
Tisch, setzte sich Nicole gegenüber. Schenkte ihr ein. »Zucker?«

»Ja, bitte.«

Anna nahm die Zuckerdose aus dem Schrank, stellte sie vor das
Mädchen hin. »Ich hab das selber nicht erlebt, was man dir angetan hat. Ich stelle es mir abgrundschrecklich vor. Aber ich weiß
nicht, wie es wirklich ist.«

Nicole sah sie zum ersten Mal richtig an.

»Ich habe aber gelernt«, fuhr Anna fort, »was man tun kann,
wenn etwas furchtbar wehtut. Das funktioniert sicher nicht bei
jedem, aber bei mir hat es gewirkt. Wenn du es wissen willst,
frag. Und sonst kannst du einfach hier sein. Du musst auch nicht
reden. Du kannst Musik hören oder gar nichts tun. Und wenn du
reden willst, redest du, okay?«

Nicole legte den Kopf auf die Tischplatte. Weinte. Ein leises,
resigniertes Weinen. Anna streichelte sanft ihren Kopf. Schlang
die Arme um sie, hielt sie fest. Dachte: Darf ich sie fragen, oder
ist es noch zu früh? Habe ich überhaupt das Recht, sie zu fragen?
Nicole löste sich aus ihrer Umarmung, zog den Rotz hoch, wischte sich die Tränen aus dem Gesicht. Anna reichte ihr ein Papierta-
schentuch, gab zwei Löffel Zucker in ihren Tee, rührte um, hielt
ihr den Becher hin. Sah zu, wie das Mädchen trank, von Schluck-
auf unterbrochen. Fasste sich ein Herz. Fragte: »Was tust du denn,
damit es ein bisschen weniger wehtut?«

Nicole schnäuzte sich noch einmal. »Ich weiß nicht. Es gibt
nichts.«

»Was ist mit H?«

»Was ist Eitsch?«

»Heroin.«

Nicole stellte den Becher abrupt ab. Sah Anna erschrocken an. Tastete nach den Zigaretten.

Anna gab ihr Feuer. »Wie oft hast du's schon genommen?«

»Gar nicht!«

»Nicole«, sagte Anna, »ich war Junkie. Das ist lange her. Aber ich rieche es noch immer bei anderen.«

Nicole starrte sie entgeistert an. »Du?« Begann wieder zu heulen.

Anna nahm ihr die Zigarette aus der Hand, legte sie auf dem Aschenbecher ab.

Nicole griff nach dem Taschentuch. »Warum? Ich meine, warum hast du gedrückt?«

»Das haben mich schon so viele gefragt. Und ich habe so viele Antworten darauf. Und keine, die alles erklären würde.« Anna trank einen Schluck Tee. Schielte nach den Zigaretten. »Gibst du mir eine?«

Nicole hielt ihr die Packung hin.

Anna griff danach. Zögerte. Legte die Schachtel wieder auf den Tisch. Räusperte sich. »Ich war vergleichsweise privilegiert, weißt du. Gut, ich hatte keine besonders glückliche Kindheit, mein Vater ist gestorben, als ich fünfzehn war, meine Mutter war eine heimliche Alkoholikerin, und nach dem Tod meines Vaters ist sie auch noch tablettensüchtig geworden. Aber das ist alles lächerlich im Vergleich zu dem, was du durchgemacht hast.« Sie fuhr sich durch die Haare. Schob den Teebecher an den Tischrand und wieder zurück. »Ich bin eher reingerutscht. Ich war damals in London. Ich war ein richtiger Hippie.« Sie lächelte. Nicole lächelte zurück. »Wir haben gekifft wie die Weltmeister und Trips geworfen und alles, was dazugehört. Und auf einmal haben ganz viele Leute angefangen zu drücken. Mein Freund, ein Nachbar von uns, andere Freunde. Es lag irgendwie in der Luft.«

Es war plötzlich da, dachte sie. Als wäre es vom Himmel gefalen. Oder aus der Hölle aufgestiegen. Überall gab es Heroin, in den Clubs, in den Galerien, auf sämtlichen Partys. Von einem Tag auf den anderen war der ganze Flowerpower-Zauber nur noch Kinderkram. Nicht mehr cool. Und wir wollten um jeden Preis cool sein. Cooler als cool.

»Die Musik, die wir gehört haben«, sagte sie zu Nicole, »war sozusagen geschwängert mit Heroin. Und fast alle, die ich bewundert habe, wurden Junkies. Keith Richards, Marianne Faithfull, Jim Morrison, Janis Joplin, Jimi Hendrix, Pete Townsend, Eric Clapton, Ronnie Wood, ich kann sie dir gar nicht alle aufzählen.«

»Courtney Love ist auch drauf.«

»Ja. Von wem hast du den Stoff bekommen?«

»Das darf ich nicht sagen.«

»Von Aki?«

Nicole wich ihrem Blick aus. Anna wartete.

»Schwörst du, dass du es niemandem petzt?«

»Ja.«

»Ehrlich?«

»Ich schwöre.«

»Er ist nämlich auch missbraucht worden. Von seinem Onkel. Und er hat gesagt, wenn man drückt, dann geht einem die ganze Scheiße am Arsch vorbei.«

»Und? Stimmt's?«

Nicole senkte den Kopf. Nickte.

»Ja, klar. Mit H geht dir alles am Arsch vorbei. Aber sobald du damit aufhörst, kommt es wieder. Und deshalb darfst du nicht aufhören. Und wenn du weitermachst, brauchst du's immer öfter. Und dann jeden Tag. Und dann ein paar Mal am Tag. Und dafür hast du die Kohle nicht. Also musst du sie dir beschaffen. Und dann gehst du anschaffen.«

Nicole sah erschrocken hoch.

»Du denkst dir dann: Macht nichts, ich spür eh nichts. Eine junge Frau wie du denkt vielleicht: Ich bin sowieso nichts wert.

Was die Typen machen, das hat schon mein Vater mit mir gemacht, und die Freier bezahlen wenigstens.«

Anna hielt inne. Dachte: Bin ich zu weit gegangen? Nicole sah sie an. Aufmerksam. Schien darauf zu warten, dass sie weitersprach. Aber ihr fiel nichts mehr ein. Ich möchte dich in den Arm nehmen, Mädchen, dachte sie, und nie wieder loslassen. Ich möchte dich beschützen, ich möchte dich vor allem Übel auf dieser Welt bewahren.

»Warum hast du aufgehört?«, fragte Nicole.

»Weil ich nur noch die Wahl hatte, mich zu verkaufen oder aufzuhören. Weil ich Glück hatte. Weil ich nur zwei Jahre drauf war. Weil ich Leute hatte, die mir geholfen haben.« Sie zögerte. »Weil eine Göttin mir geholfen hat.«

»Eine Göttin?«

»Ja, lach mich nicht aus.«

Nicole schüttelte den Kopf. Skepsis und Neugier im Blick, Sehnsucht.

Anna erzählte ihr von Persephone. Von Kalyan. Sagte: »Die Göttinnen helfen tatsächlich. Auch wenn es unglaublich klingt.«

»Meine Oma hat immer eine Kerze vor der Marienstatue in der Kirche angezündet.«

»Und, hast du das doof gefunden?«

»Nö. Ich fand's schön. Meine Oma war klasse.«

Anna schenkte Tee nach. Überlegte. Betete stumm: Persephone, steh mir jetzt bei! Bin ich zu schnell? Fange ich an zu predigen? Hilf mir, dass ich das Richtige tue!

»Kann deine Per…, äh, deine Göttin mir auch helfen?«

Anna lächelte. »Das kann ich so aus dem Stand nicht sagen. Weißt du, es ist ja nicht nur jeder Mensch anders, auch die Göttinnen sind ganz verschieden. Ich denk mal drüber nach, welche vielleicht die Richtige für dich sein könnte. Nächstes Mal, wenn du kommst, schlage ich dir dann ein paar vor.« Sie grinste. »Und du suchst dir die aus, die dich spontan am meisten anspricht, okay?«

Nicole strich sich die Haare aus dem Gesicht. Lächelte. »Ja, super.«

Anna brachte Nicole zur Tür. Ging in ihr Zimmer. Stellte sich vor das Rossetti-Gemälde. Sagte stumm: »Jetzt hör mal zu, Persephone!« Sie schüttelte irritiert den Kopf. Dachte: Warum bin ich so aggressiv? Wandte sich wieder der Göttin zu: »Ich habe Kalyans Rat nie befolgt. Ich habe nie anderen geholfen, clean zu werden. Dabei hätte ich fast dreißig Jahre dafür Zeit gehabt. Aber jetzt ist es soweit. Jetzt tue ich alles, damit Nicole nicht richtig drauf kommt. Und du musst mir dabei helfen, ja?«

Sie faltete eine Wolldecke, legte sie auf den Boden, setzte sich mit gekreuzten Beinen darauf. Versuchte zu meditieren. Bilder stürmten auf sie ein. Sie sah, wie Nicole sich einen Schuss setzte. Sah, wie sie die Nadel in die Vene drückte, spürte den Flash, schnappte nach Luft. Schlug die Hände vors Gesicht. Das Verlangen brannte ihr das Blut aus den Adern.

Sie stand auf. Schrie: »Scheiße, Scheiße, Scheiße!« Lief im Zimmer auf und ab. Blieb vor Persephone stehen. »Na bravo, bin ich nicht großartig? Bin ich nicht edel, hilfreich und gut!? Ich, die abgeklärte, erwachsene, huldvolle Ex-Userin, helfe dem kleinen hilflosen Mädchen.« Sie warf in einer höhnischen Geste die Arme hoch. »Dabei bin ich geiler auf einen Schuss als die arme Nicole. Ich spiele die Sozialarbeiterin, und am liebsten würde ich losgehen und mir Stoff besorgen. Bah!« Sie schüttelte sich ostentativ. Dachte: Komm wieder runter. Mach nicht so ein Drama. Es ist schlimm genug, so, wie es ist. Sie wusste plötzlich, das Feuer loderte schon lange in ihr. Die Nervosität, die Wut auf Ben, der Rückzug in die Einsamkeit ihres Zimmers waren nichts anderes als die Vorboten eines Rückfalls. Aber das ist doch Blödsinn, redete sie sich zu, ich bin seit dreißig Jahren clean. Ich bin verdammte Dreiundfünfzig! In meinem Alter drückt man nicht. Oder fängt zumindest nicht wieder an damit. Sie musste trotz allem grinsen. In meinem Alter entfaltet man spirituelle Weisheit. Was, Kalyan?

Sie setzte sich erneut auf den Boden. Konzentrierte sich auf ihren Atem. Überlegte: Wann ist Persephone aus meinem Leben verschwunden? Wann habe ich aufgehört zu meditieren? In Köln? Oder schon in München? Nein, fiel ihr ein, in München sicher nicht. Sie sah sich in ihrer kleinen Kammer in Lottas Wohngemeinschaft sitzen. Hörte die anderen Frauen im Gemeinschaftsraum lachen. Hörte Lotta spotten: »Meinst du vielleicht, du veränderst die Welt, wenn du auf deinem Teppich hockst und vor dich hin meditierst? Meinst du, es werden weniger Frauen vergewaltigt, wenn du deinen Atem beobachtest? Meinst du, du hältst einen Kerl davon ab, seine Frau zu misshandeln, wenn du ihm Mantras vorsingst?«

Du hast mir ein schlechtes Gewissen gemacht, dachte Anna, aber du hast mich nicht vom Meditieren abgebracht. Damals wusste ich, was für mich gut ist. Du hast gewusst, was für alle Frauen gut ist, Lotta, und du hattest ja Recht. Ihr habt die Welt tatsächlich verändert. Aber ihr wart so anders als ich. Ihr habt euch eure Geschichten erzählt, und jede wusste genau, wovon die andere sprach. Meine Geschichte hätte keine von euch verstanden. Und meine Gefühle damals auch nicht. Ihr habt eure Männer verlassen, und ich hätte mein Leben dafür gegeben, Jimi zurückzubekommen. Ihr habt gefeiert, ich habe getrauert. Ihr habt gestrahlt vor Energie, ich war zu Tode erschöpft. Ihr habt organisiert, demonstriert, protestiert. Ich wollte mich nur in meinem Zimmer verkriechen.

Anna rieb sich die Augen. Gab es auf, schüttelte die Beine aus, legte die Decken zurück in den Schrank. Holte die Briefe aus dem Rucksack.

Ladbroke Road, 27. April 1972

Liebe Lotta,
herzlichen Glückwunsch!!! Ich freue mich so mir dir! Gianna ist ein schöner Name, und ich finde es toll, dass es ein Mädchen ist. Sie wird bestimmt ganz die Mutter. Schick gefälligst ein Foto!

Bei mir gibt es nicht viel Neues. Die Uni ist zum größten Teil reine Zeitverschwendung, die paar Vorlesungen und Seminare, die mir wirklich etwas bringen, sind die raren Oasen in einer öden Wüste. Aber ich mache jeden Morgen mein Yoga und meine Meditation, und das tut mir gut. Ich lese auch wieder mehr, versinke gerade in »The Waste Land« (T. S. Eliot, falls dir das etwas sagt, du Banausin!). Wenn im Laden nichts zu tun ist, lese ich in dem wunderschönen Buch über indische Göttinnen, das mir Kalyan, mein Yogalehrer, geliehen hat. Die faszinieren mich sehr viel mehr als Fionas Buddhas. Vor allem Kali hat es mir angetan, über die wüsste ich gerne noch mehr. Sie ist die Göttin der Zerstörung, eine zornvolle Gottheit, die Menschenschädel um den Hals trägt und im Blut ihrer Opfer watet. Das alles passt zu der flammenden Wut, die ich manchmal in mir spüre und die mich fast zerreißt.

Ach, Lotta, wann sehen wir uns wieder? Ich denke immer öfter darüber nach, London zu verlassen und nach dem Diplom vielleicht nach München zurückzugehen. Aber ich will auch Fiona nicht im Stich lassen. Sie hat mir das alles ermöglicht, da kann ich nicht einfach abhauen, sobald ich den Abschluss in der Tasche habe. Das wäre nicht fair. Ich weiß nur wirklich nicht mehr, was ich hier soll. Das Einzige, was mich hält, sind die Abende mit Kalyan.

Pass du gut auf dich auf! Lass dich ein bisschen verwöhnen und gib deiner Süßen ein Küsschen von ihrer Tante Anna!
Ich rufe dich am Wochenende an.
Deine Anna

10

Anna sah Fiona vor sich, in ihrem dicken walisischen Pulli, die schmalen grauen Augen konzentriert auf die schadhaften Intarsien eines Tudortischchens gerichtet. Sie war so eine gute Restauratorin, dachte Anna, sie hatte ein solches Gespür für die alten Sachen, so geschickte Hände. Vielleicht restauriert sie jetzt in ihrem Kloster die alten Buddha-Statuen. Oder hockt in einer Höhle im Himalaja.

***

Anna räumte chinesische Vasen aus einem Nachlass in die Vitrine. Fiona packte eine Kiste mit Räucherstäbchen aus. Zündete eines an. Kam zu Anna herüber. »Weißt du schon, was du tun wirst, wenn du das Diplom hast?«

Anna sah sie erstaunt an. »Da habe ich mir noch keine Gedanken gemacht. Ich halte mich an deine Devise: Eins nach dem anderen.«

Fiona nickte.

»Aber wenn du das meinst: Ich lasse dich hier nicht im Stich«, sagte Anna. »Falls ich Aufträge für Übersetzungen bekomme, kann ich trotzdem weiter im Laden arbeiten.«

Fiona schwieg. Irgendetwas stimmt nicht, dachte Anna. Fragte: »Was ist los?«

Fiona ging zurück zum Ladentisch. Stützte sich mit den Händen darauf ab. »Lass uns in den Pub gehen.«

Fiona bestellte einen Weißwein und ein Tonic Water, ging damit zum Tisch in der Ecke. Scheiße, dachte Anna. Was kommt jetzt?

»Anna«, Fiona nahm einen Schluck von dem Tonic Water, lächelte, »ich gehe ins Kloster.«

»Hahaha«, sagte Anna.

»In Katmandu. Zu meinem Rinpoche.«

»Deinem was?«

»Meinem Lehrer. Ich werde Nonne. Ich habe es mir lange überlegt. Jetzt weiß ich, dass es so richtig ist.«

Sag sofort, dass du mich verschaukelst, dachte Anna. Fragte: »Was heißt das?«

»Das heißt, dass ich hier alles auflöse. Du kannst den Laden und die Wohnung behalten, solange du möchtest. Wenn du aber nach dem Studium etwas anderes anfangen willst, musst du rechtzeitig meine Eltern informieren. Die kümmern sich dann um den Verkauf.«

»Das meinst du nicht ernst?«

»Doch.«

»Wann haust du ab?«

»In zwei Wochen.«

»Und warum erfahre ich das erst jetzt?«

Fiona schob ihr Glas zur Seite. »Weil ich weiß, dass ich dich damit schrecklich verletze. Weil ich das nicht möchte. Aber es geht nicht anders. Ich ...« Sie brach ab, sah Anna hilflos an.

»Okay«, sagte Anna. »Okay.«

»Anna«, Fiona beugte sich zu ihr vor, streckte die Hand nach Anna aus, »das ist kein Grund, einen Rückfall zu bauen. Du bist jetzt fast drei Jahre clean. Und du bleibst es, ja?«

Anna verschränkte die Hände im Schoß. »Ich brauche keine Sozialarbeiterin.«

Sie stand auf, verließ den Pub. Lief hinunter bis zur Ecke Kensington Park Gardens. Blieb vor St. Johns stehen, schaute über die Straße. Dachte: Schluck deinen Stolz. Überquerte den Ladbroke Grove. Schlenderte langsam zum Haus. Spähte durch Jimis Fenster. Drückte auf die Klingel. Es blieb dunkel und still. Anna lehnte sich gegen die Tür. Fühlte sich schwindelig. Flüsterte: »Immer verlassen mich alle.«

***

Das Telefon läutete. Anna nahm den Hörer ab, hoffte, fürchtete, es könnte Nicole dran sein.

»Hi, Anna«, sagte Gianna. »Wie geht es dir?«

»Gianna! Das ist ja toll! Seit wann bist du denn zurück?« Anna wanderte mit dem Telefon in die Küche, angelte den Orangensaft aus dem Kühlschrank, setzte sich an den Tisch.

»Gestern Abend bin ich gelandet. Ich musste in Boston umsteigen. Jetzt bin ich noch voll im Jetlag. Hör mal, Anna, ich wollte dich was fragen.«

»Schieß los!«

»Äh, lach jetzt nicht. Ich würde gerne meditieren lernen. Kannst du mir das beibringen? Ich meine, du meditierst doch noch, oder?«

Anna lachte schallend. »Sag das nicht deiner Mutter, die wird sonst ohnmächtig.«

Gianna kicherte. »Ich hab's Lotta schon gesagt.«

»Und? Lebt sie noch?«

»Sagen wir mal so, sie liegt auf der Intensivstation.«

Sie prusteten beide wieder los.

»Warum willst du denn auf einmal meditieren?«

»Ich hab in Los Angeles Leute kennen gelernt, die haben mich ziemlich beeindruckt. Die arbeiten im Knast mit Lebenslänglichen. So richtig schweren Jungs, weißte, auch Frauen. Die meditieren mit denen. Ich konnte mir gar nicht vorstellen, dass die Knackis das mit sich machen lassen. Aber die stehen drauf. Ob du's glaubst oder nicht.«

»Und du willst jetzt Knastarbeit machen, oder wie seh ich das?«

»Ja, das auch vielleicht. Ich weiß noch nicht so recht. Aber erst mal würde ich einfach gerne meditieren lernen. Und zwar von dir. So wie damals, kannst du dich erinnern? Wenn du auf mich aufgepasst hast. Du hast gesagt, ich kann in deinem Zimmer bleiben. Und ich hab mich dann genauso hingesetzt wie du und dich nachgemacht. Und du hast mir so schöne Geschichten erzählt, von all den Göttinnen. Ja, und weißt du was? In einem Antiquariat in LA hab ich doch tatsächlich ein Buch über Persephone entdeckt. Ich wollte es dir kaufen, aber es war leider schon vorbestellt. Die Jungianer würden sagen, es handelt sich um eine Koinzidenz. Und vermutlich haben sie Recht. Vermutlich sollte mich das Buch noch mal ganz eindringlich an dich erinnern.«

»Habe ich Jungianer gehört? Ich dachte, du bist strenge Freudianerin?«

»Na, so streng auch wieder nicht. Zurzeit flirte ich mit Jung. Ich glaube, das hat Lotta den Rest gegeben.« Gianna gluckste vergnügt.

»Hör mal, Süße ...«

»Nee, unterbrich mich nicht. Lenk mich nicht ab von dem, was ich eigentlich sagen will. Was ich dir schon ganz lange sagen will. Die Zeiten, wenn ich bei dir war, die gehören zu meinen schönsten Kindheitserinnerungen. Das ist mir in meiner Lehranalyse klar geworden. Du hast mir so viel gegeben, Anna, du hast keine Ahnung, wie wichtig du für mich warst. Lotta war immer so hektisch, die wollte immer, dass ich irgendetwas tue. Bei dir konnte ich einfach auf dem Boden sitzen und träumen. Und du hast mir zugehört. Richtig zugehört. Und du hast nicht immer zu allem gleich eine Meinung gehabt. Du hast ganz oft gesagt, da muss ich erst drüber nachdenken. Weißt du, in der Ausbildung jetzt in Los Angeles, da hat uns unsere Gruppenleiterin einmal gefragt: ›Wer hat in Ihrer Kindheit Ihre Fantasie genährt?‹ Und da bist du mir eingefallen. Nur du.«

Anna schluckte. Versuchte, etwas zu sagen, danke zu sagen. Bekam keinen Ton heraus.

»Anna, bist du noch dran?«

»Ja.«

»Heulst du?«, fragte Gianna leise.

»Nö.«

»Anna, geht's dir schlecht? Warum weinst du?«

»Weil mir noch nie jemand so etwas gesagt hat.«

»Dann war's ja höchste Zeit.«

Sie schwiegen beide.

»Anna?«

»Mhm?«

»Kann ich im Sommer eine Woche zu dir kommen? So gegen Ende Juni?«

»Ich wüsste nichts, was mich mehr freuen würde.«

»Pass auf dich auf, bella!«

»Du auch, bellissima!«

Anna deckte den Frühstückstisch. Stellte eine Kerze in die Mitte, legte knallrote Servietten auf, holte die chinesischen Teetassen aus dem Schrank. Ben stand unrasiert und verschlafen in der Tür. »Was ist denn hier los?«

Anna lächelte ihm zu: »Was hältst du von einem richtig schönen Frühstück? Mitten in der Woche? Einfach so? Wir zwei beide?«

Ben schnupperte, zog die Nase kraus. »Hier riecht es nach Räucherstäbchen.«

»Ja, ich habe gerade meditiert.«

Ben ließ sich auf den Stuhl plumpsen. »Oh. Meditierst du jetzt?«

Mach dich nicht lustig, dachte Anna. Tu mir nicht weh.

Ben sog noch einmal die Luft ein. »Riecht eigentlich gut.«

Anna atmete aus. Küsste ihn auf die Wange. Ben zog sie auf seinen Schoß. »Was bist du denn so keusch, meine Schöne?« Er küsste sie, gierig, inbrünstig, zog sie hoch, schlang die Arme um sie, schob sie aus der Küche. »Zu mir oder zu dir?«

»Zu dir«, kicherte Anna.

Anna angelte nach der Bettdecke, die auf den Boden gerutscht war. Ben zeichnete mit dem Zeigefinger sanft ihre Rückenwirbel nach. »Du bist die schärfste Braut, die ich je im Bett hatte.«

»Und du der geilste Macho, der sich je erdreistet hat, mich anzufassen.«

Ben grunzte zufrieden. Drehte sich zur Seite. Legte sich das Kissen auf den Kopf.

»Hey.« Anna kniff ihn in die Hüfte. »Musst du nicht in den Laden?«

»Doch.«

»Dann lass uns frühstücken! Ich muss gleich noch meine Englischstunde vorbereiten.«

»Jawoll, Frau Lehrerin.«

Ben legte eine dicke Scheibe Käse auf sein Brot, klatschte zwei Löffel Orangenmarmelade darauf, biss genüsslich hinein, fragte mit vollem Mund: »Gibt es etwas Neues von der Kleinen?«

»Meinst du Nicole?«, fragte Anna. Sie schob ihr Brot auf dem Teller hin und her. Sie hatte in letzter Zeit keinen Appetit. Auf nichts.

»Mhm.« Ben schenkte sich noch eine Tasse Tee ein, trank sie in einem Zug aus, sah auf die Uhr. »Ich muss gleich los.«

»Dann lauf. Ich erzähl es dir heute Abend. Da weiß ich vielleicht auch mehr.«

Anna ging in ihr Zimmer, setzte sich auf das Bett, sah Persephone an. Sagte: »Danke. Ich danke dir. Ich nehme an, dass diese kleine Erleuchtung heute Morgen von dir kam, oder? Ich hätte auch selber drauf kommen können, aber die Hauptsache ist, dass ich jetzt weiß, dass Tara die Richtige ist. Jetzt hilf mir bitte noch, dass ich eine schöne Tara-Statue finde!«

Sie fuhr in die Stadt, stellte das Rad am Rudolfplatz ab, bummelte die Breite Straße hinauf. Suchte ergebnislos die Regale bei Heubel ab, fragte im Indienladen in der Gertrudenstraße nach, versuchte schließlich ihr Glück in dem Exotica-Ramschladen, den sie noch nie betreten hatte. Sah in einer Vitrine eine Weiße Tara aus Ton stehen. Schön wie eine Märchenprinzessin. Mit allen Tributen versehen.

»Was kostet die?«, fragte sie den Verkäufer.

Er nahm die Figur heraus, drehte sie um, las das Preisschild. »85 Euro.«

»Für 70 nehme ich sie«, sagte Anna. Bekam sie für 75 Euro. Ließ sie doppelt und dreifach verpacken, legte sie vorsichtig in den Rucksack, schwebte aus dem Laden. Kaufte sich nebenan die John Barlicorn-CD von Traffic, schwang sich auf das Rad, lächelte den ganzen Weg bis nach Hause.

Um kurz vor vier klingelte es. »Kann ich nach der Englischstunde zu dir kommen?«, fragte Nicole.

»Ja«, strahlte Anna. »Du musst sogar. Ich hab was für dich.«

Nouredine und Mehmet saßen am Tisch, als sie mit Nicole hereinkam. Zigarettenrauch hing in der Luft. »Wo ist Aki?«, fragte Anna.

»Der kommt nicht mehr«, knurrte Mehmet.

Anna sah ihn fragend an.

»Mehmet hat ihn zusammengeschlagen«, sagte Nouredine.

Anna setzte sich. Schaute Nicole an. Sah nichts als die schweren Locken vor ihrem Gesicht. Nouredine knetete seine linke Hand. Mehmet brütete Wut aus.

»Also, was ist passiert?«, fragte Anna.

Nicole steckte sich eine Zigarette an. Nouredine schob sein Englischbuch von links nach rechts. Rutschte auf dem Stuhl herum. »Er hat uns Schore angeboten.«

»Was?«

»Heroin. Das heißt hier so.«

Anna öffnete den Mund, schloss ihn wieder. Dachte: Scheiße, verdammte Scheiße.

»Er hatte das Bubble dabei. In der Kneipe«, sagte Mehmet. »Der Drecksack hat es auf den Tisch gelegt und gefragt: Wer möchte?«

»Bubble?«

»Ja, den Stoff halt«, flüsterte Nicole. »Das, wo die Schore drin ist.«

»Das heißt hier so?«

Nicole nickte. Nouredine sah sie an. Angst in den Augen.

»Und wo hatte er das her?«

»Von der Post natürlich. Woher denn sonst?« Mehmet schlug mit der Faust auf den Tisch.

Anna unterdrückte ein hysterisches Lachen. »Kriegt man das Zeug hier auf der Post?«

Nicole musste kichern. »Nee, in Kalk Post. Da ist der Platz.«

»Da geh ich demnächst hin und räum auf«, verkündete Mehmet.

Nicole zuckte zusammen. Versteifte sich. Nouredine langte nach der Zigarettenschachtel. Anna schob sie ihm hin. Dachte: Was mach ich jetzt? Was sage ich jetzt? Sie nahm das Englischbuch, schlug es auf. Fragte: »Was nehmt ihr gerade durch?«

Sie arbeiteten konzentriert wie schon lange nicht mehr. Als Aischa hereinkam, schaute sie erstaunt in die Runde, sagte: »Lernt ihr noch? Ist schon spät. Sechs Uhr!«

Anna ging mit Nicole zurück in ihre Wohnung. Drückte sie auf den Stuhl, setzte sich ihr gegenüber. »Und?«

Nicole schaute ihr gerade in die Augen. »Ich hab die ganze Woche nichts genommen. Gar nichts, ich hab noch nicht mal gekifft. Ehrlich!«

Anna lehnte sich erleichtert zurück. »Weiß Nouredine, dass du das Zeug probiert hast?«

Nicole schüttelte den Kopf.

»Er hat Angst um dich.«

Nicole schluckte.

»Liebst du ihn?«

Nicole nickte.

Anna stand auf, ging in ihr Zimmer, kam mit der Tara-Statue zurück. Stellte sie vor Nicole auf den Tisch.

»Pah, ist die schön«, sagte Nicole. Strich mit der Hand vorsichtig über die schmalen Schultern der Tonfigur.

»Die ist für dich.«

»Für mich?« Nicole riss die Augen auf.

Anna holte eine Flasche Orangensaft aus dem Kühlschrank, goss zwei Gläser voll, trank ihres in einem Zug aus. »Das ist Tara. Wenn sie dir gefällt, kann sie deine Göttin werden. Tara war eine indische Prinzessin. Sie war Buddhistin, und sie hatte schon so viel meditiert und so viel Weisheit erlangt, dass sie nicht mehr wiedergeboren werden musste. Weißt du, die Buddhisten glauben ja an die Wiedergeburt. Man muss so lange in einer neuen Gestalt wiederkehren, bis man die vollständige Erleuchtung erlangt hat.

Dann hat man sozusagen Ruhe und kann in das Nirwana eingehen. Das ist so etwas wie das Paradies.«

Nicole hörte gespannt zu.

»Aber die Buddhisten damals waren halt auch richtige Machos.
Deshalb dachten sie, in das Nirwana kommt man nur als Mann.
Weil ein Frauenkörper schmutzig ist. Und überhaupt unwürdig.«

Nicole senkte den Blick.

»Eines Tages kamen zwei Mönche in den Palast, in dem Tara
lebte. Sie erkannten, dass sie voll erleuchtet war, und sagten zu
ihr: ›Du musst nur noch einmal wiedergeboren werden, als Mann,
dann kannst du in das Nirwana eingehen.‹ Und darauf sagte Tara:
›Wenn ich in das Nirwana eingehe, dann als Frau. Und ich will so
lange wiedergeboren werden, bis alle Frauen die volle Erleuchtung erlangt haben und befreit sind.‹«

Anna goss sich Saft nach. Schob Nicole ihr immer noch volles
Glas hin.

»Seither ist Tara die Lieblingsgöttin der buddhistischen Frau-
en. Sie beten zu ihr, und sie hilft immer. Man kann Tara um alles
bitten, auch um ganz normale Kleinigkeiten. Aber halt auch
darum, dass sie einem bei den wirklich schweren Sachen beisteht.«

»Und was muss ich beten?«, flüsterte Nicole.

»Was du willst. Du kannst ganz normal mit ihr reden. Und
wenn du ganz dringend Hilfe brauchst, dann kannst du das Tara-
Mantra beten. Om Tara, tutare, ture soha.«

»Was heißt das?«

»Das heißt eigentlich nichts Bestimmtes. Es sind nur Silben,
mit denen du Tara rufst. Damit sie dich hört.«

»Om ... Sag noch mal!«

Anna holte den Notizblock, schrieb das Mantra auf ein Blatt,
gab es Nicole. Lächelte. »Und wenn du ganz ordinäre irdische
Hilfe brauchst, dann komm einfach vorbei, ja?«

Als Nicole gegangen war, riss Anna ein Blatt aus dem Notizblock.
Schrieb »Kalk Post, Schore, Bubble« darauf. Faltete es zusammen,

steckte es in ihre Geldbörse. Ging in ihr Zimmer, die Jacke holen. Begegnete Persephones Blick. Sagte: »Ja, ich weiß, du musst gar nichts sagen. Ich gehe ja auch nicht hin.« Sie fuhr sich mit der Hand über die Augen. »Ich versteh's selber nicht. Ich hab gedacht, jetzt wird alles wieder gut. Mit Ben, und überhaupt. Aber wenn ich dann nur das Wort Heroin höre, könnte ich sterben vor Verlangen. Hörst du? Ich könnte vergehen vor lauter Gier!«

Anna radelte über die Ringe in die Lütticher Straße. Die Büsche am Straßenrand blühten, das frische Grün funkelte in der Sonne. Im Laden standen Ben und Melanie, über den Verkaufstresen gebeugt, eng beieinander, die Köpfe zusammengesteckt. Schraken hoch, als die Tür ins Schloss fiel, drehten sich um. Anna sah sie stumm an.

»Anna«, rief Ben, »was machst du denn hier?« Melanie winkte ihr lächelnd zu. Ging nach hinten, machte sich an den Bücherregalen zu schaffen. »Guck mal«, sagte Ben, deutete auf einen dicken Bildband, der auf dem Tisch lag. »Sind das nicht Wahnsinnsfotos?«

Anna sah nichts. Konzentrierte sich darauf, die Tränen zurückzuhalten.

Ben nahm zögernd ihren Arm. Versuchte, ihr in die Augen zu schauen. Fragte noch einmal: »Warum bist du gekommen?«

»Ich hab's vergessen«, sagte Anna.

Ben nahm sie an den Schultern. Lehnte seine Stirn an ihre. »Wir proben heute Abend, das kann ich nicht absagen. Aber lass uns morgen schön essen gehen, ja?«

Anna nickte. Dachte: Und dann sagst du mir, dass du dich von mir trennen willst. Stilvoll, beim Italiener. Also bringen wir es hinter uns.

11

Zu Hause ging sie in ihr Zimmer, legte sich auf das Bett. Überlegte: Wenn ich hier ausziehe, kann ich auch gleich wieder zurück nach München gehen. Irgendwie ende ich immer wieder in München. Und immer verlassen mich alle. Vor dem Fenster war der Himmel wieder schwarz. Kleine feste Schneeflocken taumelten durch die Frühlingsluft. Anna verfolgte mit den Augen ihren Zeitlupenweg vom Himmel auf den feuchten Asphalt. Wandte sich ab. Sah Persephone an. Forderte stumm: Sag was!

Persephone schaute schweigend zurück.

»Mir ist das alles zu viel«, sagte Anna. »Ich schaffe das nicht mehr. Ich will zu dir zurück, hörst du? Ich will wieder zu dir runter, lass mich rein. Ich will einen Schuss.«

Persephone rührte sich nicht. Anna richtete den Blick auf ihr eigenes Porträt. Jimi hatte ihr ein dunkles Leuchten in die Augen gemalt und eine Haarsträhne über die Stirn. Jimi, dachte Anna. Eine Schleuse öffnete sich in ihrer Brust. Wogen von Schmerz schwemmten durch sie hindurch.

***

Die Tür ging mit Glöckchengebimmel auf, ein Mann kam herein, lächelte kurz in ihre Richtung, sah sich um. Nahm eine kleine Buddha-Statue in die Hand, drehte sie um, inspizierte den Boden. Hi, Jeff, wollte Anna sagen. Ließ es. Er holte die Chöd-Trommel vom Regal, schlug sie ein paar Mal an. Kam zu Anna an den Ladentisch. Erkannte sie.

»Was machst du denn hier?«

»Ich führe den Laden. Fiona ist in Nepal. Hockt in einem Kloster.« Sie musterte Jeff. Er sah aus, als wäre er clean. »Bist du jetzt auch Buddhist geworden?«

Jeff grinste. »Der Weg ist das Ziel. Weißt du, wie es Jimi geht? Lebt er noch?«

»Wieso sollte er nicht mehr leben?«

»Na ja, er ist doch schon ewig im Krankenhaus. Irgendwer hat mir neulich erzählt, er sei inzwischen gestorben.«

Ein Stich in der Brust schnürte Anna die Luft ab. »In welchem Krankenhaus?«

»Keine Ahnung.«

Sie verkaufte ihm die Trommel, schloss den Laden, lief los.

Als sie vor dem Haus ankam, versuchte sie, durch die Gitter in Jimis Zimmer zu spähen. Alles war dunkel. Sie läutete. Niemand rührte sich. Schließlich klopfte sie an Georges Tür. Er öffnete, sah sie an, erstaunt, dann erfreut. »Anna, Darling, das ist ja eine Überraschung, komm rein.«

»Wo ist Jimi?«, fragte Anna.

»Ach so«, sagte George. Er war dünn und hibbelig. Hatte die Haare kurz geschnitten. Zwinkerte ihr zu. »Ich kann dir zwar keinen Schuss geben, Süße, aber wie wär's mit 'ner netten kleinen *line?*«

Anna entwand sich seinem Griff. »Wo ist Jimi?«

»Im Krankenhaus.«

»In welchem?«

George sagte es ihr. Probierte es noch einmal: »Willst du nicht reinkommen? Ich organisiere dir 'n Schuss, okay?«

»Nee.« Anna drehte sich um. Ging.

»Du hast immer nur diesen Scheißjunkie geliebt!«, schrie George ihr hinterher.

Im Krankenhaus roch es ungelüftet und nach schlechtem Essen. An der Rezeption demonstrierte eine junge Inderin gelangweiltes Desinteresse. Sie sah in einem Registrierbuch nach, blätterte in einer Kartei, beschied Anna: »Der liegt auf der Isolierstation. Sind Sie eine Verwandte?«

»Die Schwester.«

»Sonst dürfte ich Sie nämlich nicht reinlassen«, sagte sie. »Vierte Etage. Melden Sie sich bei der Stationsschwester.« Sie deutete mit dem Kopf nach links. »Da hinten sind die Aufzüge.« Anna ging in die angewiesene Richtung. »Jetzt ist aber keine Besuchszeit!«, rief ihr die Frau hinterher.

Auf einer verschmierten Glastür stand in großen weißen Buchstaben »Quarantäne. Eintritt verboten«. Anna schaute sich nach einem anderen Eingang um. Sah keinen. Drückte gegen die Glastür. Sie ging auf. Anna lief den Flur entlang, suchte nach einer Anmeldung, fand nichts dergleichen. Als sie auf gut Glück eine Tür öffnen wollte, blaffte von hinten eine heisere Frauenstimme: »Wo wollen Sie hin?«

Anna drehte sich um. Vor ihr stand eine stämmige ältere Schwarze.

»Ich soll mich bei der Stationsschwester melden. Sind Sie das?«

»Das bin ich, Miss. Und wer sind Sie?«

Anna erzählte, sie sei Jimis Schwester. Müsse ihn unbedingt sehen. Jetzt, auf der Stelle.

»Die Schwester?«, fragte die Schwarze. Musterte Anna ungläubig von oben bis unten.

Scheiße, ich hab doch keinen Akzent, dachte Anna. Ich gehe doch sonst auch als Engländerin durch.

»Die Schwester«, wiederholte sie. Bemüht, bestimmt und selbstsicher zu wirken. »Ich bin eigens von weither nach London gekommen.«

»Von wo weither?«, bohrte die Stationsschwester nach.

»Aus Deutschland.«

»Aus Deutschland?«

»Ja. Wir sind dort aufgewachsen. Und ich lebe jetzt dort. Aber das geht Sie gar nichts an. Kann ich jetzt meinen Bruder sehen?«

»Ich wundere mich nur, weil der schon 'ne ganze Weile hier liegt und nie Besuch hatte. Und jetzt tauchen auf einmal Sie hier auf.«

Anna kam in Fahrt. »Unsere Eltern sind tot. Und ich habe jetzt erst erfahren, dass Jimi krank ist. Lassen Sie mich zu ihm.«

»Ihr Bruder klingt aber wie ein waschechter Londoner«, sagte die Schwester. »Von Deutschland hat der nie was gesagt.«

»Unser Vater war bei der Air Force«, sprudelte Anna, »und dann haben sich unsere Eltern scheiden lassen. Mom ist mit Jimi nach England, aber ich war in Deutschland schon auf dem Gymnasium, deshalb bin ich bei Daddy geblieben.«

Die Augen der schwarzen Frau funkelten spöttisch.

Übertreib es nicht, ermahnte sich Anna.

»Zeigen Sie mir mal ihre Arme«, forderte die Schwester.

»Bitte?«, fragte Anna.

»Ich möchte Ihre Arme sehen.« Sie sagte es freundlich.

»Lassen Sie mich dann zu ihm?«

»Kommt drauf an.«

Anna krempelte die Ärmel hoch.

»Seit wann sind Sie clean?«

»Seit fast drei Jahren«, sagte Anna.

»Kommen Sie um zwei Uhr wieder. Da ist Besuchszeit. Bis halb fünf. Ich bin Schwester Mariam. Fragen Sie nach mir. Ich trage Sie als Angehörige ein.«

»Danke.«

»Jetzt heulen Sie nicht, Miss. Sie haben ihn ja noch gar nicht gesehen.«

Anna zuckte zusammen. »Was hat er denn?«

»Tja«, sagte Schwester Mariam. »So genau weiß das keiner. Er hat eine atypische Hepatitis, aber damit könnte er leben. Sterben wird er an der fortgeschrittenen Leberzirrhose. Und für die ist er eigentlich viel zu jung. Sie wissen nicht zufällig, ob er als Kind eine verschleppte Hepatitis A hatte?«

Anna schüttelte den Kopf.

»Auf jeden Fall macht er es nicht mehr lange. Ich bin froh, dass endlich mal jemand zu ihm kommt. Und jetzt muss ich arbeiten.« Sie wandte sich abrupt ab. Drehte sich im Gehen noch einmal um. »Wie heißen Sie?«

»Anna«, sagte Anna.

***

Ich hatte immer Glück im Unglück, dachte Anna. Dass ausgerechnet diese Mariam dort Dienst hatte. Solche wie sie gibt es vermutlich gar nicht mehr. Sie schloss die Augen. Rief sich das Krankenzimmer ins Gedächtnis. Die Kehle wurde ihr eng. Ich hab nicht einmal ein Foto von Jimi, dachte sie. Zog die Schultern hoch, schlang die Arme um den Körper. Trauer überflutete sie. Dunkle wehe Trauer.

***

Schwester Mariam gab Anna einen langen Kittel, Gummihandschuhe, eine Art Duschhaube, einen Mundschutz. Befahl ihr, das alles anzuziehen. Es die ganze Zeit über im Krankenzimmer anzubehalten. Hielt ihr die Tür auf.

Anna ging zum Bett, sah den Mann an, der bis zur Brust zugedeckt auf dem zerknitterten fleckigen Laken lag. Seine Augen traten leicht aus den Höhlen. Die Nase ragte spitz aus dem eingefallenen Gesicht. Hinter den viel zu großen Ohren klebten ein paar dünne lange Haarsträhnen. Aus dem Mund lief ihm blutiger Speichel, die Hände und Arme, die auf der Bettdecke lagen, waren voller eitriger Abszesse. Er sah sie erstaunt an.

Anna nahm den Mundschutz ab. Flüsterte: »Jimi.« Seine Augen weiteten sich. Er versuchte, sich aufzusetzen, ein Schwall Blut rann ihm aus der Nase. Er legte sich wieder zurück auf das Kissen, verzog den Mund zu einem Lächeln. »Anna!«

Er streckte die Hand nach ihr aus. Sagte staunend: »Anna!«

Anna nahm seine Hand in die ihre. Streichelte sie mit der anderen vorsichtig zwischen den offenen Wunden. »Tut dir das weh?«

Er schüttelte den Kopf. »Du musst den Mundschutz wieder aufsetzen. Ich stecke dich sonst an.«

»Quatsch.« Anna strich ihm über die Stirn. Ihre Tränen tropften auf seinen Arm.

»Warum bist du gekommen?«, fragte Jimi.

»Weil ich dich liebe«, sagte Anna.

Jimi legte seine Hand auf ihre. »Ich dich auch. Ich hab dich damals nur rausgeschmissen, damit du aufhörst. Ich hab gedacht, anders hörst du nicht auf. Und ich hatte Angst, ich steck dich an. Ich hatte damals schon die Hepatitis.«

»Du hast mir das Herz gebrochen. Aber ich bin clean.« Sie zog die Gummihandschuhe aus. Streichelte mit der Fingerkuppe seine Wangen. »Ich hab erst jetzt erfahren, dass du krank bist.«

Jimi schloss die Augen. »Wer hat es dir erzählt?«

»Jeff. Er kam zufällig im Laden vorbei. George hat mir dann gesagt, in welchem Krankenhaus du liegst.«

Ein neuer Schwall blutiger Schleim quoll aus seinem Mund. Anna nahm das Tuch, das auf seinem Nachttisch lag, tupfte ihm das Kinn ab. »Hast du Schmerzen?«

»Manchmal.«

Anna sah, dass er log. »George ist auf Koks.«

Jimi grinste sie an. »Ja. Schon 'ne ganze Weile. Hochmut kommt vor dem Fall.«

Sie schwiegen.

»Anna!« Jimi sah gehetzt zur Tür. Versuchte, sich aufzurichten. »Sie geben mir zu wenig Codein. Das tun sie absichtlich.«

Anna zog seine Bettdecke wieder hoch. »Die Schwester, die mich reingelassen hat, war aber nett.«

»Mariam?«

»Ja.«

»Die ist okay. Aber sie kann nichts gegen die Ärzte ausrichten.«

»Ich rede mit ihr.« Anna nahm das fleckige Tuch, trocknete das Blut auf, das in das Kissen sickerte. »Ich bin übrigens offiziell deine Schwester. Sonst hätten sie mich nicht reingelassen.«

Jimi grinste. Nahm ihre Hand, führte sie vor seinen Mund, hauchte einen Kuss darauf. »Ich bin so froh, dass du da bist.«

»Ich komme jetzt jeden Tag«, sagte Anna.

Schwester Mariam füllte Krankenberichte aus. Sah auf, als Anna den Kopf durch die Tür steckte. Bedeutete ihr, Platz zu nehmen. Sah Anna prüfend an. »Sie waren ja lange drin, Miss.«

Anna fragte nach dem Codein.

Schwester Mariam erklärte ihr, dass es bei Patienten mit so weit fortgeschrittener Leberzirrhose nur schwer zu dosieren war. Dass es die Blutgerinnung noch weiter verschlechterte. Dass er, wenn sie ihn zu gering dosierten, Entzugserscheinungen bekam. Sich dann kratzte, sich damit noch mehr Wunden zufügte. »Er wird verbluten«, schloss sie. »Innerlich und äußerlich.«

»Kann man nichts dagegen tun?«, bettelte Anna.

»Nein, Miss. Kommen Sie wieder?«

»Ja.«

»Das ist gut.« Schwester Mariam stand auf, begleitete Anna zur Tür. »Noch etwas müssen Sie wissen: Zu seinem Zustand gehört auch, dass er immer mal wieder Angstattacken bekommt, eine Art Paranoia. Wenn er Ihnen erzählt, wir geben ihm absichtlich nicht genug Codein, dann hat er so einen Anfall. Normalerweise weiß er Bescheid. Okay?«

Anna nickte zögernd.

»Fragen Sie einen unabhängigen Arzt, wenn Sie mir nicht glauben. Er wird es Ihnen bestätigen.«

Anna ging nicht in den Laden zurück. Zu Hause legte sie sich auf das Sofa. Ihr Nacken schmerzte, als hätte sie den ganzen Tag über die Schultern hochgezogen. Hab ich wohl auch, dachte sie. Fühlte sich alt. Todmüde.

***

Das Telefon klingelte. Anna ließ es läuten. »Hallo, ich bin's«, sagte Ben auf den Anrufbeantworter, »wir haben gerade mit einem neuen Stück angefangen. Und wir würden gerne noch 'ne Weile weitermachen. Es kann also spät werden. Mach dir keine Sorgen. Ich liebe dich!«

Anna massierte sich die Schläfen. Es nützte nichts. Etwas Schweres engte ihr den Brustkorb ein. Sie öffnete das Fenster, beugte sich hinaus. Es schneite immer noch. Kleine trockene Flocken wirbelten durch die Luft. Anna hielt ihnen das Gesicht entgegen, leckte sich eine von den Lippen, befühlte mit den Händen ihre kalten Wangen.

***

Gegen Ende fiel Jimi zwischendurch immer wieder ins Koma. Anna setzte sich an seinen Bettrand, streichelte seine Wangen, erzählte ihm von den Yogaabenden mit Kalyan. Von ihrer Morgenmeditation, von den Gesprächen, die sie mit Persephone führte. Berichtete, was im Laden los war. Wie fremd sie sich in den Seminaren fühlte. Dass sie einsam war, dass sie außer den Leuten im Yogakurs niemanden mehr sah. Gestand ihm, dass sie davon träumte, William Blakes Gedichte ins Deutsche zu übertragen.

Einmal verwechselte Jimi Anna mit seiner Schwester. Als er wieder bei sich war, fragte sie ihn, ob er seine Schwester informiert habe. Ob sie wisse, dass er im Krankenhaus sei. Warum sie nicht komme. Erfuhr, dass sie in Australien lebte. »Das ist so weit weg«, meinte Jimi, »sie kann sowieso nicht kommen.« Anna bat ihn trotzdem um ihre Adresse. Fand die Telefonnummer heraus, rief an.

Die Frau am anderen Ende der Welt reagierte erschrocken, besorgt. Abwehrend. Sagte: »So schnell bekomme ich keinen Flug. Und was meinen Sie, was das kostet!«

»Aber er stirbt«, insistierte Anna.

»Ich seh mal, was sich machen lässt«, sagte die Frau. Es klang nicht viel versprechend.

***

149

Anna machte die Nachttischlampe an. Starrte an die Wand. Entdeckte eine Spinnwebe, die sich von der Lampe zur Zimmerecke zog. Drehte sich zur Seite. Drückte die Faust gegen die Lippen. Fühlte sich taub. Fürchtete sich vor dem Moment, in dem die Taubheit nachließ. Hob den Rucksack vom Boden, wühlte die Zigarettenpackung heraus. Steckte sich eine an. Stand mühsam auf, um einen Aschenbecher zu suchen. Kippte das Fenster, setzte sich mit der Zigarette auf das Fensterbrett. Legte die Stirn an die kalte Scheibe.

***

Jimi klammerte sich an Annas Hand fest. Versuchte, aus dem Kissen hoch zu kommen. Anna drückte ihn sanft zurück, beugte sich zu ihm hinunter.

»Du musst mir einen Schuss besorgen«, flüsterte Jimi. »Ich halte es nicht mehr aus!«

Anna wischte das Blut ab, das ihm aus der Nase lief. »Du hast doch gar keine Venen mehr. Wohin willst du dir denn einen Schuss setzen?«

»Ich schaff das schon.« Jimi rang nach Luft, röchelte, spuckte blutigen Schleim aus, ließ ihre Hand nicht los. »Bitte!«

Was mach ich jetzt, dachte Anna, um Himmels willen, was mach ich jetzt?

»Das geht noch ewig so weiter«, keuchte Jimi. »Ich packe das nicht mehr. Hilf mir. Wenn ich mir ab und zu einen Schuss machen kann, geht es mir besser. Wenigstens eine Weile. Und wenn ich es gar nicht mehr aushalte, kann ich mich wegdrücken. Bitte, Anna!«

Anna schenkte ihm ein Glas Wasser ein. »Wo soll ich denn den Stoff herkriegen?« Dachte: Das kann ich nicht machen.

»Geh zu Chris. Ich hab Geld, hier.« Er deutete auf den Nachttisch. »Mach auf!«

Anna öffnete die Schublade. Jimis Kupferarmband lag darin.

Der Bildband von Blake. Er hat ihn hierher mitgenommen, dachte Anna. Ein schartiges Messer schnitt ihr ins Herz.

»Klapp das Buch auf!«

Anna schlug den Buchumschlag zurück. Die Seiten waren ausgehöhlt, in der Vertiefung lag ein dickes Bündel Geldscheine. Anna nahm es heraus. Darunter lag eine Spritze.

»Nimm dir hundert *Quid*. Geh zu Chris. Sag, du kommst von *Mister D.*«

Ich kann das nicht machen, wollte Anna sagen. Sah die Verzweiflung in seinen Augen. Den nicht mehr zu stillenden Schmerz. Nahm zwei Fünfzigpfundnoten aus dem Buch. Steckte sie in die Jeanstasche.

Jimis Gesicht entspannte sich. Seine Finger lösten den Klammergriff um ihre Hand.

Anna strich ihm über die feuchten Haare. »Ich bringe dir morgen den Stoff.«

»Nimm das Armband«, sagte Jimi. »Zieh es an.«

Anna streifte es sich über das rechte Handgelenk.

»Zeig her!«

Anna legte den Arm auf die Bettdecke.

Jimi lächelte zufrieden. »Schön.«

Chris sah sie verwundert an, ließ sie aber ins Haus. »Ich dachte, er ist im Krankenhaus.«

Anna hielt ihm das Geld hin. »Ist er auch. Meinst du, da braucht man keinen Stoff?«

Chris zuckte verärgert die Schultern. Ging in ein anderes Zimmer, ließ sie warten. Kam mit vier versiegelten Briefchen zurück. Raunzte: »Das ist verdammt guter Stoff.«

»Das will ich hoffen«, konterte Anna trocken.

Sie fuhr mit der Tube bis Queensgate. Ging durch den Park nach Hause. Es nieselte wieder leicht, die Wege waren matschig. An einigen Bäumen schimmerte das erste Grün. Es wird Frühling, dachte Anna.

Take me to the station, and put me on a train, I got no expectations, to pass through here again.

Auf der Kensington High Street lief sie am Supermarkt vorbei. Machte kehrt. Stand ratlos vor den Regalen. Kaufte Eier, Brot, Tomaten, eine Dose Baked Beans, ein Glas Mango Chutney, ein Paket Tiefkühl-Nasi-Goreng. Schleppte sich müde die Straße hinauf. An der Tür fiel ihr ein, dass sie heute eine Prüfung gehabt hätte. Dachte: *And so what.* Lud die Sachen im Laden ab. Machte sich auf den Weg in die Klinik.

Die Briefchen brannten ihr in der Tasche. Leuchteten durch den Stoff ihrer Jeans, sandten Signale an Schwester Mariam aus. Die fing sie auf dem Flur ab. Bat sie in ihr Büro. Scheiße, dachte Anna, sie hat etwas gemerkt. Schwester Mariam bot ihr eine Tasse Tee an. Das hatte sie noch nie getan.

Anna spürte, dass ihr kalter Schweiß auf der Stirn stand. »Was ist los?«

Schwester Mariam stellte ein Schälchen mit Zucker auf den Tisch. »Jimi ist gestern Abend ins Koma gefallen. Das ist das letzte Stadium. Jetzt wird es nicht mehr lange dauern.«

Anna klammerte sich an den Stuhl. »Wird er noch aufwachen?«

»Nein.« Sie schob Anna einen Keks hin.

Anna schob ihn zurück. »Dann kann ich mich aber nicht mehr von ihm verabschieden.« Sah die Krankenschwester vorwurfsvoll an. Panik im Blick.

»Das können Sie schon, Anna«, sagte Mariam. Nannte sie plötzlich Anna. »Man weiß nicht, was Komapatienten mitbekommen. Man geht aber davon aus, dass sie etwas mitbekommen. Reden Sie einfach mit ihm. Halten Sie seine Hand. Oder was Sie sonst machen.« Sie sah Anna ernst an. »Aber ziehen Sie die Handschuhe nicht wieder aus.«

Anna ging in das Krankenzimmer. Setzte sich auf das Bett. Nahm den Mundschutz ab, streifte die Handschuhe von den Fingern.

Nahm Jimis Hand. Streichelte sein gelbes Gesicht, flüsterte: »Ich hab dir den Stoff mitgebracht. Hörst du mich, Jimi? Aber jetzt brauchst du ihn vielleicht gar nicht mehr.« Überlegte krampfhaft, was soll ich ihm erzählen? Mir fällt nichts ein. Streichelte schweigend seine Finger. Tupfte ihm ab und zu das Blut ab. Sagte: »Ich bin noch da, Jimi, ich bin noch da.«

Dann fiel ihr ein, was sie tun könnte. Sie beugte sich zu ihm herunter. Begann zu singen:

If you cry now, she said,
It will just be ignored
So I walked trough the morning
Sweet early morning
I could hear my lady calling, you've won me, you've won me, my lord
Yes, you've won me, you've won me, my lord.

Vormittags stand Anna im Laden, nachmittags ging sie ins Krankenhaus, morgens und abends auf die Universität. Dem Professor, bei dem sie die Prüfung versäumt hatte, erzählte sie, ihr Verlobter sei schwer krank, sie fürchte um sein Leben. Ob sie die Prüfung nachholen könne. Er gab ihr einen neuen Termin. Drückte ihr sein Mitgefühl aus. Sah sie besorgt an.

Zweimal die Woche besuchte sie abends den Yogakurs. Versuchte, sich auf die Übungen zu konzentrieren. Abzuschalten. Manchmal gelang es ihr. Meistens nicht. Sie wich Kalyans fragendem Blick aus. Ging immer als erste.

Doch schließlich erwischte Kalyan sie an der Tür des Umkleideraums. Hielt sie fest. »Was ist los?«

»Jimi stirbt.«

»Bist du wieder mit ihm zusammen?« Er drehte ihr Gesicht zur Lampe. Sie entwand sich seinem Griff. Er packte sie fester. »Bist du wieder drauf?«

Anna war zu müde, um wütend zu werden. »Er liegt im Krankenhaus. Auf der Isolierstation. Da gibt es Stoff nur aus dem Tropf. Und mich haben sie leider an keinen angehängt.«

Kalyan lockerte seinen Griff. Hielt ihren Arm weiter fest. »Verzeih mir. Verzeih mir, Baby. Du warst die letzten Male in so einer schrecklichen Verfassung, und mir als altem User fällt dann nichts anderes als Grund ein.«

»Ist schon gut.«

»Wie kann ich dir helfen?«

»Ich weiß es nicht. Ich liebe ihn so sehr. Ich habe noch nie jemanden so geliebt.«

Kalyan drückte sie an sich. Sie machte sich sanft von ihm los. Bat: »Bete für ihn.«

»Mach ich«, sagte Kalyan. »Und für dich. Melde dich, wenn ich etwas tun kann. Oder wenn du nicht allein sein willst. Und komm weiter in den Kurs!«

Anna rief noch einmal in Australien an. Ein Mann teilte ihr ungehalten mit, seine Frau mache sich auf den Weg nach England. Er halte das für sehr unüberlegt. Und wie sie auf die Idee käme, sie könnten sich diesen Luxus leisten?

Fuck off!, dachte Anna.

An einem Dienstag um neun Uhr morgens rief Schwester Mariam an: »Jetzt ist es bald soweit.«

Anna rannte los, bekam an der Ecke Holland Park Avenue ein Taxi, trieb den Fahrer zur Eile an.

In Jimis Zimmer roch es schlechter als gewöhnlich. Jimi atmete unregelmäßig, pfeifend. Blutiger Schaum sprudelte aus seinem Mund. Er hatte die Augen halb geöffnet. Reagierte aber nicht auf ihr Kommen.

Anna setzte sich zu ihm, flüsterte Trostworte, Liebesworte. Hielt seine Hand in ihren beiden Händen. Lauschte seinem Röcheln. Hörte, wie es leiser wurde. Verstummte.

Anna legte ihr Gesicht an seines. »Jimi, mein Liebster, mein liebster Liebster.«

»Anna, das dürfen Sie nicht tun!« Anna schrak zusammen. Schwester Mariam stand in der Tür. Starrte sie erschrocken an.

Trat an das Bett, betrachtete Jimi. Fühlte seinen Puls. Legte ihre Hand auf Annas Schulter. Drückte sie sanft.

Anna wischte sich die Tränen von den Wangen. »Lassen Sie uns noch ein wenig allein?«

»Ja«, sagte Mariam, »aber stecken Sie sich nicht noch in letzter Minute an!«

»Haben Sie eine Kerze?«, fragte Anna.

Mariam brachte ihr eine dicke weiße Kerze auf einer Untertasse. Anna entzündete sie. Schaute in die Flamme. Streichelte Jimis Gesicht.

Irgendwann klopfte es an der Tür. Mariam steckte den Kopf herein. »Eben hat eine Frau angerufen und gesagt, sie sei seine Schwester. Sie ist gerade in Heathrow gelandet und auf dem Weg hierher.«

Anna holte den Blake-Band aus der Nachttischschublade. Nahm die Spritze und hundert Pfund heraus. Steckte sie in ihre Handtasche. Legte Jimis Hand in ihre. »Leb wohl, mein Liebster. Ich muss jetzt gehen. Aber weißt du, ich hab das Bild, das du von mir gemalt hast. Und du bist ohnehin immer bei mir. Ganz gleich, wo du gerade bist. Aber du sollst wohin gehen, wo du es gut hast. Nicht in den Junkiehimmel. Irgendwohin, wo man kein *smack* braucht, um glücklich zu sein.« Sie küsste seinen Mund, strich ihm noch einmal mit den Fingerspitzen über die Augenbrauen, die vorstehenden Wangenknochen, die Lippen. Stand auf. Blies die Kerze aus. Öffnete das Fenster.

Die Tür ging auf. Eine junge Frau, blond gefärbte Haare, müde Augen, trat zögernd in das Zimmer.

Anna lächelte ihr zu. »Guten Tag, ich bin Anna, Jimis Freundin. Ich habe Sie angerufen.«

»Hallo«, sagte die junge Frau. Wirkte erschreckt, unsicher. Sie ging zum Bett, sah auf Jimi herunter, drehte sich zu Anna um. Fragte: »Ist das Jimi?« Entsetzen in der Stimme.

»Ja«, sagte Anna.

»Sind Sie sicher?«

»Ziemlich«, erwiderte Anna. Schalt sich: Sei nicht so unfreundlich. Als sie ihn zuletzt gesehen hat, war er noch gesund. Und das ist ewig her. Sagte: »Ich muss jetzt gehen. Aber ich habe eine große Bitte: Lassen Sie Jimi anständig beerdigen. Das Geld dafür ist da.« Sie nahm den Blake-Band, reichte Jimis Schwester das Bündel Scheine. »Und geben Sie mir bitte Bescheid, wann das Begräbnis ist. Ich habe Ihnen meine Telefonnummer in das Buch geschrieben.«

Anna wartete auf dem Flur auf Mariam. Sie kam aus ihrem Büro gestampft, sah grimmig zu Jimis Zimmertür. »Die große Geschwisterliebe scheint das nicht zu sein.«

Anna drückte ihr die hundert Pfund in die Hand. »Geben Sie das jemandem, der es nötig hat. Und danke für alles. Sie sind so ein Schatz.«

»Wo hat er das versteckt?«, fragte Mariam.

»In dem Bildband in der Nachttischschublade.« Sie lächelten beide.

»War da sonst noch was drin?«

»Nein«, log Anna.

Sie umarmten sich.

»Pass auf dich auf, Miss«, sagte Mariam.

Anna fuhr nach Hause, legte sich ins Bett, schlief auf der Stelle ein.

An den darauf folgenden Tagen setzte sie sich jeden Morgen zur Meditation hin und dachte dabei die ganze Zeit nur an Jimi. Sie machte die Prüfung nach. Wartete auf das Begräbnis. Auf einen Anruf von Jimis Schwester. Am Morgen des achten Tages nach Jimis Tod rief Anna in Australien an. Jimis Schwester nahm den Hörer ab. Anna hängte wortlos ein.

Setzte sich in ihrem Zimmer auf das Sofa, holte die Spritze aus der Handtasche, die Briefchen aus der Jeanstasche. Stand wieder auf, zündete eine Kerze an, legte das Bananen-Album von Velvet Underground auf. Schrappte mit der Nadel über die Platte, setzte

;ie auf der siebten Rille auf. Drehte die Lautstärke hoch. Legte
;ich auf das Bett.

Heroin ...

Sang Lou Reed.

Anna sang mit:

... be the death of me
Heroin, it's my wife and it's my life
Because a mainer in my vein
Leads to a center in my head
And then I'm better off than dead
'Cause when the smack begins to flow
I really don't care anymore ...

Die Platte lief weiter. Ging zu Ende, drehte sich im Leerlauf.
Anna lag bewegungslos auf dem Bett. Starrte zur Decke. Fror.
Stand auf, nahm die Velvet-Scheibe vom Plattenteller. Legte
Leonard Cohen auf. Ging in die Küche, setzte Wasser auf, koch-
te die Nadel und die Spritze aus. Schnitt vorsichtig eines der
Briefchen auf.

Drei Tage verbrachte sie im Nebel. Es war der stärkste Stoff,
den sie je gehabt hatte. Sie bewegte sich nicht aus der Wohnung.
Wenn das Kratzen der Tonnadel am Ende der Platte zu ihr durch-
drang, kroch sie zum Plattenspieler, hob den Tonarm an, setzte
ihn wieder auf.

Yes, you've won me, you've won me, my lord!

Am Morgen des vierten Tages stellte sie fest, dass das Zimmer
stank. Sie fror, die Glieder taten ihr weh. Das Tageslicht schmerzte in den Augen. Sie wusste: Ich hab noch ein Briefchen. Sie ging
hinauf in Fionas Zimmer. Öffnete das Fenster, fröstelte, schloss es
sofort wieder. Zog den Vorhang vor. Zündete drei Räucherstäbchen an. Setzte sich mit gekreuzten Beinen auf den Boden. Schloss
die Augen. Versuchte, an Jimi zu denken. Sah stattdessen das
miese Grinsen von Chris vor sich. Schaukelte vor und zurück,
summte eine Melodie, die sie nicht erkannte.

Der Geruch der Weihrauchstäbchen stieg ihr zu Kopf. Vor ihr dehnte sich eine endlose Steinwüste. Stachelige graugrüne Sträucher wuchsen in sandigen Furchen. Das Licht war dämmrig, der Himmel leer. Endlich erkannte Anna, wo sie sich befand. Direkt vor ihr lag der Eingang zur Unterwelt. Verschlossen mit einem großen, schweren Felsbrocken. Anna rief, schlug mit der flachen Hand gegen den Felsen, versuchte, ihn beiseite zu schieben. Er bewegte sich nicht. Schwäche befiel Anna. Etwas saugte die Kraft aus ihr heraus. Sie schwankte. Der Felsen glitt zur Seite, gab den Eingang frei. In der Öffnung stand Persephone. Sah Anna stumm an.

»Endlich«, rief Anna, »ich dachte schon, du machst mir nicht auf!« Schluchzte vor Erleichterung.

Persephone streckte den Arm aus, schob sie zurück. Zog mit der anderen Hand den Felsen vor. Anna stürzte nach vorne. Schlug mit beiden Fäusten gegen die steinerne Wand. Schrie sich die Kehle wund. »Warum lässt du mich nicht hinein? Warum?« Ihre Hände bluteten. Ihre Stimme versagte. Weit weg hörte sie Persephone rufen: »Geh! Und komm erst wieder, wenn du erwachsen bist.«

Anna riss die Augen auf, starrte in den Qualm, der von den Räucherstäbchen aufstieg. Versuchte, aufzustehen. Ihre eingeschlafenen Beine machten nicht mit. Sie streckte sie aus, knetete ihre Füße. Fühlte sich müde, fror noch mehr als zuvor, hatte einen elend schlechten Geschmack im Mund. Schleppte sich in das Badezimmer. Sah sich im Spiegel an. Gelbe Ränder unter den Augen, das Haar fettig, die Haut grau. Sagte zu ihrem Spiegelbild: »Okay. Schluss. Ein für allemal.«

Sie fand eine halbe Tüte Orangensaft im Kühlschrank. Trank sie aus. Zog die Lederjacke an, steckte die Spritze in die Innentasche, stopfte das übrige Briefchen in die Hosentasche. Ging langsam zur Haustür, drückte die Klinke herunter. Blieb einen Moment zögernd stehen. Trat vor das Haus, lehnte sich gegen die

Wand. Ging hinauf zur St. Johns Church, bog in Kensington Park Gardens ein, lief hinunter bis zu ihrer ehemaligen Wohnung. Kniete sich vor das vergitterte Souterrainfenster von Jimis Zimmer. Sah hinein. Konnte nichts erkennen. Stand mühsam wieder auf, die Knie taten ihr weh, alles tat ihr weh.

Sie lief Chepstow Villas hinunter, bog in die Portobello Road ein, hörte Jimi lachen: »Komm, Baby, wir wechseln die Droge, lass uns ein Bier trinken.« Die Obsthändler an den Straßenständen packten ihre Ware ein. Die westindischen Jungs lungerten vor den Pubs herum. Es roch nach Dope. Am Westbourne Grove nahm sie die Tube bis Tottenham Court Road. Lief eine Weile in Soho herum, bis sie das Haus wiedererkannte. Stieg in die dritte Etage hinauf. Klopfte an Susans Zimmer. Öffnete die Tür einen Spalt, sah hinein. Ein dünnes Mädchen saß auf der Matratze.

»Wo ist Susan?«

»Wer?« Das Mädchen sah sie erschrocken an.

»Susan, die Frau, die hier wohnt.«

»Ach die. Die wohnt hier nicht mehr. Die ist weg.«

»Was heißt weg?«

»Keine Ahnung. Wieso?«

»Weil ich sie suche. Sie ist eine Freundin von mir.«

Das Mädchen streckte die Hand aus. »Haste was Kohle für mich?«

»Wenn du mir sagst, wo Susan steckt.«

»Ich weiß es nicht, ehrlich. Wir kennen uns nur vom Anschaffen. Debbie hat gesagt, Susan ist weg, ich kann ihr Zimmer haben.«

»Wo ist Debbie?«, fragte Anna.

Das Mädchen wies mit dem Kopf nach unten. »Krieg ich jetzt die Kohle?«

»Gleich«, sagte Anna. Sie ging eine Etage tiefer, klopfte. Eine Frau im Morgenrock öffnete die Tür, sah sie abweisend an. Erkannte sie, lächelte knapp. »Du bist Susans Freundin?«

»Ja. Weißt du, wo Susan hin ist?«

»Ich hab keine Ahnung, Süße. Sie ist einfach weg. Hat ihre

Klamotten mitgenommen und ist nicht mehr aufgetaucht.«

»Wann war das?«

»Och, das ist 'ne Weile her.«

Anna trat wieder auf den stinkenden Flur hinaus. Lehnte sich gegen die dreckige Wand. Befühlte das Briefchen in ihrer Hosentasche. Sagte sich: Okay, ich soll es nicht loswerden. Ich soll es behalten. Stieg die Treppe hinunter. Machte am Eingang kehrt. Ging hinauf in die dritte Etage, trat in Susans ehemaliges Zimmer.

Das Mädchen stand auf. Hielt ihr die Hand hin.

Anna schubste sie zur Matratze. »Setz dich wieder hin!« Sie hockte sich neben sie, zog das Briefchen aus der Hosentasche, legte es zwischen sich und der Kleinen auf das Laken.

Das Mädchen riss die Augen auf. »Was ist das?«

»Na was wohl.«

Das Mädchen biss sich auf die Lippen. »So viel Geld hab ich nicht.«

Anna schob ihr das Briefchen hin. »Ich schenk's dir.«

Das Mädchen starrte sie mit offenem Mund an. Brachte ein heiseres »Wieso?« heraus.

»Ich brauch's nicht mehr. Ich bin clean.«

Das Mädchen schnappte nach dem Stoff, presste ihn gegen die Brust. »Aber du könntest es doch verkaufen?«

»Ja.«

»Was soll ich dafür tun?«, fragte das Mädchen, schwankend zwischen Gier und Angst.

»Nichts«, erwiderte Anna müde. »Mach einen Tag Urlaub. Lass einen Tag lang keinen Freier an dich ran. Tu einen Tag lang nichts, wovor dir ekelt. Nichts, was dir wehtut. Und geh mal im Park spazieren.«

Das Mädchen riss die Augen noch weiter auf. Drückte die Faust, in der sie das Briefchen hielt, an den Mund. »Danke.«

»Vergiss es.« An der Tür drehte Anna sich noch einmal um. »Sei vorsichtig damit. Der Stoff ist sauber. Nimm nicht zu viel auf einmal. So starkes Zeug bist du nicht gewöhnt.« Sie schloss die Tür, ging. Auf der Straße warf sie die Spritze in einen Müll-container.

Kurz vor der Tube-Station machte sie kehrt. Rannte zurück. Stand vor dem Container, presste die Hände gegeneinander, sagte sich: Du kannst nicht auf offener Straße in den Müll krabbeln. Du hast auch gar keinen Stoff mehr. Was musstest du dumme Kuh den Weihnachtsmann spielen? Ihr Magen krampfte sich zusammen. Panik fiel über sie wie ein nasser Sack. Ich geh zurück und nehme ihr den Stoff wieder ab, dachte sie. Wusste, der war längst in den Venen des Mädchens verschwunden. Lief trotzdem weiter, blieb vor der Haustür stehen, holte Luft, sah nach oben. Überlegte: Sie muss noch etwas übrig haben, klar hat sie noch etwas übrig, das war massig Stoff. Stieß die Tür auf. Ließ sie wieder zufallen. Dach-te: Was mach ich bloß, was mach ich jetzt bloß?

12

Die Flocken waren nun größer, fielen dichter, sanken sanft zu Boden. Anna öffnete das Fenster ganz. Kippte den Aschenbecher in der Toilette aus, wischte ihn mit Klopapier sauber. Zog sich Jeans an, Turnschuhe, schlüpfte in Bens alte Lederjacke. Zählte Zwanzig- und Zehn-Euroscheine ab und steckte sie in die Jeansta-sche. Fuhr mit der Straßenbahn zum Neumarkt. Ging in die Apo-theke. »Ich hätte gerne eine Zwei-Milliliter-Spritze und drei Nadeln Größe vier.« Die Apothekerin nickte. Ging nach hinten. Anna wartete. Rechts über einem Regal blinkte das rote Auge einer Videokamera. Die Apothekerin kam zurück, legte Spritze und Nadeln auf den Ladentisch. »Ich habe nur Nadeln in Größe drei, geht das auch?«

»Ja«, sagte Anna. Bezahlte 50 Cent.

Sie nahm die Linie 1 Richtung Bensberg. Stieg an der Haltestelle Kalk Post aus. Am Kiosk standen zwei junge Männer, Baseballmützen auf dem Kopf, kleine Wasserflaschen an die Rucksäcke geschnallt. Anna fuhr mit der Rolltreppe hinauf auf die Straße. Vor ihr lag der Platz. Sie ging langsam auf das Postgebäude zu. Blieb am Briefkasten stehen. Sah sich um. Die Leute standen in kleinen Gruppen herum. Fast alles Männer, wenige Frauen. Eine Polizeiwanne fuhr langsam die Kalker Hauptstraße entlang. Anna spürte, wie sich ihr Magen verkrampfte. Ein paar Grüppchen schlenderten in die Seitenstraßen. Formierten sich neu. Der Polizeiwagen fuhr weiter. Anna holte eine Zigarette aus der Schachtel. Nahm sie zwischen die Finger, ging auf drei Jungs zu. Fragte den, der in der Mitte stand: »Hast du Feuer?«

Er hielt ihr das Feuerzeug hin. »Brauchst du was?«

»Ja, ein Bubble.«

»Komm mit.« Er ging ein paar Schritte schweigend neben ihr her. Drückte ihr etwas in die Hand. Es sah aus, wie gebrauchter Kaugummi.

»Das soll Schore sein?«

»Der Stoff ist okay! Du kannst ja probieren.« Er nahm ihr das Bubble wieder weg, riss es mit dem Fingernagel auf. Stäubte ihr ein paar Körner auf den Handrücken.

Anna kostete vorsichtig mit der Zungenspitze. Zog den Rest mit der Nase hoch. Es schmeckte richtig. »Okay«, sagte sie, drückte ihm 20 Euro in die Hand, hoffte, dass es der korrekte Preis war. Er gab ihr das Bubble wieder, sie presste die Finger darum, ging zurück zur U-Bahn. Auf der Rolltreppe steckte sie es in die Innentasche der Lederjacke. Der Schweiß lief ihr die Schläfen herunter, der Pulli klebte ihr kaltnass auf dem Rücken. In ihrem Bauch machte sich Freude breit. Am Neumarkt stieg sie aus der Bahn, ging in eine Apotheke auf der Schildergasse, kaufte Ascorbinsäure und Watte.

Zu Hause stellte sie alles auf dem Nachttisch bereit. Schob das

Bananen-Album in den CD-Player. Zog die Spritze und eine Nadel aus der Plastikhülle, legte das Bubble auf ein Stück Alufolie. Stäubte eine dünne *line* auf ein Blatt Papier, schnupfte sie. Wartete. Nichts geschah. Sie wartete weiter. Dachte: Der Scheißkerl hat mich gelinkt. Lehnte sich enttäuscht in die Kissen. Spürte, dass ihr Bauch warm wurde. Schlug die Augen auf. Persephone lächelte undurchschaubar und leicht verschwommen. Anna seufzte erleichtert auf. Rauchte eine Zigarette. Fühlte sich sanft und warm. Sie schwang die Beine aus dem Bett, setzte sich auf, schüttete den Inhalt des Bubble auf die Alufolie, kippte einen Teil davon auf den Löffel. Gab etwas Ascorbinsäure dazu, Wasser. Sah befriedigt zu, wie der Stoff in kleinen Bläschen aufkochte. Schaute kurz zu Persephone hoch, sagte: »Guck einfach weg!«

Der Flash kam heftig. Einen Moment lang dachte sie: Ich hab zu viel erwischt. Dann durchströmte sie die alte vertraute Glückseligkeit. Ein Lächeln bezog ihr Gesicht und ging nicht mehr weg. Sie sank in die Kissen zurück. Nach einer endlosen Weile stand sie auf, stellte den CD-Player an, steckte die Spritze und das Bubble in einen Umschlag, legte ihn in ihren Kosmetikbeutel. Fiel wieder aufs Bett. Lou Reed sang: *And I guess that I just don't know ...*
Grüner Himmel senkte sich in ein staubiges Bachbett. Anna tastete sich an brüchigen Gesteinsbrocken durch den schwebenden Nebel, die schimmernden Flügel eines Steinadlers streiften ihre Wangen, sirrten in der dampfenden Leere. Ihre Füße verfingen sich in einer trockenen Wurzel, sie fiel, taumelte durch bebende Klangwolken. Der silberne Ton einer E-Gitarre schwemmte sie auf eine schimmernde Felsplatte, die kalt in den Dunst ragte. Die Dunkelheit zerstäubte in Sternengeflimmer. Persephone saß am Uferrand eines kochenden Milchsees. Sie legte eine Patience aus Granatapfelkernen und sang zum dünnen Klagen einer Rohrflöte, das aus dem Schaum emporwehte. Eine goldfunkelnde, amethystäugige Schlange züngelte aus ihrem Haar.
Anna hielt sich mit einer Hand am geborstenen Rand der Fels-

platte fest, streckte die andere nach Persephone aus. Rief: »Ich bin wieder da!«

Persephone löste die Schlange behutsam aus ihren Locken, wand sie sich um das Handgelenk, öffnete ihre Lippen zu einem kühlen Lächeln. »Das sehe ich.«

Am nächsten Morgen fühlte sich Anna immer noch high. Ben saß in der Küche, stand auf, als sie hereinkam, nahm sie in den Arm. »Du hast gestern Nacht so tief geschlafen, dass ich mich nicht getraut habe, dich zu wecken.«

Anna lächelte.

Als Ben gegangen war, kochte sie Spritze und Nadel aus, holte den Rest des Bubbles aus dem Kosmetikbeutel. Am Abend fuhr sie zur Post. Besorgte sich Nachschub. Als sie nach Hause kam, stand Nouredine vor ihrer Wohnungstür. Aschfahl, dunkle Ringe unter den Augen. Anna spürte, wie ihr Schamröte ins Gesicht stieg. Sagte: »Komm rein.«

Nouredine lehnte sich gegen den Küchentisch. Zog an seinen Locken. Räusperte sich. »Nicole fixt.«

Anna schob ihm den Stuhl hin. »Setz dich.«

»Ich hab die Einstiche in ihrem Arm gesehen. Da hat sie es zugegeben. Sie hat gesagt, dass sie mit dir darüber geredet hat. Und dass du ..., dass du ...«

»Dass ich auch mal gedrückt habe, ja.«

Nouredine schlug die Hände vors Gesicht. »Was kann ich denn machen, damit sie wieder aufhört? Sie hat gesagt, dass du ihr hilfst.«

Wenn du wüsstest, dachte Anna. Wenn du wüsstest, dass du gerade den Bock zum Gärtner machst, du lieber, armer Junge.

Sie ging müde zum Herd. Füllte zwei Gläser mit Orangensaft, stellte sie auf den Tisch. Nouredine zog einen Joint aus der Tasche, zündete ihn an. Hielt ihn Anna fragend hin. Anna schüttelte den Kopf. Griff dann doch danach. Nahm einen tiefen Zug. Noch einen. Reichte den Joint an Nouredine weiter. Sah, dass er mit den Tränen kämpfte.

Sie suchte seinen Blick. »Du kannst Nicole mit deiner Liebe helfen. Willie de Ville hat einmal gesagt, das Beste, was einem Junkie passieren kann, ist Liebe. Nicole liebt dich, Nouredine. Sie ist schrecklich verletzt. Sie denkt, sie ist schmutzig, wertlos. Du kannst ihr das Gefühl geben, dass sie ein kostbares, wertvolles, wunderbares Geschöpf ist. Das ist schwer, ich weiß, du musst gegen alles ankämpfen, was ihr Vater ihr angetan hat. Aber ihr habt eine Chance. Du bist stark, Nouredine, und du bist gleichzeitig sanft. Genau das braucht sie. Aber mach ihr klar, dass du nicht duldest, dass sie drückt. Leih ihr kein Geld. Tu nichts, was sie dabei unterstützt.«

Sie rauchten schweigend zu Ende. Nouredine drückte den Joint aus. Stand auf. Anna ging zu ihm hin, legte ihm die Hände auf die Schultern, drückte ihn kurz an sich. »Und heul, wenn dir danach zumute ist. Auch Jungs dürfen weinen. Auch starke Jungs wie du.«

Nouredine zog die Nase hoch. »Hilfst du uns?«

»Ja«, sagte Anna, »so gut ich kann.« Dachte: Helfe mir Gott.

Sie ging in ihr Zimmer, legte sich auf das Bett, befühlte die Bubbles in der Jeanstasche. Dachte: Ich kann mir jetzt nicht schon wieder einen Druck machen. Ich muss mich beherrschen. Wenn ich mich jetzt zudröhne, merkt Ben etwas. Sofern er nach Hause kommt.

»Ben«, sagte sie leise. Dachte: Ich habe niemanden je so geliebt wie ihn. »Und Jimi«, flüsterte eine heisere Stimme in ihr. Aber Jimi und ich, wir haben unsere Liebe nicht gelebt, erwiderte Anna müde. Mit Ben bin ich glücklich. Seit Jahren. Er ist meine Zuflucht, mein Zuhause. Das Glück meines Lebens. »War«, höhnte die Stimme. Anna sah Bens und Melanies Köpfe eng beieinander über das Buch gebeugt. Sah, wie sie hochschraken. Dachte: Wenn Ben mich verlässt, dann ist alles aus. »Dann musst du dich nicht mehr zurückhalten«, gurrte die Stimme. Auch wahr, nickte Anna stumm. Dann hole ich mein Erspartes ab, setze es in Stoff um, und bevor er alle ist, mache ich mir den goldenen Schuss. Dann hat das Kind Ruh. So spannend ist mein Leben auch wieder nicht, dass ich es unbedingt fortsetzen müsste.

Sie zündete sich eine Zigarette an. Stäubte die Asche in ihr Wasserglas. Grinste: Junkiemanieren. Sie wurde unruhig. Blickte hoch zu Persephone. »Das Problem ist, dass ich wieder Blut geleckt habe, weißt du? Dabei ist dieses Scheißstraßenheroin gar nicht so toll. Ich würde viel dafür geben, wenn ich richtiges, gutes Londoner *Smack* kriegen könnte. Aber es ist besser als nichts. Es ist …«

Sie wusste nicht mehr weiter. Sah Persephone hilflos an. »Ist es so gut, dass es sich lohnt, alles dafür aufzugeben? Ist das jetzt ein Rückfall, oder komme ich wieder voll drauf? Will ich wieder voll drauf kommen?«

Persephone lächelte spöttisch. Anna zeigte ihr den Stinkefinger. Dachte: Ich warte erst einmal Lottas Besuch ab. Vielleicht kann ich mit ihr über alles reden. Wozu ist sie Psychiaterin.

Sie stand auf. Beschloss, ich fahre jetzt ins Büro. Ich sehe meine Post durch, meine Mails, ich höre meinen AB ab, ich rufe meinen Verleger an, ich werde wieder normal. Ich werde wieder ich.

Es hatte endlich aufgehört, zu schneien. Anna fuhr den Rhein entlang. Das Wasser schwappte hart an das Ufer, morgen werden sie wegen Hochwasser sperren, dachte Anna. Vor dem Schokoladenmuseum standen drei Schulklassen und blockierten die Durchfahrt. Anna klingelte, die Kids grinsten sie an, wichen keinen Zentimeter aus. Na denn, sagte sich Anna, fuhr auf eine Dreiergruppe zu. Im letzten Moment sprangen die Jungen beiseite, schauten erschrocken und beleidigt. Auf der Baustelle im Rheinhafen fuhr ein Kran an. Schwang eine riesige Schaufel über ihrem Kopf. Anna trat schneller in die Pedale, behielt die Geschwindigkeit bis zum Chlodwigplatz bei, kam verschwitzt und außer Atem im Büro an. Sie sah die Post und Mails durch, fand eine Nachricht ihres Verlegers. Er bedankte sich für die gute Arbeit. Machte ihr ein Angebot für eine neue Übersetzung. Jetzt sollte ich mich vermutlich freuen, dachte Anna. Überlegte, was sie für Lotta kochen könnte. Beschloss: Etwas Indisches. Schrieb eine Einkaufsliste.

Das Telefon läutete. Anna wartete, bis der Anrufbeantworter ansprang. »Anna, bist du da?«, fragte Lotta.

Anna nahm ab, sprudelte los. »Ich brüte gerade über dem Speiseplan, hättest du Lust auf ein Curry?«

»Anna«, sagte Lotta, »hör zu, ich kann nicht kommen.«

Nein, dachte Anna, tu mir das nicht an.

»Anna? Bist du noch dran?«

»Ja.«

»Hör mal, ich hab mir das Bein gebrochen.«

»Was?«

»Ich war Schifahren. Mit Gianna und Roberto. Und da hat mich so ein schwachsinniger Snowboarder geschnitten. Jetzt liege ich im Bett, mit Gips.«

»Ach, du Ärmste.«

»Anna, es tut mir schrecklich leid. Sag doch, wie es dir geht.«

»Das kann ich jetzt nicht. Nicht am Telefon.«

»Anna, um Himmels willen, was ist los?«

»Ich muss einfach mit dir reden. Ich hab die Briefe jetzt durch. Und, na ja, jetzt stecke ich wieder mittendrin sozusagen.«

»Das hab ich mir schon gedacht. Mir ging es ähnlich, als ich sie noch mal gelesen hab. Ich hatte plötzlich diese Szene im Badezimmer vor Augen, weißt du noch, als ich dich besucht habe.«

Anna nickte stumm.

»Anna?«

»Ja, ja, ich bin noch dran.«

»Ich hab wieder den Schrecken gespürt, der mir in die Glieder gefahren ist. Und dann hab ich mich plötzlich daran erinnert, dass ich nicht nur erschrocken gewesen bin. Mein ganzes Weltbild ist ins Wanken geraten. Ich kannte ja Fixer nur aus der Zeitung, als Horrorgestalten. Als Figuren, mit denen ich nichts zu tun hatte. Wenn mich damals jemand gefragt hätte, was ich von Fixern halte, hätte ich vielleicht gesagt, das sind die elendsten Opfer der kapitalistischen Gesellschaft.«

Anna spürte Lottas ironisches Lächeln durchs Telefon. »Und dann komme ich nach London, und meine beste Freundin ist Fixerin.«

Tja, dachte Anna, so kann es gehen.

»Und du hast überhaupt nicht in das Klischee gepasst, das ich im Kopf hatte. Du hast in einer schönen Wohnung gewohnt, in einem ziemlich noblen Stadtteil, du hattest einen netten Freund, du hast gearbeitet. Gut, du warst ziemlich dünn und blass, aber wenn ich dich nicht mit der Nadel im Bein gesehen hätte, wäre ich nie drauf gekommen, dass du heroinsüchtig warst. Nie!«

Mhm, dachte Anna, von wegen »netter Freund«.

»Anna?«

»Ja?«

»Komm doch ein paar Tage nach München!«

»Ja, vielleicht später mal. Jetzt geht es gerade gar nicht.« Jetzt stürze ich nämlich ab, dachte Anna. Jetzt sitze ich auf der Rutschbahn, und die Haltegriffe sind verschwunden.

»Was ist mit Ben? Kannst du mit ihm darüber reden?«, fragte Lotta.

»Nö. Mit Ben kann ich ganz und gar nicht drüber reden. Er ist ja sowieso kaum zu Hause. Und außerdem hat er etwas gegen Junkies.«

»Wieso?«

»Keine Ahnung.«

»Hast du ihn denn nicht gefragt, warum?«

Anna schüttelte den Kopf. Sagte: »Nein.«

»Warum nicht?«

»Ich habe Angst vor der Antwort.«

»Frag ihn trotzdem. Und pass auf dich auf, hörst du!«

»Du auch.«

Lotta ist immer so pragmatisch, dachte Anna. Zündete sich eine Zigarette an. Wählte Hajos Büronummer. »Hajo, hast du einen Moment Zeit für mich?«

»Aber immer! Wie geht es dir? Kommt ihr über Ostern?«

»Nein, leider, ich kann hier nicht weg. Ich muss eine Übersetzung fertig machen und bin schrecklich unter Zeitdruck. Hör mal, ich wollte dich etwas fragen. Warum hat Ben so eine Wut auf Junkies?«

»Du lieber Gott, wie kommst du denn darauf?«

»Wir haben neulich zufällig über Heroin geredet, und er hat so komisch reagiert. Ich habe aber nichts aus ihm rausgekriegt. Er hat dichtgemacht. Du kennst ihn ja.«

Hajo lachte. »Das liegt in der Familie.«

»Wohl wahr.«

»Also, ich denke, das hat mit einer der Bands damals zu tun. Er hat mal erzählt, dass da welche angefangen haben zu fixen. Und dass daran die Band zugrunde gegangen ist.«

»Welche Band?«

»Na ja, eine von den Gruppen, in denen er spielte, als er noch studiert hat. Aber da musst du ihn selber fragen.«

»Mach ich«, sagte Anna. Dachte: Das hat mir gerade noch gefehlt. Behauptete: »Hajo, bei mir läutet es an der Tür. Ich melde mich wieder. Grüß Birthe!«

Sie hängte ein. Radelte nach Hause. Setzte sich einen Schuss.

Als Ben nach Hause kam, war sie immer noch ein wenig high. Sie putzte die Champignons für das Abendessen. Hörte Monteverdis Marienvesper im Radio.

Ben gab ihr einen Kuss, strich ihr über das Haar, setzte sich zu ihr an den Küchentisch, grinste sie an. »Ich hab eine Überraschung für dich. Es dauert noch etwas, aber wart nur ab!«

Sie strahlte zurück. Dachte: Vielleicht hat er doch nichts mit Melanie. Steckte sich eine Zigarette an.

»Seit wann rauchst du wieder?«, fragte Ben.

»Och, keine Ahnung. Seit ein paar Tagen.«

»Und warum?«

Anna überlegte, was sie sagen könnte. »Ich lese doch diese Briefe, weißt du? Die ich damals an Lotta geschrieben habe. Na ja, und da hab ich wieder angefangen.« Sie lächelte entschuldigend. Dachte: Wenn ich drauf bin, fällt es mir überhaupt nicht schwer, mit ihm zu reden. Freundlich zu sein.

Ben setzte sich auf. Sah sie starr an. »Du steckst voll in diesen alten Heroingeschichten.«

Anna zuckte die Achseln.

Ben stand auf, stellte sich an das Fenster. »Warum ist eine intelligente junge Frau wie du auf dieses Scheißzeug abgefahren? Dir ging's doch gut, oder nicht?«

Anna zog an der Zigarette. Streifte bedächtig die Asche ab. Lächelte. »Willst du es wirklich wissen, oder war das nur eine polemische Frage?«

Ben setzte sich wieder. Langte nach ihrem Arm. »Ich will es wirklich wissen. Ich verstehe es nicht. Ich habe es nie verstanden, warum Leute Junkies werden. Okay, wenn jemand eine schreckliche Kindheit hatte oder missbraucht wurde oder weiß der Teufel was, da kann ich es nachvollziehen. Aber jemand wie du?«

Anna drückte die Zigarette aus. Lehnte sich zurück. Konzentrierte sich. Dachte: Wenn ich jetzt versuche, es ihm zu erklären, so, dass er es versteht, dann kapiere ich es vielleicht auch selber.

Sie beugte sich leicht zu ihm vor. »Es gibt so viele Antworten darauf. Schau: Ich kann zum Beispiel sagen, ich habe früh meinen Vater verloren, und meine Mutter war eine tablettenabhängige Alkoholikerin. Darauf kannst du sagen, da bist du nicht die einzige, und viele, denen es genauso ging, sind keine Junkies geworden. Ich kann sagen, ich habe etwas Extremes in mir, das hab ich immer schon gehabt, auch beim Bergsteigen, es konnte mir keine Wand zu steil sein. Und später beim Übersetzen habe ich mir immer die schwierigsten Texte ausgesucht. Darauf kannst du sagen, andere sind auch extrem drauf, aber sie werden keine Junkies. Ich kann sagen, ich habe etwas Dunkles in mir, eine Sehnsucht, die mit nichts zu stillen war. Darauf kannst du sagen, das hat andere zu Künstlern gemacht oder in die Psychiatrie gebracht, aber sie wurden deshalb nicht alle Junkies.«

Sie holte tief Luft. »Ich kann sagen, ich wollte immer etwas Besonderes sein, und damals in London waren Junkies etwas ganz Besonderes, sie waren diejenigen, die härter drauf waren als alle anderen, sie waren diejenigen, die, zumindest für Leute wie mich, die stärkste Musik gemacht haben. Darauf kannst du sagen, jeder Mensch wäre gerne etwas Besonderes, aber deshalb werden nicht alle Junkies.«

Sie sah, dass er wieder dichtmachte. Nicht mehr richtig hinhörte. Sie lehnte sich zurück, fuhr mit der Hand über die Tischplatte. »Es gibt wie gesagt viele Gründe. Die sind alle wahr. Und du kannst sie alle wegwischen.« Sie zuckte die Achseln. »Und letztlich lässt es sich eben nicht erklären.« Außer damit, dass Heroin so verdammt gut ist, dachte sie. Okay, sag es ihm. Auch wenn er es nicht hören will. Sie beugte sich wieder vor, berührte sanft seine Hand. »Und weißt du, Heroin ist einfach, ja, gut. Die Wirkung haut dich um. Es gibt nichts, was du damit vergleichen kannst. Burroughs hat geschrieben: ›Wenn Gott etwas Besseres erfunden hat als Heroin, dann hat er es für sich behalten.‹«

Ben zog seine Hand unter der ihren weg. »Und es ist so toll, dass man dafür seine Gesundheit ruiniert, sein Leben riskiert, dass man dafür zu einem Zombie wird, der nur noch für den Stoff lebt? Dass einem dafür alle anderen Menschen gleichgültig werden? Dass man dafür jedes Verbrechen begeht?«

Nicht streiten, dachte Anna, ich will nicht mit dir streiten. »Das ist ja das Gemeine an Heroin«, sagte sie sanft. Legte ihre Hand auf den Tisch. Er griff nicht danach. »Weißt du, es gibt einen Zyklus von Blake, der heißt *The Marriage of Heaven and Hell*. Genau das ist Heroin: Die Hochzeit von Himmel und Hölle.«

Ben sah sie müde und resigniert an. »Du kannst mal wieder alles super gut erklären. Beim Reden bist du eins a.«

»Was soll das heißen?«

»Das soll heißen, dass du daherredest wie ein literarisch gebildeter Junkie, der sich an seinen eigenen Ausreden berauscht.«

»Tut mir leid, wenn ich dich enttäuscht habe.« Anna stand schwerfällig auf, ging. Legte sich in ihrem Zimmer auf das Bett. Starrte an die Decke. Fühlte, wie sich langsam eine sanfte, resignierte Trauer in ihr ausbreitete. Hörte Ben an der Tür klopfen. Stellte sich tot. Hörte, wie er sich wieder entfernte. Dachte: Du gibst schnell auf. Zu schnell.

Als sie aufwachte, hörte sie die Wohnungstür ins Schloss fallen. Auf dem Küchentisch lag ein Zettel. »Anna, ich weiß nicht, was nicht stimmt. Aber etwas stimmt ganz und gar nicht. Sei bitte heute Abend zu Hause. Ich komme spätestens um sieben. Ich liebe dich. Ben.«

Anna legte den Kopf auf die Tischplatte. Weinte. Ging zurück in ihr Zimmer. Zündete ein Teelicht und zwei Räucherstäbchen an. Setzte sich vor dem Rossetti-Bild auf den Boden. Wiegte sich vor und zurück. Murmelte: *Peace, peace, he is not dead, he doth not sleep. He hath awakened from the dream of life. It's we who, lost in stormy visions, keep with phantoms an unprofitable strife.*

Sie schloss die Augen. Hörte den Regen auf die Fensterbank trommeln. Lauschte auf ihren Atem. Milchiger Nebel hüllte sie in seine Schleier, zerriss an den scharfen Kanten zerklüfteter Felsen. Persephone saß vor einem Dornenbusch. Bohrte Löcher in eine Weidenflöte. Anna kniete sich vor sie hin. »Ich habe noch nicht einmal ein Grab, an dem ich Jimi besuchen kann.«

»Wer braucht Gräber?« Persephone hielt die Flöte an die Lippen, blies einen Ton an. Schüttelte unzufrieden den Kopf.

Anna beugte sich vor, berührte mit der Stirn die staubige Erde. »Lass mich bei dir bleiben.«

Persephone entlockte der Flöte ein trällerndes Lachen. »Sieh dich um. Hier wimmelt es von Deinesgleichen. Die Ausdünstungen eurer ungestillten Gier verpesten meine Granatapfelhaine.

Euer Zähnegeklapper sträubt das räudige Fell meiner Hyänen. Euer schlechter Atem dämpft die Glut meiner Sümpfe. Das Gewimmer eurer verhungernden Venen verstimmt meine Flöten. Ihr geht mir auf die Nerven.«

Anna erhob sich schwerfällig. Heißer Wind stürzte von den Felsen, fegte ihr Staub in die Augen. Blind wandte sie sich um, tastete mit den Fußsohlen über schwankendes Geröll, stürzte, fiel einen endlosen Abgrund hinab.

Sie schlug die Augen auf. Streckte die Beine aus, rieb sich die Füße. Der Regen hatte aufgehört. Anna setzte sich auf das Bett. Sah das Rossetti-Bild an. Das Rot des Granatapfels leuchtete in einem einfallenden Sonnenstrahl auf. »Du hast ja Recht«, sagte Anna. »Ich weiß nur nicht mehr, wie ich jetzt aufhören soll. Ich bin so nervös, dass ich die Wände hochgehen könnte. Dabei kann ich gar keinen Entzug haben, bei dem bisschen, das ich genommen habe. Aber ich kann nur noch an H denken.« Sie fuhr sich mit beiden Händen durch die Haare. Zog an ihnen, bis es wehtat. Dachte: Ich will da raus. Ich will wieder raus! Ich will nicht, dass sich meine ganze Welt wieder auf den Stoff verengt.

Sie stand auf, holte sich die Zigaretten, zündete sich eine an. Setzte sich zurück auf das Bett. Wandte sich an Persephone: »Das Problem ist, dass mir alles, was mir bis vor kurzem wichtig war, was meine Normalität war, mein Leben, dass das alles wegrutscht wie ein Dorf, das im Stausee versinkt. Ich sehe Ben vor mir, meinen Schreibtisch, ich schaue mir mein Zimmer an, meine Pflanzen, meine Bücher, aber es ist alles nicht real. Real ist nur die Gier nach einem Schuss.«

Sie drückte die Zigarette aus. Legte sich auf die Seite. Weinte in das Kissen.

Sie wachte aus einem wirren Traum auf. Hörte, dass jemand schellte. Stand auf, öffnete. Nicole stand in der Tür, verquollene rotgeränderte Augen. »Aki ist tot.«

Anna nahm sie in die Arme. Küsste sie auf die zerzausten Locken, streichelte ihren Rücken. Hielt den dünnen, zitternden Körper des Mädchens fest. Führte Nicole in ihr Zimmer, drückte sie behutsam in den Lehnstuhl, zog den Schreibtischstuhl heran, setzte sich neben sie.

Nicole schlug die Hände vors Gesicht. »Ich hab mich fast die ganze Zeit beherrscht, ehrlich, ich hab mir nur ganz selten einen Druck gemacht. Ich hab jeden Tag zu Tara gebetet. Und jetzt ist Aki tot.«

Anna kniete sich vor sie hin. »Hat er eine Überdosis erwischt?«

Nicole nickte. Leckte den Rotz mit den Lippen ab. Anna gab ihr ein Taschentuch. »Ich will mit dem Scheißzeug nichts mehr zu tun haben!«, schluchzte Nicole.

Ich auch nicht, dachte Anna, ich auch nicht. Sie strich mit der Hand sanft über Nicoles Wange. Nahm noch ein Taschentuch und tupfte ihr die Tränen vom Gesicht. Hörte Schritte, fuhr erschrocken herum.

»Die Tür war offen«, sagte Nouredine entschuldigend. Biss sich auf die Lippen.

Anna stand auf. »Lasst uns in die Küche gehen. Da ist mehr Platz.«

Sie stellte den Aschenbecher auf den Tisch, zündete sich eine Zigarette an, hielt den beiden die Schachtel hin.

Nouredine nahm einen tiefen Zug, schaute Anna an: »Ich hab Nicole gesagt, das hätte ihr auch passieren können.«

»Mhm.« Anna warf ihm einen warnenden Blick zu. Sagte stumm: »Übertreib's nicht! Das kann nach hinten losgehen.« Sah, dass Nouredine verstand.

Anna ging zum Fenster, ließ die Jalousien herunter. Wandte sich zu den beiden um: »Ich würde gerne von Aki Abschied nehmen. Macht ihr mit?«

Sie holte eine Kerze, ein Räucherstäbchen, zündete beide an. Legte die Doors-CD ein, klickte den letzten Track an, drehte die Lautstärke voll auf. Setzte sich wieder an den Tisch. Nouredine legte den Arm um Nicoles Schulter. Sie lehnte den Kopf an seinen Hals.

Jim Morrison sang:

Some are born to sweet delight.

Some are born to sweet delight.

Some are born to the endless night.

End of the night

End of the night …

Anna öffnete die Rotweinflasche. Ben stellte sich neben sie, schnupperte an seinem Glas. Sagte: »Was ist los mit dir? Du bist so …« Er trank einen Schluck. »So seltsam.« Er mühte sich ein Lächeln ab. »Wenn ich paranoid wäre, würde ich sagen, du bist wieder drauf.«

Anna griff nach ihrem Glas. Dachte: Was mach ich jetzt? Was mach ich jetzt?

Ben schnappte nach Luft. Trat einen Schritt zur Seite. Flüsterte: »Es stimmt. Du bist drauf.«

Anna zuckte zusammen. Starrte ihn an. »Das ist nicht wahr! Ich bin jetzt nicht drauf!«

Ben starrte zurück. »Du bist jetzt nicht drauf?« Er biss sich auf die Lippen. Schrie plötzlich: »Du bist jetzt nicht drauf?«

Anna flüchtete an den Küchentisch. Fingerte eine Zigarette aus der Packung. Steckte sie an. Nahm einen tiefen Zug. Musste husten.

Ben trank sein Glas leer. Schenkte sich nach. Sah sie nicht an. »Seit wann?«

»Ich höre wieder auf.«

Ben kam an den Tisch. Baute sich vor ihr auf. »Warum?«

Anna schaute zu ihm hoch. »Warum ich wieder aufhöre?«

Ben verschränkte die Arme vor der Brust. »Warum du wieder angefangen hast.«

»Ich weiß es nicht.«

»Bitte?«

»Ich weiß es nicht.«

Ben setzte sich auf den Stuhl. Griff nach der Zigarettenpackung. Legte sie wieder hin. »Sie weiß es nicht.«

Anna stand auf, holte ihr Weinglas, nahm einen Schluck. »Ben, ich bin erwachsen. Ich bin seit dreißig Jahren clean. Ich hatte nur einen Rückfall. Ich hab's jetzt wieder im Griff.«

Ben kippte seinen Stuhl nach hinten. »Wo hab ich das schon mal gehört?« Er setzte sich wieder gerade hin. Schrie: »Warum?«

»Warum was?«

»Warum du mit der Scheiße wieder angefangen hast!«

»Schrei nicht so«, bat Anna leise.

»Ich mache das nicht mit«, brüllte Ben. »Ich mache das nicht mit. Das Ding musst du ohne mich durchziehen.« Er sprang auf, lief durch die Küche. Lehnte sich gegen die Wand. »Wo hast du das Zeug versteckt?«

»Ich hab nichts mehr.«

»Ooh, das tut mir leid. Aber du kannst dir sicher wieder etwas besorgen, nicht wahr?«

»Mein Gott«, schrie Anna, »soll ich mich mit der Siebenschwänzigen geißeln? Soll ich mich vor dich hinknien und dich untertänigst um Verzeihung bitten? Oder was?«

»Du sollst damit aufhören!«

»Tu ich doch!«

»Und wann fängst du wieder an? Heute Nacht? Oder erwischst du da deinen Dealer nicht mehr? Morgen früh?«

»Hör bitte auf zu brüllen.«

»Sei froh, dass ich nur brülle!«

Anna stand so heftig auf, dass ihr Stuhl umfiel. Sie trat ihn weg. »Was würdest du denn sonst tun? Mich verprügeln?«

Ben schlug mit der Faust gegen die Wand. »Mach dich nicht zum Opfer! Und mich nicht zum Täter. Das habt ihr Junkies gut drauf. Ihr seid immer die armen Opfer. Du kotzt mich an.«

»Du mich auch«, schrie Anna. Knallte die Tür hinter sich zu.

In ihrem Zimmer setzte sie sich auf das Bett. Fühlte sich zu Tode erschöpft. Sah hoch zu Persephone. Schaute wieder weg. Steckte sich eine Zigarette an. Dachte: Er wird mich verlassen. Und ich kann mir jetzt noch nicht mal einen Schuss setzen.

Es klopfte. Anna hielt den Atem an. Ben drückte die Klinke herunter. Blieb in der offenen Tür stehen, den Aschenbecher in der Hand. Fragte: »Hast du eine Zigarette für mich?«

Anna wischte sich die Tränen ab. Lächelte schief. »Bau du jetzt nicht auch noch einen Rückfall!«

Ben zog den Lehnstuhl an das Bett. Setzte sich. Nahm sich eine Zigarette aus der Packung. Zündete sie an. Er inhalierte ein paar Mal schweigend. Sagte schließlich: »Du darfst unsere Beziehung nicht kaputtmachen. Ich will nicht ohne dich leben. Du bist mir das Wichtigste auf der Welt.«

Anna griff nach seiner Hand. »Du auch. Du bist mir das Wichtigste auf der Welt.«

Ben entzog ihr behutsam seine Hand. »Vielleicht jetzt noch. Aber bald ist es der Stoff.«

»Ben«, Anna beugte sich zu ihm vor, »ich höre auf. Ich meine es ernst.« Sie strich ihm über die Wange. Schluckte die Tränen, die wieder in ihr aufstiegen. »Ich liebe dich. Ich liebe dich so sehr.«

Ben lehnte sich im Sessel zurück, schloss die Augen. »Während des Studiums hab ich mit drei Leuten eine Band gegründet. Wir waren alle an der Musikhochschule, und wir wollten in der Freizeit mal was anderes spielen als Jazz und E-Musik.« Er sah hoch, lächelte. »Wir haben saugutem Rock gemacht.« Er drückte die Zigarette aus. Wollte eine neue nehmen, zögerte, ließ es sein. »Harry war unser Bassist. Ein begnadeter Bassist. Bis er angefangen hat zu drücken. Irgendwann ist er nicht mehr regelmäßig zu den Proben gekommen. Oder er ist zu spät gekommen. Oder er war so zugedröhnt, dass er nicht spielen konnte. Und dann hat Gitte damit angefangen.«

»Wer ist Gitte?«, flüsterte Anna.

»War. Gitte war unsere Schlagzeugerin. Sie wollte eine zweite Maureen Tucker werden. Sie hatte das Zeug dazu. Sie konnte alle

Velvet-Nummern auswendig, aber sie hat auch verdammt gut improvisiert.«

Er zuckte die Achseln. Zündete sich doch eine Zigarette an. »Und dann dachte sie wohl, sie muss eine tausendprozentige Mo Tucker werden.«

»Hast du sie geliebt?«, fragte Anna.

Ben zog an der Zigarette. Blies den Rauch aus. »Ich nehme an. Ich wollte sie jedenfalls retten.« Er grinste höhnisch. Verletzt. »Ich war Anfang zwanzig. Jung und dumm.« Er drückte angewidert die Zigarette aus. »Eines Tages sind sie und Harry nicht mehr aufgetaucht. Und meine Stratocaster war auch weg. Ich hab sie trotzdem gesucht.« Er versuchte ein spöttisches Grinsen. »Gitte. Nicht die Stratocaster.« Er fuhr sich mit der Hand über das Gesicht. »Ich hab ihr ein paar Mal Geld gegeben. Hab ihr gesagt, sie kann jederzeit zurückkommen. Das letzte Mal hab ich sie auf dem Strich gefunden. Sie hat mich erst für einen Freier gehalten.«

Er stand auf. Ging zum Fenster. Sah hinaus in den schwarzen Himmel. »Ein Jahr später hat mich ihre Mutter angerufen. Gitte hat eine Überdosis erwischt. Ob ich auf das Begräbnis komme.«

Er blieb am Fenster stehen. Anna schaute auf seinen starren Rücken. Seine vorgebeugten Schultern. Dachte: Ich weiß, was du mir beibringen willst. Sagte: »Und da hast du dir geschworen, dass du dich nie wieder mit einem Junkie einlässt.«

Ben schwieg lange. Drehte sich endlich zu ihr um. Sagte heiser: »Ja.«

Anna wollte ihn in den Arm nehmen. Traute sich nicht. Sagte: »Du hast mir einmal erzählt, dass du dich in mich verliebt hast, weil ich ein bisschen wie die Szenefrauen aussah, die du früher bewundert hast. Du hast gedacht, mit mir kriegst du eine Art Gitte, nur ohne Heroin. Und jetzt kommst du dir betrogen vor.«

Ben starrte sie an. Sie sah an seinem Blick, dass sie ins Schwarze getroffen hatte.

Ben schloss leise die Tür hinter sich.

Anna schlief kaum. Wälzte sich unruhig hin und her. Ergab sich den Gespenstern. »Er wird dich verlassen«, flüsterten sie, »er hat es dir gerade gesagt. Er hat sich nicht getraut, es explizit auszusprechen, aber du hast die Botschaft verstanden.« Anna überlegte, ob sie mittags zur Post fahren sollte oder erst abends. Sagte sich: Hör auf damit, du fährst gar nicht! Gegen Morgen schlief sie ein. Als sie aufwachte, war es ein Uhr mittags. Sofort befiel sie wieder die Nervosität. Sie frühstückte eine Tasse Tee und eine Zigarette. Zwang sich, eine Banane zu essen. Lief in der Küche auf und ab. Schlug ihr Adressbuch auf, blätterte es durch. Rief Mara an.

»Hallo, Mara, sei nicht böse, dass ich mich so ewig nicht mehr gemeldet habe!«

»Ach, dich gibt es noch?«

»Du bist sauer, nicht? Es tut mir wirklich leid. Ich hatte so viel um die Ohren.«

»Na ja, mir war auch nicht langweilig.«

»Mara, kann ich dich heute so gegen halb sieben, sieben treffen? Auf einen Kaffee?«

»Das ist mir zu früh. Ich muss nach der Arbeit noch einkaufen. Geht's nicht später?«

Nein, dachte Anna. Später ist zu spät. Sagte: »Nein, da kann ich nicht mehr. Vielleicht nächste Woche mal?«

»Ja. Du hast ja meine Nummer.«

Selber schuld, dachte Anna. Freundschaften muss man pflegen. Sie griff nach der Zigarettenschachtel. Sie war leer.

Anna zog sich an und ging zum Kiosk. Draußen schien die Sonne. Es war ein strahlender Frühlingstag, im Park an der Ecke blühten Narzissen und Krokusse, an den Bäumen blitzte das junge Grün. Anna setzte sich auf eine Bank. Schaute auf das frische Gras. Ein großer Golden Retriever kam zu ihr gelaufen, stupste seine Nase an ihr Bein. Sie kraulte ihn hinter den Ohren, strich über sein weiches, sonnenwarmes Fell. Seine Besitzerin kam quer über den Rasen geschlendert, lächelte Anna an. »Der lässt sich sonst von niemandem anfassen. Haben Sie auch einen Hund?«

»Leider nein«, lächelte Anna zurück. Dachte: Ich muss mich nicht eigens mit jemandem treffen, um nicht zur Post zu fahren. Ich kann das auch so. Niemand zwingt mich, dahin zu gehen. Ich kaufe mir einen spannenden Krimi und lege mich damit um sechs ins Bett. Ich darf Ben nicht verlieren. Ich muss Nicole helfen. Sie stand auf. Ich muss mich selbst retten.

Zu Hause rief sie Lotta an. »Hast du gerade ganz viel Zeit für mich?«

»Ja.«

»Ehrlich?«

»Ganz ehrlich. Schieß los.«

»Ich habe einen Rückfall gebaut. Und ich habe Angst, dass Ben mich deswegen verlässt. Und ich ...«

»Langsam«, sagte Lotta. »Eins nach dem anderen. Was heißt, du hast einen Rückfall gebaut?«

»Na ja, was wohl.«

»Mein Gott, Anna. Warum?«

»Frag mich was Leichteres.«

»Warte. Ich wollte mir gerade Kaffe einschenken. Ich leg mal kurz den Hörer ab, ja?«

Anna zündete sich eine Zigarette an.

»Hier bin ich wieder. Ich hab's irgendwie geahnt. Aber ich dachte, das kann nicht sein. Dafür ist es zu lange her. Und so, wie du jetzt lebst ... Vermutlich bin ich dran schuld. Ich hätte dir die Briefe nicht schicken sollen.«

»Hör auf, Lotta. Du bist überhaupt nicht schuld. Das hab ich mir ganz alleine eingebrockt. Weißt du, ein paar Tage, bevor die Briefe ankamen, hatte ich einen Traum, der hat mich schon nach London zurückkatapultiert. Es war, glaube ich, einfach angesagt.« Anna lachte kläglich. »Du bist doch die Psychiaterin. Ich habe die Geschichte die ganze Zeit über weggesteckt. Ich habe sie nie wirklich aufgearbeitet, wie ihr sagen würdet. Und jetzt war es offenbar an der Zeit.«

»Aufarbeiten heißt gerade, nicht rückfällig werden.«

»Ich hab ja keine Therapie gemacht.«

»Nein, aber vermutlich solltest du eine machen.«

»Lotta, ich hab dich nicht angerufen, um gute Ratschläge zu bekommen. Ich möchte mit dir reden. Ich möchte ehrlich mit dir reden können. Ich kann sonst mit niemandem reden.« Anna schluckte die Tränen hinunter.

»Anna, Liebes, es tut mir leid. Ich bin so eine blöde Gans. Verzeih mir bitte.«

»Ist schon gut.« Anna räusperte sich. »Ich hatte in der letzten Zeit das Gefühl, dass mein ganzes Leben seit London nur eine Schimäre war. Bei den Terroristen gibt es doch diese Schläfer. Die ein normales, harmloses Leben führen, bis sie wieder eingesetzt werden. Ich glaube, ich war einfach nur ein Junkie-Schläfer.«

»Glaubst du das wirklich?«

Anna drückte die Zigarette aus, steckte sich eine neue an. »Ja und nein. Wenn ich einen hellen Moment habe, weiß ich, dass ich glücklich war. Mit Ben, mit meinem Beruf. Dann bin ich sogar stolz auf ein paar Sachen, die ich gemacht habe.«

»Das kannst du auch. Anna, du hast Gianna mit großgezogen. Ohne dich hätte ich das mit ihr nicht geschafft. Du warst für sie eine zweite Mutter. Ich war manchmal richtig eifersüchtig auf dich. Du bist der hilfsbereiteste Mensch, den ich kenne. Du hast dich dauernd für irgendjemanden eingesetzt. Ich hab politisch gearbeitet, und du hast Leuten ganz direkt und praktisch geholfen. Denk mal an deine alte verrückte Nachbarin in Köln, um die du dich gekümmert hast. Du warst die Einzige, mit der die Frau noch gesprochen hat, die sie hereingelassen hat. Und als sie eingeliefert wurde, hast du sie bis zu ihrem Tod besucht.« Lotta lachte. »Ich weiß noch genau, wie du mich genervt hast, ich soll die arme Frau da wieder rausholen.«

Anna sah das Krankenzimmer vor sich. Die hohen Betten, die alten Frauen in ihren zerknitterten Nachthemden. Sah die Verwirrung in ihren Augen, die Angst. Die starre Gleichgültigkeit, wenn sie ihre Tabletten bekommen hatten. »Dass du dich daran erinnerst.«

»Och, ich erinnere mich noch an ganz viel anderes. Ich mach dir mal ein Album mit dem Titel ›Annas gute Taten‹.«

Anna musste lachen. »Übertreib's nicht. Sonst wirst du unglaubwürdig.«

»Hast du es Ben gesagt, oder ist er von selbst drauf gekommen?«

»Er hat es gemerkt.«

»Und wie hat er reagiert?«

»Er ist ausgerastet. Hat mich angebrüllt, rumgehöhnt. Aber das war nicht das Schlimmste ...«

»Anna?«

Anna räusperte sich. »Ja. Das Schlimmste ist, er hatte eine Freundin, die draufgekommen ist.«

»Und weiter?«

»Sie hat ihn verlassen. Ist anschaffen gegangen.«

Sie hörte, wie Lotta die Luft einsog.

»Na ja. Und dann hat sie sich weggedrückt.«

»Scheiße.«

»Ja.«

»Dann hast du ihn jetzt natürlich retraumatisiert.«

»Ja, Frau Doktor. Und was soll ich jetzt machen?«

»Clean werden, was sonst?«

»Ja. Ich meine mit Ben?«

»Er wird dich nicht verlassen. Er liebt dich, das sieht ein Blinder. Aber er wird dir noch lange misstrauen. Er hat vermutlich panische Angst. Du musst ihm beweisen, dass du wirklich aufhörst. Und nicht wieder anfängst. Und das kann dauern, bis du ihn überzeugt hast. Aber das Problem liegt woanders.«

»Sagst du mir auch noch, wo?«

»Das weißt du selber. Wann hast du dir den letzten Schuss gesetzt?«

»Vorgestern.«

Lotta murmelte etwas auf Italienisch. Anna wartete schweigend. »Das ist nicht wahnsinnig lange her.«

»Mhm.«

182

»Anna, geh jetzt nicht gleich in die Luft. Du brauchst Hilfe. Du musst nicht alles alleine schaffen. Es gibt doch diese NA-Gruppen, Narcotics Anonymus. Da findest du bestimmt auch eine in Köln.«

»Ich bin kein Gruppenmensch, das weißt du.«

»Das sagen neunzig Prozent meiner Patienten, wenn sie zum ersten Mal in die Gruppentherapie kommen.«

»Lotta, ich muss dir noch etwas gestehen. Und das ist das Schlimmste.«

Lotta schwieg.

»Ich geb doch dem Nachbarjungen Englisch-Nachhilfe. Ich glaub, ich hab dir schon davon erzählt. Mit der Zeit sind noch zwei Freunde von ihm dazugekommen. Und vor kurzem hat er seine Freundin mitgebracht. Nicole, ein unheimlich liebes, kluges Mädchen. Und bildschön. Sie ist von ihrem Vater missbraucht worden. Und jetzt hat sie angefangen zu drücken.«

»Madre di Dio!«

»Ich wollte ihr helfen. Ich habe ihr gesagt, dass ich Junkie war. Sie vertraut mir. Und dann habe ich selber wieder angefangen. Ich habe dieses Kind hundsgemein hintergangen. Ich bin ein Monster.«

Lotta schwieg. Anna wischte sich mit dem Ärmel die Tränen ab. Klemmte den Hörer an die Schulter. Schnäuzte sich.

»Fixt sie noch immer?«, fragte Lotta.

»Ich hoffe nicht. Einer aus der Gruppe hat sich eine Überdosis verpasst. Er ist vor ein paar Tagen gestorben.«

»Anna, fixen die alle?«

»Nein, nur zwei.«

»Du hast gesagt, es sind vier. Dann sind das fünfzig Prozent!«

»Ja, aber darum geht es jetzt nicht. Lotta, ich …«

»Darum geht es wohl.« Lotta schrie beinahe. »Du gibst einer Gruppe Jugendlicher Nachhilfeunterricht, und die Hälfte von ihnen fängt an zu fixen. Das ist doch kein Zufall.«

»Jetzt mach mal 'n Punkt. Daran bin ich nun wirklich nicht schuld.«

»Nein, so habe ich es auch nicht gemeint.«

»Wie dann?«

»Ich meine, dass du es anziehst. Dass Heroin gerade wirklich ein ernstes Problem für dich ist. Dass du dir helfen lassen musst.«

»Ich kann mir nur selber helfen.«

»Wie wäre es mit ein bisschen Demut?«

Anna biss sich auf die Lippen.

»Anna, ich möchte, dass du nach München kommst. Bitte. Ich kann hier nicht weg mit meinem Bein. Bitte, setz dich in den Zug und komm!«

»Und dann steckst du mich in die Gruppentherapie?«

»Ich bin keine Drogentherapeutin. Ich bin auch nicht deine Psychiaterin. Ich bin deine Freundin. Anna, ich liebe dich. Du bist meine älteste und beste und wichtigste Freundin. Ich habe Angst um dich.«

»Ich überleg's mir, okay? Ich kann jetzt nicht abhauen, ich muss erst mal mit Ben ins Reine kommen.«

»Kannst du mir versprechen, dass du eine Woche lang nichts nimmst?«

»Ich nehme überhaupt nichts mehr.«

»Umso besser. Aber versprich es mir jetzt ganz konkret für eine Woche. Ja?«

»Ja.«

»Bei allem, was dir heilig ist?«

»Bei Persephone.«

»Meinetwegen. Pass auf dich auf, Süße. Ich nehm dich ganz fest in den Arm. Und ruf jederzeit an.«

»Danke, dass es dich gibt, Lotta. Und dass du das alles wieder mitmachst. Grüß Gianna von mir.«

»Ich werde mich hüten! Die ist jetzt auf dem C. G. Jung-Trip.«

Anna musste lachen. »Ciao, bella!«

»Ciao, bellissima.«

Anna sah ihren Schrank durch. Holte ihr schönstes Jackett heraus, streifte es über, ging in das Badezimmer, malte sich die Lippen an.

Stieg auf das Rad, fuhr ins Büro. Dachte: Ich muss einfach weitermachen. Ich muss mein Leben ganz normal weiterführen. Ich muss mir Zeit lassen. Mit dem neuen Auftrag anfangen. Und etwas tun, das mir gut tut. Ich könnte versuchen, ein Gedicht zu schreiben. Ich habe schließlich schon als Kind Gedichte geschrieben. Sie erinnerte sich, dass sie in London Songtexte auf Englisch gedichtet hatte. Dass Jimi die gut gefunden hatte. Nicht an Jimi denken, ermahnte sie sich.

In ihrer Mailbox war eine Nachricht von Gianna. Und eine von ihrem Verleger: Es tue ihm sehr leid, aber er müsse den neuen Auftrag zurückziehen. Die Lizenzgebühren hätten sich als unbezahlbar erwiesen. Na, bravo, dachte Anna. Das war's dann wohl.

Sie fuhr den Computer herunter, warf ihre Post ungelesen in den Mülleimer, radelte nach Hause. Goss sich ein Glas Wasser ein, nahm es mit in ihr Zimmer. Setzte sich auf den Boden, lehnte sich gegen die Wand. Fühlte sich zittrig und ausgelaugt. Dachte: Ich kann nicht mehr. Ich mag nicht mehr. Es hat alles keinen Sinn mehr.

Sie ging zurück in die Küche, setzte sich an den Tisch, rauchte eine Zigarette. Stand wieder auf, lief in der Wohnung hin und her, sah die Bücherregale durch, fand nichts, das sie interessiert hätte. Putzte den Herd. Räumte den Küchenschrank aus, warf alle Lebensmittel mit abgelaufenem Verfallsdatum in den Mülleimer. Brachte den Müll runter. Sortierte die Schmutzwäsche, steckte sie in die Waschmaschine. Sah zu, wie die Trommel sich drehte. Dachte: Ich werde verrückt. Sie ging in Bens Zimmer und stellte den Fernsehapparat an. Sah einen Tierfilm. Machte den Fernseher wieder aus. Legte sich ins Bett, konnte nicht schlafen. Um sechs sah sie auf die Uhr. Dachte: Wenn ich jetzt nicht zur Post fahre, besaufe ich mich wenigstens. Sie öffnete eine Flasche billigen Weißwein, den sie zum Kochen gekauft hatte. Schenkte sich ein volles Glas ein, trank es in einem Zug aus. Rief Ben an. »Kommst du heute Abend nach Hause?« Sie hörte, wie kläglich sie klang. Schämte sich.

»Äh, nee, heute wird es spät, wir proben. Soll ich dich wecken wenn ich komme?«

»Ja, mach das.«

Sie setzte sich wieder vor den Fernseher. Sah sich zwei Krimi-serien hintereinander an. Trank die halbe Flasche aus. Um halb elf rief sie bei Martin an. »Gibst du mir mal kurz Ben?«

»Ben? Der ist nicht hier.« Martin klang, als hätte sie ihn geweckt.

»Hast du schon geschlafen?«

»Mhm, macht aber nichts.«

»Ich dachte, ihr probt, aber da hab ich mich wohl vertan.«

»Mhm.«

Okay, dachte Anna. Dann weiß ich wenigstens Bescheid.

Ben hockte an ihrem Bettrand. Er hatte sich rasiert, sah gut gelaunt wie schon lange nicht mehr aus. »Ich bin erst um zwölf nach Hause gekommen, da wollte ich dich nicht mehr wecken.« Er strich ihr über das Haar. »Ich möchte dich nicht verlieren, Anna.«

Hör auf zu lügen, dachte sie. Lächelte: »Wie war die Probe?«

Ben grinste über das ganze Gesicht: »Gut! Heute Abend machen wir weiter. Aber ich komme vorher kurz nach Hause.«

»Wie schön«, sagte Anna.

Um zwölf Uhr fuhr sie zum Neumarkt. Stellte das Rad ab, stieg in die Straßenbahn zur Post. Zu Hause nahm sie die Pumpe aus dem Kosmetikbeutel, holte sich einen Löffel aus der Küche, setzte sich auf das Bett. Dachte plötzlich: Nein, den Gefallen tue ich ihm nicht. Heute Abend bin ich nüchtern. Dann hat er keine Ausrede. Sie sah ihn mit Melanie im Bett, hörte die Liebesworte, die er ihr ins Ohr flüsterte, malte sich aus, wie er ihre Brüste lieb-koste. Scheuchte die Bilder weg. Sagte sich: Hör auf damit, das ist doch masochistisch. Beschloss, sich den Schuss erst zu setzen, wenn Ben wieder aus dem Haus war.

Er kam um sieben von der Arbeit. Schnorrte eine Zigarette von ihr. Druckste herum. Sagte schließlich, er müsse übers Wochenende nach Freiburg fahren. Er könne da zwei gebrauchte Baritonsaxophone kaufen. Müsse sie aber vorher testen. Er werde schon Freitagmittag losfahren, sei aber Sonntagnacht wieder da.

Anna sah, dass er log.

»Und du bleibst clean, ja?«, beschwor er sie.

»Ja, klar«, log sie zurück.

Freitagmittag holte sie sich Nachschub. Kam bis Sonntagabend damit hin. Montag früh tat ihr der Rücken weh. Sie fühlte sich grippig. Wusste, warum. Schleppte sich in die Küche. Blieb erschrocken in der Tür stehen. Ben war noch da. Er sah sie strahlend an. Hatte etwas Übermütiges im Blick. Das langsam abstarb.

»Du hast wieder etwas genommen«, sagte er heiser.

»Quatsch«, murmelte Anna, »ich hab schlecht geschlafen.« Sie wollte zum Herd. Ben packte sie am Arm. Hielt sie fest. Krempelte den Ärmel ihres Nachthemds hoch. Ließ ihren Arm wieder los. Sagte leise: »Ich kann dich nicht einsperren. Du musst es selber wissen.« Ging.

Anna fand drei Aspirin in der Küchenschublade. Schluckte sie. Machte sich einen doppelten Espresso. Rannte in der Küche auf und ab. Dachte: Ich laufe hier rum wie ein Tier im Käfig. Setzte sich an den Tisch. Zündete sich eine Zigarette an. Erklärte der Tischplatte: »Jetzt habe ich es doch glatt geschafft, mich wieder voll in den Suchtknast zu sperren. Ist das nicht klasse?«

Sie stand auf, suchte im Badezimmer nach etwas Stärkerem als Aspirin. Fand nichts. Ging in ihr Zimmer, setzte sich auf das Bett. Wenn ich es jetzt durchstehe, dachte sie, habe ich es hinter mir. Ich will nicht wieder das ganze Theater von vorne. Ich will mich nicht mit dreiundfünfzig von einem Turkey zum nächsten hangeln. Ich will keine Gefangene mehr sein. Ich will wieder frei sein. Verdammte Scheiße, ich will wieder frei sein! Sie warf das Kissen gegen die Wand. Schlug mit der Hand auf die Matratze. Lehnte sich zurück, atmete tief ein. Ich werde wieder einen Auftrag bekommen. Ich bin gut. Ich habe einen Namen. Ben will mich nicht wirklich verlassen. Wenn ich wieder ich selbst bin, macht er mit Melanie Schluss. Er liebt mich. Ich mache ihn unglücklich. Ich will das nicht.

»Ich will das alles nicht!«, schrie sie. Trommelte mit den Fäusten auf die Matratze. Brüllte, bis sie keine Stimme mehr hatte. Hörte, dass jemand gegen die Wohnungstür schlug.

Nouredine trat verlegen von einem Fuß auf den anderen. »Ist alles okay mit dir?«

Scheiße, dachte Anna. Sagte: »Ja. Ja.« Versuchte zu lachen. »Hast du mich brüllen gehört?«

Nouredine nickte. Sah weg.

»Komm rein!« Anna lotste ihn in die Küche. Setzte Wasser auf. Nouredine blieb unsicher vor dem Tisch stehen.

»Sag mal«, Anna wandte sich zu ihm um, »du hast nicht zufällig ein *Piece*?«

»Doch.« Nouredine sah sie fragend an.

»Kannst du mir was davon abgeben?«

»Klar.« Er ging in die Wohnung, kam mit dem Dope zurück, drehte einen Joint.

Jetzt animiere ich schon Sechzehnjährige zum Kiffen, dachte Anna. Ich sollte mich in Grund und Boden schämen.

Sie warf frische Minze in die Teekanne, stellte Tassen und den Aschenbecher auf den Tisch. Sie rauchten den Joint.

»Ich bin gerade total ausgeflippt«, sagte Anna schließlich. »Ich hatte einen Auftrag so gut wie in der Tasche. Und dann habe ich ihn doch nicht bekommen. Jetzt habe ich keine Ahnung, wie es weitergehen soll.«

Nouredine nickte schweigend.

Lass ihn in Frieden, dachte Anna, das ist dem Jungen doch zu viel. Der hat genug Sorgen. Sie schenkte ihm Tee nach. »Warum bist du nicht in der Schule?«, fragte sie schließlich.

»Hab keine Lust.«

»Geht es um Nicole?«

Nouredine zündete sich eine Zigarette an. »Ich glaub, sie drückt wieder.«

»Hast du sie gefragt?«

»Ich komme nicht mehr an sie ran.«

Er hat etwas Hartes um den Mund bekommen, dachte Anna. Alles wegen dem Scheißstoff. Er hat das nicht verdient.

Als Nouredine ging, wusste sie, dass sie aufhören wollte. Diesmal wirklich.

Sie setzte sich an den Schreibtisch. Fuhr den Computer hoch. Legte einen Ordner »Gedichte« an. Starrte auf den leeren Bildschirm.

Das Telefon läutete. Ben!, dachte Anna, rief atemlos: »Ja?«

»Hallo, Anna«, sagte Lotta, »wie geht es dir?«

»Lotta!« Anna angelte nach der Zigarettenpackung. »Warte einen Moment, ich zünde mir nur rasch eine an.« Sie nahm einen Zug. Fasste einen Entschluss. »Lotta? Du musst mir helfen. Bitte. Aber sieh zu, dass du nicht wie eine Therapeutin klingst, sonst klappt es nicht, okay?«

»Ich geb mir Mühe. Schieß los.«

»Ich hab mich am Wochenende wieder zugeknallt. Volles Rohr. Jetzt hab ich fast so etwas wie einen kleinen Turkey. Aber ich will aufhören, Lotta. Ich will wirklich. Ich schaffe es nur nicht.« Sie schluchzte auf. »Ich weiß mir nicht mehr zu helfen.«

Sie hörte Lotta tief durchatmen. Zog hastig an der Zigarette.

»Warum willst du aufhören?«, fragte Lotta schließlich.

»Ich will wieder ich selber sein. Die Anna, die ich bis vor ein paar Wochen war. Ich will nicht wieder so zu sein. Mit H kannst du dich so perfekt zumachen. Es gibt nichts mehr als den Stoff. Alles andere interessiert dich nicht. Zumindest nicht wirklich. Ich hab mich in meinem Leben immer wieder zugemacht, weißt du. Mal auf die eine Art, mal auf die andere, aber nie mehr so tausendprozentig wie damals. Als ich drauf war.«

Sie zog an der Zigarette. Fühlte sich hektisch, als wäre sie in Eile, als müsste sie Lotta alles binnen weniger Minuten erklären.

Nicht Lotta, dachte sie, mir selbst.

»Und weiter?«, fragte Lotta.

Anna drückte die Zigarette aus. Holte Luft. »Mit Ben hab ich gelernt, mich aufzumachen. Für ihn. Für die Welt. Für das Leben. Das hat mich verändert. Das hat mir verdammt gut getan. Und jetzt ... Jetzt mache ich die Rolle rückwärts. Als wäre das alles nicht passiert. Als hätte ich mich eben doch nicht verändert. Jetzt mache ich wieder dicht. Das ist schön, wenn ich high bin. Aber ich will nicht ständig nur an H denken müssen. Ich will nicht ständig nur darüber nachdenken, ob ich mir einen Schuss setzen soll, ob ich mir keinen setzen soll, ob ich mir Nachschub besorgen soll, ob ich es aushalte, mir keinen Nachschub zu besorgen, die ganze Leier. Ich bin mehr als das, weißt du?«

»Weißt du es?«

»Ja. Zumindest theoretisch.«

Lotta schlürfte etwas, hustete. Räusperte sich. »Hast du noch andere Gründe, aufzuhören?«

Anna steckte sich eine neue Zigarette an. »Ben. Ich will nicht, dass unsere Beziehung kaputtgeht.« Sie nahm einen tiefen Zug. »Und ich will ihn nicht verletzen. Ich tue ihm schrecklich weh.«

Lotta schlürfte wieder.

»Was trinkst du da?«, fragte Anna ungeduldig.

»Meinen Kaffee.«

»Lotta? Was soll ich denn tun?«

»Nenn mir noch einen Grund, warum du aufhören willst.«

Anna zögerte. Wagte es dann doch. »Also, ich möchte wieder Gedichte übersetzen. Und ich möchte auch selber wieder Gedichte schreiben. Ich glaube, ich kann das.«

Lotta gab einen Laut von sich, der wie ein Seufzen klang. »Mensch, Anna, dann hast du doch drei verdammt gute Gründe, aufzuhören.«

Ja, dachte Anna. Aber die haben es bisher nicht gebracht. Fragte verzweifelt: »Gibt es nicht irgendeinen Trick, wie ich mir helfen kann?«

»Von Tricks halte ich nicht so wahnsinnig viel«, erwiderte Lotta. »Aber du kannst eines versuchen. Du kannst dich dir selbst und jemand anderem, am besten Ben, gegenüber verpflichten, dass du clean bleibst. Und diese Verpflichtung ernst nehmen.«

»Mhm.«

»Ach, Anna. Willst du meine ehrliche Meinung hören? Ich finde, du musst eine Therapie machen. Ich bezweifle, dass du es alleine schaffst. So hart das klingt.«

»Danke, dass du so motivierend bist.«

»Anna, ich sehe keinen Sinn darin, dir etwas vorzumachen. Du machst dir schon selbst genug vor.«

Anna drückte die Zigarette aus. Stand auf. »Okay, Lotta, ich melde mich wieder.« Legte auf. Dachte: Dir zeig ich's!

13

Sie fuhr ins Büro. Erledigte ihre Post. Viel war nicht gekommen. Bevor sie ins Bett ging, schrieb sie einen Zettel: »Ich habe heute nichts genommen (erster Tag), Anna.« Legte ihn auf den Küchentisch. Am nächsten Morgen war der Zettel verschwunden. Am Abend kam Ben vor der Probe zum Essen. Er erzählte ihr von einem Kunden, der stundenlang im Laden herumgegangen und schließlich eine Maultrommel gekauft hatte. »Er wollte den Preis herunterhandeln, stell dir das mal vor«, sagte Ben. Er erwähnte den Zettel mit keinem Wort. Schnorrte nach dem Essen eine Zigarette von ihr.

Am nächsten Tag fuhr sie wieder ins Büro. Saß ein paar Stunden ab. Versuchte, ein Gedicht zu schreiben. Vergeblich. Am Abend schrieb sie ihren Zettel: »Ich habe heute nichts genommen (zweiter Tag), Anna.« Am Mittwoch übersetzte sie mit Nouredine, Nicole und Mehmet Songs von Avril Lavigne. Nicole war unkonzentriert, Nouredine nervös, Mehmet aggressiv. Ich habe sie nicht mehr im Griff, dachte Anna. Sie haben keine Lust mehr. Am Abend stritt sie mit Ben. Um neun verließ er das Haus, murmelte etwas von Probe. Anna schenkte sich ein Glas Rotwein ein, legte eine CD mit alter englischer Musik auf, setzte sich in ihren Lehnstuhl, zündete sich eine Zigarette an. Betrachtete das Bild, das Jimi von ihr gemalt hatte. Dachte: Ich muss etwas finden, das mich clean hält. Ich muss mich mehr um Nicole kümmern. Ich muss wieder meditieren. »Muss, muss, muss«, flüsterte die Stimme. Halt's Maul!, sagte Anna. Ich habe es jetzt drei Tage lang geschafft. Ich werde es auch weiter schaffen. Nicht weil ich muss. Sondern weil ich will. Irgendwann wird die Gier nachlassen. Ich weiß das. Ich habe es schon einmal hinbekommen. Und diesmal bin ich eine erwachsene Frau.

Samstag früh lag der Zettel noch auf dem Tisch. Unter ihrer Notiz »Ich habe heute nichts genommen (fünfter Tag), Anna« stand: »Danke. Ich liebe dich. Ben.« Anna nahm das Blatt, drückte es an ihre Lippen, weinte es nass.

Sie sprachen auch am Wochenende nicht über die Zettel. Nicht über das, was sie am meisten beschäftigte. Sie gingen vorsichtig miteinander um. Sahen viel fern. Gingen in den Zoo. Abends ins Kino.

Am Mittwoch wollte Anna Nicole beiseite nehmen. Mit ihr reden. Aber sie kam nicht. Anna arbeitete mit Mehmet und Nouredine, der grau im Gesicht war und ihrem Blick auswich. Ich bin zu nichts nutze, dachte Anna. Zu nichts.

Sie fuhr jeden Tag ins Büro. Googelte die Programme englischer und amerikanischer Verlage. Suchte nach neu erschienenen Gedichtbänden. Fand drei, die sie interessierten. Bestellte sie.

Ben hatte fast jeden Tag Probe. Sie sahen sich kaum. Jeden Abend vor dem Schlafengehen legte Anna ihren Zettel auf den Küchentisch. Jeden Morgen stand unter ihrem Satz: »Danke. Ich liebe dich. Ben.«

Freitagmorgen dachte sie beim Aufwachen: Jetzt bin ich zwei Wochen clean. Sie fühlte sich zum ersten Mal seit langem wieder wohl. Fast ruhig. Dachte: Na siehste, es geht doch! Auf dem Küchentisch lagen ihr Zettel und ein zusätzlicher von Ben: »Heute Abend, Liebste, kommt meine Überraschung. Ich freue mich schon auf dein Gesicht! Ich liebe dich.«

Mein Gott, dachte Anna, er liebt mich tatsächlich. Alles wird gut. Sie lief zum Bäcker, holte sich zwei Buttercroissants und machte sich eine große Tasse Cappuccino. Las die Zeitung, rauchte eine Zigarette. Dachte: Hör auf, dir Sorgen zu machen. Wer weiß, was kommt. Der Rückfall hatte sicher einen Sinn. Bevor man einen neuen Lebensabschnitt beginnt, muss man in die Unterwelt absteigen. Das Alte muss sterben, bevor das Neue wachsen kann. Lächelte ironisch: Nicht wahr, Persephone?

Sie zündete sich eine neue Zigarette an. Dachte: Eigentlich könnte ich mir vorher noch etwas Kleines gönnen. Wo ich jetzt doch für immer damit aufhöre. Nur einen kleinen Schuss. Und dann ist endgültig Schluss damit.

Auf dem Platz vor der Post war nichts los. Zwei junge Türken standen am U-Bahn-Eingang, sahen den Tauben zu, die über den Asphalt hüpften. Anna ging zum Kiosk, kaufte eine Schachtel Zigaretten, zündete sich eine an, lehnte sich gegen die Hauswand. Wartete. Eine junge Frau schob einen Kinderwagen zur Post. Drei Jungs kamen aus einer Seitenstraße, sahen sich um, blieben an der Straßenecke stehen. Anna kaufte sich eine Tafel Schokolade. Als sie sich wieder umdrehte, sah sie Nicole auf sich zukommen. Ihre Blicke begegneten sich. Nicole blieb abrupt stehen. Scheiße, dachte Anna, gottverdammte Scheiße. Sie setzte sich langsam in Bewegung. Nicole kam ihr noch langsamer entgegen. Hielt den Kopf gesenkt.

Anna holte tief Luft. Nahm Nicole sanft am Arm: »Hast du schon was?«

Nicole schüttelte den Kopf: »Es ist noch zu früh.«

»Dann lass uns gehen«, sagte Anna. »Okay?«

Nicole sah sie unsicher an. Nickte schließlich. Anna legte den

Arm um das Mädchen, führte sie Richtung U-Bahn. In der Bahn dachte Anna verzweifelt: Was sag ich ihr? Wenn ich sie in dem Glauben lasse, ich hätte nach ihr gesucht, hintergehe ich sie schon wieder. Ich kann dieses Kind nicht dauernd belügen. Sie hat es verdient, dass man sie ernst nimmt. Dass man sie respektiert. Aber wenn sie die Wahrheit nicht verkraftet? Wenn sie das endgültig umhaut? Wenn es ihr eine Ausrede liefert, weiter zu drücken? Sie kann sich doch zu Recht sagen: Wenn nicht einmal Anna es ohne Stoff aushält ...

Sie kaute sich die Nagelhaut ab. Nicole starrte schweigend aus dem Fenster. »Hilf mir, Persephone«, betete Anna stumm, »hilf mir, dass ich jetzt das Richtige tue. Was immer es sei.«

Am Neumarkt stiegen sie aus. »Gehen wir einen Kaffe trinken?«, fragte Anna. »Ich lade dich ein.«

Sie liefen zur Mittelstraße, suchten sich bei Fassbender einen Tisch, an dem sie ungestört reden konnten, bestellten Cappuccino. »Magst du ein Stück Kuchen?«, fragte Anna. Sie warteten, bis ihre Bestellung kam. Als die Kellnerin weg war, sagte Nicole leise: »Wahnsinn, Tara hat mir doch geholfen.« Sie beugte sich zu Anna vor, lächelte, erleichtert und ein wenig verlegen. »Weißt du, als ich losgegangen bin, da hab ich gedacht, das ganze Gebete bringt überhaupt nichts. Ich geh mir jetzt ja doch 'n Bubble holen. Und dann stehst du da und holst mich weg. Irre.«

Anna senkte den Blick. Konnte ihr nicht in die Augen schauen. Spürte, dass Nicole sich versteifte. Sah sie wieder an. Nicole forschte in ihrem Gesicht. Zündete sich eine Zigarette an. Fragte schließlich: »Du hast mich gar nicht gesucht, oder?«

Jetzt musst du dich entscheiden, dachte Anna. Sagte: »Nein, ich wollte mir Stoff besorgen.«

Nicole verschluckte sich am Rauch. Hustete. Rang nach Luft. Anna schob ihr die Kaffeetasse hin. »Trink einen Schluck!«

Nicole nippte an ihrem Cappuccino.

»Ich will dich nicht anlügen«, sagte Anna. »Dafür bist du mir zu wertvoll. Dafür hab ich dich zu lieb. Aber ich kann es verstehen, wenn du jetzt sauer auf mich bist.« Sie fuhr sich müde durch die Haare. Fühlte sich todtraurig. »Es tut mir so leid, dass ich dich derart enttäuscht habe.« Sie ließ sich in den Stuhl zurücksinken. »Und ich bitte dich nur um eines: Nimm mich nicht als Grund dafür, weiter zu drücken.«

»Warum hast du wieder angefangen?«, flüsterte Nicole.

Anna erzählte ihr von den Briefen. Von London. Von Jimis Tod.

»Ich bin in diesen Erinnerungen abgesoffen. Und auf einmal hatte ich das Gefühl, dass in meinem Leben nichts mehr stimmt. Ich hab mich so ausgehöhlt gefühlt. So leer, so ...« Sie nahm die Gabel und schob den Kuchen auf dem Teller hin und her. »Die Sehnsucht hat mich auf einmal wieder gepackt. Diese furchtbare Sehnsucht, von der ich nicht weiß, wo sie herkommt. Von der ich schon damals in London nicht wusste, wo sie herkommt. Und wie ich sie stillen kann. Außer mit H.«

Sie legte die Gabel wieder hin. »Aber sie ist mit H nicht zu stillen. Es macht sie nur schlimmer. Wenn du dir keinen Schuss setzt, ist sie sofort wieder da, heftiger als vorher.«

»Wenn ich drauf bin«, sagte Nicole, »dann muss ich nicht daran denken. Du weißt schon. Dann tut es auch nicht mehr weh. Es ist einfach weg.«

Anna nickte. »Und wenn du dich regelmäßig zudrückst, spürst du es irgendwann gar nicht mehr. Aber es ist immer noch da. Es sitzt in dem Loch, in dem du es verbuddelt hast, und schreit nach Stoff. Nach immer noch mehr Stoff.«

Nicole zog sich eine Haarsträhne in den Mund, kaute daran herum. Sagte erschöpft: »Tara hilft also doch nicht.«

»Nein, das stimmt nicht.« Anna setzte sich auf. Legte ihre Hand auf Nicoles Arm. »Sie hat uns beiden geholfen. Dir, weil ich heute auch an der Post war. Und mir, weil du da warst. Weißt du, die Göttinnen nehmen uns die Arbeit nicht ab. Die müssen wir schon selbst machen. Aber sie können uns helfen, uns selbst zu helfen.«

Nicole nahm die Haare aus dem Mund. »Hörst du jetzt wieder auf?«

»Ja.«

»Und was tust du gegen die Sehnsucht?«

»Das weiß ich noch nicht genau. Aber ich weiß, dass man sie auch mit etwas anderem stillen kann als mit H.« Sie brach ein Stück von ihrem Kuchen ab. Hob es zum Mund, legte es wieder zurück auf den Teller. Spürte Tränen im Hals. »Und ich habe Ben. Noch. Ich war gerade dabei, unsere Beziehung aufs Spiel zu setzen.«

Nicole sah sie erschrocken an. »Nouredine hat gesagt, er möchte, dass wir so eine tolle Beziehung haben wie du und Ben.«

»Nouredine ist ein wunderbarer Mensch. Und er liebt dich mehr, als du ahnst. Tu ihm nicht an, was ich Ben angetan habe.«

»Er möchte, dass wir in den Osterferien zu seiner Großmutter nach Marokko fahren.«

»Ach, wie schön!« Anna lachte auf vor Freude. »Das ist ja eine geniale Idee. Macht das bloß!«

»Nouredine will im Internet gucken, ob er einen billigen Flug findet.«

»Hör mal, Nicole, egal, was es kostet, ich leihe euch das Geld. Ihr könnt es mir abstottern. Okay?«

Nicole holte tief Luft. »Ehrlich?«

»Ehrlich.«

Zu Hause blinkte der Anrufbeantworter. »Sie haben eine Nachricht. Heute, dreizehn Uhr dreiunddreißig.« Na denn, sagte Anna. »Hallo, Anna, ich bin's. Kannst du um circa sieben Uhr da sein? Und kauf nicht ein, wir gehen essen. Ich freu mich auf dich.«

Sie sah auf die Uhr. Noch fünf Stunden. Wie kriege ich die bloß rum, dachte Anna. Sie ging in ihr Zimmer, setzte sich im Schneidersitz auf den Boden, versuchte zu meditieren. Es ging nicht. Sie sah plötzlich Kalyan vor sich. Hörte ihn sagen: »Der Hunger nach Drogen ist manchmal der unerkannte Hunger nach Spiritualität.« Ja, Kalyan, erwiderte sie stumm, da hast du schon

Recht gehabt. Die Meditation hat mich damals gerettet. Aber ich hab den Zugang verloren. Ich brauche einen Lehrer wie dich. Ich brauche jemanden, der mir hilft, die Tür wieder zu öffnen. Wenn ich mich einfach nur hinsetze, dann gehen mir tausend Gedanken durch den Kopf, Bilder, ganze Drehbücher. Und ich schaffe es nicht, die abzustellen. Sie sah das Lächeln in Kalyans Blick. Musste selbst lächeln. Kalyans Gesicht verblasste, sie schaute in Fionas forschende grüne Augen. Sah sich zu Tode erschöpft in ihrem Bett in Fionas Haus liegen. Fiona reichte ihr ein Glas Orangensaft, das erste, das sie trinken konnte, ohne sich zu übergeben. Sie hatte den Entzug beinahe überstanden. »Anna«, sagte Fiona, »du kannst immer neu anfangen. In jedem Moment. Nichts ist endgültig. Alles verändert sich ständig. Mit jedem neuen Atemzug beginnst du ein neues Leben.«

Sie stand auf, streckte sich, ließ sich vornüber hängen, baumelte mit den Armen. Ging in die Küche und machte sich eine Kanne Tee. Setzte sich wieder an den Schreibtisch. Schob den Laptop zur Seite, nahm sich einen Stapel Papier, einen Kuli, malte Kringel auf ein leeres Blatt. Begann schließlich zu schreiben.

Gib mir
die Leichtigkeit
deines Tanzes, Shiva
Gib mir
die Tiefe deines Schlafes, Vishnu
Gib mir
drei
aus dem Arsenal deiner Waffen, Durga
Gib mir
die Energie
deines Zorns, Kali
Gib mir
sieben
deiner Häupter, Medusa

Persephone
Gib mir
ein Boot
und die Kraft
es ans andere Ufer zu rudern
Tara
Gib mir
alles
was ich sonst noch brauche
wenn die Dämonen mich
wieder bedrängen

Sie lehnte sich im Stuhl zurück, zündete sich eine Zigarette an, fühlte etwas wie Leichtigkeit in sich aufsteigen.

Sie hörte, wie Ben vorsichtig die Wohnungstür schloss, auf Zehenspitzen über den Flur schlich, seine Zimmertür öffnete. Zwei Minuten später läutete das Telefon. Anna starrte irritiert auf das Display, das ihr »Ben mobil« mitteilte. »Wo bist du?«

»In meinem Zimmer. Weißt du, das ist gleich nebenan. Komm rüber!«

Sie hörte leise Musik. Öffnete Bens Tür. Er saß auf seinem Bett, spielte, die Stirn gerunzelt vor Konzentration, auf einer Sitar. Anna setzte sich ihm gegenüber auf den Boden. Lauschte. Nach einer Weile legte er das Instrument ab, sah sie verlegen an: »Viel mehr kann ich noch nicht. Ich habe fast jeden Abend geübt.« Er zwinkerte ihr lachend zu: »Wenn ich angeblich Probe hatte. Aber es war ja eine Art Probe. Und an dem Wochenende in Freiburg, da hab ich keine Saxophone gekauft, sondern einen Sitar-Workshop gemacht. Und jetzt sag nicht, es war alles umsonst!«

Er spielte einen Raga an. »Aber es ist schon verdammt schwierig, dieses Teil zu spielen.«

Anna schluchzte auf. Ben kniete sich neben sie, nahm sie in die Arme. Wiegte sie. Flüsterte in ihr Haar: »Ich liebe dich Anna, ich liebe dich so sehr.«

»Ich dich auch«, heulte Anna.

»Nimmst du jetzt zurück, dass Sitar nicht mein Stil ist?«

»Du bist besser als George Harrison.«

»Ich hatte gehofft, du sagst, ich bin besser als Ravi Shankar.«

»Man soll es nicht übertreiben«, grinste Anna unter Tränen.

Nach dem Essen beim Italiener legten sie sich in Bens Bett.

»Bleibst du heute Nacht hier?«, fragte Ben.

Anna kuschelte sich an ihn. »Ja.«

»Was hältst du davon, wenn wir über Ostern nach Sylt fahren? Hajo hat angerufen und noch mal gedrängt, wir sollen kommen. Und es würde uns doch beiden gut tun.«

»Aber kannst du den Laden einfach zumachen?«

»Na, Melanie wird es wohl eine Woche ohne mich schaffen.«

Anna zählte langsam bis drei. Atmete ein, aus. »Hattest du was mit Melanie? Hast du was mit Melanie?«

Ben richtete sich erschrocken auf. Starrte sie an: »Spinnst du? Wie kommst du denn darauf?«

Anna zog ihn zurück auf das Kissen. Nuschelte: »Weiß nicht.«

Ben fragte leise: »Hast du deshalb ...«

»Nein. Aber das hat mir eine gute Ausrede geliefert.«

Er setzte sich wieder auf. »Ich hatte nie etwas mit Melanie und auch mit keiner anderen Frau. Ich wollte, seit dem Tag, an dem ich dich das erste Mal gesehen habe, nur dich. Und daran hat sich nichts geändert. Ich habe dich nie betrogen.«

»Ich dich auch nicht.«

»Doch. Nicht mit einem Mann. Aber mit Heroin. Und davor habe ich mehr Angst als vor jedem menschlichen Rivalen.«

Anna schloss die Augen. Schlang die Arme um ihren Körper. »Ich bin seit zwei Wochen clean, Ben. Ich habe das Schlimmste hinter mir. Ich kann dir nichts für die Ewigkeit versprechen. Aber ich habe begriffen, dass ich tatsächlich etwas zu verlieren habe: dich und mich selbst. Und ich will dich nicht verlieren. Und mich auch nicht.«

Ben beugte sich über sie. Strich mit dem Finger sanft über ihre Brauen, ihre Nase, ihre Lippen. Küsste sie. Flüsterte: »Das ist mehr, als ich mich getraut habe zu hoffen.«

Anna streichelte ihn in den Schlaf. Drehte sich schließlich zur anderen Seite. Dachte: Ich muss morgen Lotta anrufen. Überlegte, wie viel wohl ein Flug nach Agadir kostete. Schlief endlich ein.

Sie saß mit Nicole am Ufer eines breiten, bleifarbenen Flusses. Wusste, sie befanden sich in der Unterwelt. »Da drüben«, sagte sie, »ist das Ufer des Lichts, der Erde, des Lebens.«

»Können wir da nicht hin?«, fragte Nicole.

Anna entdeckte im Dickicht an der Uferböschung ein Boot. Sie kletterten hinein. Ruderten los. Als sie zur Mitte des Flusses gelangten, wurde die Strömung ständig stärker, das Boot geriet in einen Strudel, wurde herumgerissen, trieb wieder auf das Ufer zu, von dem sie aufgebrochen waren. Anna und Nicole klammerten sich an die Ruder, kämpften verzweifelt darum, das Boot zu wenden. Anna spürte plötzlich ein Wehen in ihrem Rücken, wandte sich um, sah, dass Persephone wie ein riesiger präraffaelitischer Engel die Flügel über sie breitete.

Das Boot wurde erneut herumgerissen, sie ruderten mit aller Kraft, gelangten an das andere Ufer, das Boot rammte gegen einen Felsen, kenterte, trieb ab. Anna und Nicole schwammen, atemlos, immer wieder von schweren Wellen untergetaucht, Wasser spuckend, keuchend, stur, schwammen, schwammen, schwindlig vor Anstrengung. Wieder fühlte Anna Persephone hinter sich, sah eine Wurzel, die vom Ufer in das Wasser hing, griff mit der einen Hand danach, mit der anderen nach Nicole. Sie kletterten die Böschung hinauf, ließen sich zu Tode erschöpft in das Gras fallen.

Persephone bestieg das Boot, glitt über den Fluss, von dem nun silbriger Nebel aufstieg, zurück in ihr Reich.

Übersetzung der englischen Texte

Seite 26
Tee und Orangen, die den ganzen langen Weg von China kamen
Leonard Cohen: Suzanne

Seite 31
Ey, du, geh mir aus der Sonne!
The Rolling Stones: Get off of my cloud

Seite 41 und Seite 172
Ruhig, ruhig, er ist nicht tot, er schläft auch nicht
Er ist aus dem Traum des Lebens erwacht
Wir sind es, die, gebannt von stürmischen Visionen,
Sinnlos mit Phantomen kämpfen
Percy Bysshe Shelley: Adonais

Seite 46
Wenn ich kein Obdach finde, werde ich dahinschwinden ...
The Rolling Stones: Gimme Shelter

Seite 53
Ich habe eine große Entscheidung getroffen
Ich werde versuchen, mein Leben zu annullieren
Weil, wenn das Blut anfängt zu fließen
Und in die Pumpe zurück schießt
Wenn ich dem Tod auf den Leib rücke
Dann könnt ihr mir nicht helfen, ihr Jungs nicht
Und ihr süßen Mädels auch nicht, mit eurem süßen Gerede
Ihr könnt alle verduften ...

Weil, wenn das Heroin durch meine Venen strömt
Dann interessiert mich nichts mehr
Velvet Underground: Heroin

Seite 54
Da geht sie wieder, sie ist wieder auf der Rolle ...
Velvet Underground: There she goes again

Seite 63
Ach, ich krieche über den Flur
Siehst du denn nicht, Schwester Morphium, ich versuch mir Stoff
zu besorgen
Marianne Faithfull/The Rolling Stones: Sister Morphine

Seite 77
Ich sitze bloß auf dem Zaun
Du denkst vermutlich, ich bin unvernünftig
The Rolling Stones: Sitting on a fence

Seite 80 *und* Seite 153
Ich kam ganz allein an einen überlaufenen Ort
Ich suchte nach einer mit Falten im Gesicht
(...)
Wenn du jetzt weinst, sagte sie, wird das niemand beachten
Also lief ich durch den Morgen, den süßen frühen Morgen
Ich konnte meine Dame rufen hören: Du hast mich gewonnen, du
hast mich gewonnen, mein Herr ...
Leonard Cohen: Lady Midnight

Seite 101
Der graue Mönch:
Nur das Gebet eines Einsiedlers und die Träne einer Witwe
Können die Welt von der Furcht befreien

Denn eine Träne ist ein geistig' Ding
Und ein Seufzer das Schwert eines Engelskönigs
William Blake: The Marriage of Heaven and Hell
(Die Hochzeit von Himmel und Hölle)

Seite 152
Bring mich zum Bahnhof
Und setz mich in einen Zug
Ich hab keine Hoffnung
Hier noch mal durchzukommen
The Rolling Stones: No expectations

Seite 157
Heroin
Sei mein Tod
Heroin, das ist meine Frau, das ist mein Leben
Weil, ein Druck in meine Vene
Führt zu einem Zentrum in meinem Kopf
Und dann geht's mir besser, als wenn ich tot wäre
Weil, wenn das Heroin durch meine Venen strömt
Dann interessiert mich nichts mehr...
Velvet Underground: Heroin